古典詩歌研究彙刊

第二輯

龔鵬程 主編

第 2 冊

元嘉詩人用典研究

高莉芬 著

國家圖書館出版品預行編目資料

元嘉詩人用典研究／高莉芬 著 — 初版 — 台北縣永和市：花
木蘭文化出版社，2007〔民 96〕

目 2+238 面；17×24 公分（古典詩歌研究彙刊 第二輯；第 2 冊）

ISBN-13：978-986-6831-24-9（全套：精裝）
ISBN-13：978-986-6831-26-3（精裝）
1. 中國詩　2. 詩評　3. 魏晉南北朝
820.9103　　　　　　　　　　　　　　　　　96016188

ISBN 978-986-6831-26-3

9 789866 831263

古典詩歌研究彙刊
第二輯　第 二 冊　　　　　ISBN：978-986-6831-26-3

元嘉詩人用典研究

作　　者　高莉芬
主　　編　龔鵬程
出　　版　花木蘭文化出版社
發 行 所　花木蘭文化出版社
發 行 人　高小娟
聯絡地址　台北縣永和市中正路五九五號七樓之三
　　　　　電話：02-2923-1455／傳真：02-2923-1452
電子信箱　sut81518@ms59.hinet.net
初　　版　2007 年 9 月
定　　價　第二輯 20 冊（精裝）新台幣 28,000 元

元嘉詩人用典研究

高莉芬 著

作者簡介

高莉芬，國立政治大學中國文學研究所博士。現任國立政治大學中國文學系副教授。多年來從事古典詩歌以及神話學之研究與教學，學術研究領域為中國古典文學、神話學、文學理論、民俗學等。撰有《絕唱：漢代歌詩人類學》、《蓬萊神話：神山、海洋與洲島的神聖敘事》、《元嘉詩人用典研究》等；合著有《臺灣五十年來（1949-2001）中國文學批評研究綜述》等論著。以及〈原型與象徵：漢魏六朝詩歌的採桑女及其多重文化意涵〉、〈空間與象徵：蓬萊神話及其文化意涵研究〉、〈神聖的秩序：〈楚帛書‧甲篇〉中的創世神話及其宇宙觀〉等多篇學術論文。

提　　要

　　劉宋元嘉時期為中國詩歌發展史上重要的轉折期。南朝詩歌「性情漸隱、聲色大開」的局面，即是自此開始。其時代表詩人為顏延之、謝靈運及鮑照三大家，此三人表現在詩歌形式上的共同特徵即是用典繁多。詩中用典不但可以表現作者之才學；運用得當，也可以提高文學作品的藝術感染力和美感作用。

　　但由於此用典風氣，其後在齊梁文壇上，造成書抄蠹文的弊病，故歷來論詩者對其批評貶斥甚多。然而若從反映時代文風，及文學語言發展的角度上考察，則顯然可以開展出不同層面的意義。故本論文以「元嘉詩人用典」為研究對象，並以顏、謝、鮑三大家之詩作為主進行探究，期能對南朝文學的發展歷史，提供另一觀察與了解的角度。

　　本論文採語言學、修辭學之角度，以探討元嘉詩人用典之現象。首章緒論，敘述研究動機、研究方法及範圍，並對「用典」加以義界，以做為全論文思辨之基礎。第二章從語言傳達的角度著手考察，由作者、讀者與作品三方面論析元嘉詩人用典繁盛的原因。第三章則參酌語言學理論，並結合語法、修辭學之論點，闡析元嘉詩人用典之技巧，分為「引用成辭」及「援用古事」兩大類，以見詩人在應用前人成辭時，豐富多姿的語言表現能力。第四章則以用典所呈現出之語言風格及美感特質為論述之重點。第五章論析元嘉詩人用典對後代所造成之影響及評價。最後結論並評述本研究所得。

　　本論文經由語言學及修辭學之角度對元嘉詩人之用典進行探究，不論是成辭之剪裁，或古人古事之運用，元嘉詩人對詩歌語言之鍛鍊，在中國詩歌由古詩的質直自然走向近體詩的意象密集、語言精煉此一發展過程中；實有其具體之貢獻。本論文除了肯定其在詩歌語言發展史上之意義與價值，並經由論析使元嘉詩人用典之現象能以一清晰且完整之面貌呈現。

本論文曾獲行政院國家科學委員會獎助代表作獎勵

謹此致謝

目

錄

第壹章　緒　論

第一節　研究「元嘉詩人用典」之意義

　　魏晉南北朝，是中國歷史上政治、社會變動頻繁的時期；就中國文學史而言，也是蘊釀新變的時期。許多新的文學現象，在此時孕育，乃至萌生、成長。此期由於玄學之興起，唯美思想之勃興，文筆觀念之分辨，聲律說之發明，詩歌創作乃逐漸去樸尚華，由簡入繁，而致力於對偶、用典、聲律等技巧的研求。

　　劉宋時當南北朝之初期，不僅在文學上，而且在政治社會學術思想各方面都居重要的歷史分界地位〔註1〕。在文學發展史上，劉宋文人揚棄了質木無文的東晉玄言詩，上承建安、太康麗雅文學之遺風，下開南朝唯美文學之先路。沈約《宋書》〈謝靈運傳論〉敘及兩漢至六朝之文變情形云：

　　　　自漢至魏，四百餘年，辭人才子、文體三變：相如工為形
　　　　似之言，二班長於情理之說，子建、仲宣以氣質為體，並
　　　　標能擅美，獨映當時，是以一世之士，各相慕習。……降
　　　　及元康，潘、陸特秀，律異班、賈，體變曹、王，縟旨星

〔註 1〕 參見王鍾陵：《四百年民族心靈的展示——中國中古詩歌史》（江蘇教育出版社，1988 年 2 月版），頁 553。

—1—

稠，繁文綺合，綴平台之逸響，采南皮之高韻，遺風餘烈，
事極江右。有晉中興，玄風獨扇，爲學窮於柱下，博物止
於七篇，馳騁文辭，義殫乎此。自建武暨乎義熙，歷載將
百，雖比響聯辭，波屬雲委，莫不寄言上德，託意玄珠。
道麗之辭，無聞焉爾。仲文始革孫、許之風，叔源大變太
元之氣，爰逮宋氏，顏謝騰聲。靈運之興會標舉，延年之
體裁明密，並方軌前秀，垂範後昆。〔註2〕

由此可知劉宋元嘉時期之顏延之、謝靈運，乃上承太康所建立的「美
文」寫作傳統，將其發揚光大，成爲未來兩、三百年的詩歌主流。明
人陸時雍指出：

詩至於宋，古之終而律之始也。體制一變，便覺聲色俱開。
謝康樂鬼斧默運，其梓慶之鐻乎？顏延年代大匠斫而傷其
手也。〔註3〕

沈德潛亦云：

詩至於宋，性情漸隱，聲色大開，詩運一轉關也。康樂神
工默運，明遠廉俊無前，允稱二妙。延年聲價雖高，雕鏤
太過，不無沈悶，要其厚重處，古意猶存。〔註4〕

馮定遠亦論：

潘、張、左、陸以後，清言既盛，詩人所作，皆老莊之贊
頌，顏、謝、鮑出，始革其制。元嘉之詩，千古文章于此
一大變。〔註5〕

足見南朝詩歌「聲色大開」的局面，是自劉宋元嘉時期開始。此時文
學的發展不再於性情的深度和厚度上著力，轉而致力於外在風貌的表

〔註2〕〔南朝‧梁〕沈約：《宋書》（臺北：鼎文書局，1975 年），列傳第二
十七，頁 1778～1779。

〔註3〕參見〔明〕陸時雍：〈總論〉，《古詩鏡》，《景印文淵閣四庫全書》，
第 1411 冊，（臺北：臺灣商務印書館，1983 年），頁 7a。

〔註4〕參見〔清〕沈德潛：《說詩晬語》收入〔清〕王夫之等撰，丁福保編：
《清詩話》（臺北：木鐸出版社，1988 年），頁 532。

〔註5〕見〔清〕吳喬：《圍爐詩話》卷二引馮定遠語。郭紹虞：《清詩話續
編》（臺北：木鐸出版社，1983 年），頁 521。

現，語言形式的雕琢，爲詩歌發展史上重要的轉折期。故劉宋元嘉時期在中國詩歌發展史上自有特殊的意義及地位。

　　元嘉時期代表詩人顏延之（384～456AD）、謝靈運（385～433AD）、鮑照（414～466AD）合稱元嘉三大家。此三人之詩風雖然「不相祖述」、「乃各擅奇」（《南齊書・文學傳論》），但在不同程度上，皆有喜好隸事用典之共同特徵，而此亦爲元嘉詩壇之主要特色。〔註6〕劉宋詩人隸事用典之風氣，其後影響齊梁文壇。劉勰《文心雕龍》有〈事類〉篇專論此一現象；鍾嶸《詩品》更對此一書抄風氣，大肆批評，足見其在南朝所造成之影響甚鉅。鍾嶸評道：

> 顏延、謝莊，尤爲繁密，於時化之。故大明、泰始中，文章殆同書抄。近任昉、王元長等，詞不貴奇，競須新事。爾來作者，寖以成俗。遂乃句無虛語，語無虛字，拘攣補衲，蠹文已甚。〔註7〕

由於此一隸事用典之風氣，其後在齊梁產生了「拘攣補衲，蠹文已甚」的弊病，因此素來爲文學史家們所貶斥，故對其所具有之深層意義進行探討者較少。可是，若跳開傳統之論點，轉而就其所反映之時代文學風貌及文學語言的發展角度上來考察，它顯然還可以開展出不同層面的意義。因爲語言是文學的媒介，而詩亦是藉語言來作雕塑描寫的藝術。王師夢鷗即云：

> 詩的——文學本質，只是一種恰好透過「語言」——這個實用的事實而成立的美經驗。……對於這種藝術，我們倘若依照前人已做過的分類，亦可稱之爲「語言的藝術」。〔註8〕

〔註6〕參見葛曉音：〈論齊梁文人革新晉宋詩風的功績〉一文，收入葛曉音：《漢唐文學的嬗變》（北京：北京大學出版社，1990年），頁58。此論前人詩話中亦有類似之論，如〔清〕方東樹《昭昧詹言》卷五云：「古人不經意字句，似出己意，便文白道，而實有典，此一大法門，惟謝、鮑兩家尤深嚴于此。」〔清〕方東樹《昭昧詹言》，卷5，頁2a。

〔註7〕見〔梁〕鍾嶸著，汪中選注：《詩品注》，頁25。

〔註8〕參見王夢鷗：〈語言的藝術〉，《文學概論》（臺北：藝文印書館，1982年），頁23。

因此唯有考察詩歌語言的發展，才能真正理解詩歌發展史。貝特生亦明白指出：

> 詩裡的時代痕跡，不可求之於詩人，而可求之於語言。我相信，詩的實際歷史，即在它所使用的那種語言的演變裡面。〔註9〕

考之南朝，其時文學語言的發展，走向形式美的追求——即所謂的「聲色大開」，主要表現於三方面：即駢儷、典藻與聲律〔註10〕。此三者雖皆因追求形式美而受到不少批評家的駁斥，但在近代文學研究者逐漸對形式技巧的肯定下，駢儷與聲律已漸受重視，相關之論述發明頗多〔註11〕。唯獨「用典」此一文學現象，仍未受到應有之關注。然而正如劉若愚先生所論道：

> 有許多中國詩是用典的，因此對於做為詩之表現技巧的典故的用法加以一些注意是必要的〔註12〕。

張戒《歲寒堂詩話》亦曾云：

> 詩以用事為博，始於顏光祿，而極於杜子美。〔註13〕

故探討元嘉時期詩人隸事用典之文學現象，尤具有重要意義。且若以文學技巧而言，劉宋元嘉時期之用典，與齊梁「永明體」之聲律，同樣對詩歌語言技巧之成熟，做出了貢獻並產生很大的影響，故本論文即以元嘉詩人用典之現象進行考察，並以元嘉三大家——顏延之、謝

〔註9〕 參見韋勒克、華倫合著，王師夢鷗、許國衡合譯：〈文體與文體論〉，《文學論——文學研究方法論》（臺北：志文出版社，1990年），頁281。

〔註10〕 參見朱星：〈魏晉南北朝文學語言〉，《中國文學語言發展史略》（北京：新華出版社，1988年），頁70。此處朱星先生所論之「典藻」乃指「用典」與「辭藻」兩方面。

〔註11〕 如對於麗辭之研究專著有陳松雄：《齊梁麗辭衡論》（臺北：文史哲出版社，1986年）；對於聲律之研究專著則有許東海：《永明體之研究——以沈約文論及其作品為主》（臺北：政治大學中文所博士論文，1991年）。

〔註12〕 參見劉若愚著、杜國清譯：〈典故·引用·脫胎〉，《中國詩學》（臺北：幼獅文化公司，1977年），頁214。

〔註13〕 見該書卷上，丁福保輯：《歷代詩話續編》（上）（臺北：木鐸出版社，1983年），頁450。

靈運及鮑照為主要研究對象，期能對南朝文學的發展歷史，提供另一觀察與了解的角度。

第二節　研究方法及範圍

一、研究方法

　　文學是語言的藝術，而「藝術是創造審美形象的，如果沒有藝術形式美，藝術的內容就不可能得到表現」〔註14〕。故每一種藝術，都是由其各具特質的媒材而組織構成品貌互異的形式美；文學作品亦然。文學語言的形成是由詞語的形、音、義及一定的語法結構所構成的有機體，由此也決定了它所呈現出之姿態，其中詩歌的語言往往更側重藝術的表達方式。六朝時代，特別是自劉宋元嘉以後，由於文人對文學形式美的刻意追求，使詩歌語言日趨貴巧尚妍。正如劉勰於《文心雕龍》〈明詩〉篇中所說：

　　　　儷采百字之偶，爭價一句之奇，情必極貌以寫物，辭必極
　　　　力而追新，此近世之所競也。〔註15〕

其時詩人刻意追求形式美，在表現技巧上，除了對駢偶及聲律的講究外，就是大量使用用典的技巧。其目的無非是使文句華麗，意蘊豐富，而達到「形式美」的效果。雅克布遜曾云：「詩歌是用於有審美功能的語言。」〔註16〕而用典技巧的運用，更增加了詩歌之審美功效。

　　因為用典是引用典故來表達某種情意，或闡明某種觀點的一種修辭方式〔註17〕，此種表達方式，由於刻意運用典故的結果，作者有意

〔註14〕參見葉朗：《中國美學史大綱》（臺北：滄浪出版社，1986 年），頁193。

〔註15〕〔梁〕劉勰著，周振甫注：《文心雕龍注釋》（臺北：里仁書局，1984年），頁85。

〔註16〕〔俄〕雅克布遜（R. Jakobson）：《當代俄國詩歌》（布拉格：出版社不祥，1921 年）。轉引自張會森：〈文學作品語言的理論與實踐〉，入《求是學刊》，1992 年 1 期。

〔註17〕參見路燈照、成九田：《古詩文修辭例話》（臺北：台灣商務印書館，

識地製造了「偏離效應」〔註18〕，使作品產生了較多的空白與不確定性，進而激發讀者爲了完成閱讀而努力填空補象，使意象具體化的創造慾望，因而調動讀者潛在的審美經驗的體會。朱立元論云：

> 只有當讀者通過了語音語調、語意建機與修辭格三個層次，並由這些層次激活了、觸發了自己感覺經驗形式出現的相關意象時，他才算眞正進入了審美狀態。〔註19〕

由於用典是詩歌的修辭技巧之一，屬於文學作品中的「修辭格」一層，故對它的論析，自必藉由若干語言學、修辭學的原理，始得深入，此爲本論文研究的主要原則。

　　本論文探語言學、修辭學之角度，以探討元嘉詩人用典之現象。首章緒論，敘述研究動機、研究方法及範圍，並對「用典」加以界定，以做爲全論文思辨之基礎。第二章從語言傳達的角度著手考察，由作者、讀者與作品三方面論析元嘉詩人用典繁盛的原因。第三章則參酌語言學理論，並結合語法、修辭學之論點，闡析元嘉詩人用典之技巧，分爲「引用成辭」及「援用古事」兩大類，以見詩人在應用前人成辭時，豐富多姿的語言表現能力。第四章則以用典所呈現出之語言風格及美感特質爲論述之重點。第五章結論：論析元嘉詩人用典對後代所造成之影響及評價。經由上述各章之論析，以期能明白元嘉詩人爲什麼好用典？如何用典？用典之效果如何？以及這種詩歌表現技巧對後世之影響又是什麼？正如劉若愚先生所說：

> 我們不應該非難或責怪中國詩歌中的典故何奇多也，而應去思考一下它們在詩中起了怎樣的作用？〔註20〕

當這些問題在研究時，先拋開中國傳統文論中對用典的是非評價，而

　　1987年），頁127。
〔註18〕朱立元：〈文學創作論：追隨潛在的讀者〉，《接受美學》（上海：人民出版社，1989年），頁228。
〔註19〕朱立元：〈文學作品論：本文的召喚結構〉，《接受美學》，頁106。
〔註20〕見劉若愚著，王鎭遠譯：《中國文學藝術精華》（合肥：黃山書社，1989年），頁29。

實事求是去探索，如此，元嘉詩人之用典此一論題，當可以呈現出一清晰且全新的面貌。

二、研究範圍

　　用典是中國詩歌中特殊的表現技巧，劉若愚先生論中國古典詩歌語言現象時，即特標「用典」一章做討論，並視之爲中國古典詩歌語言中的一種重要技巧〔註21〕。又如日本學者前野直彬於其《文學概論》中亦論及用典在中國文學中的重要性：

　　　　一提到中國語文的特質，就令人聯想到「典故」。〔註22〕

雖然「用典」在古代詩論中遭到頗多的批評貶斥，但用典的技巧仍是中國詩人喜好的修辭方式。

　　古人寫作立論，用典起源甚早。在先秦文學作品中，如屈原之作，已見其端；至漢魏以後，詩文中用典漸多。劉勰《文心雕龍》〈才略〉篇：

　　　　自卿（司馬相如）、淵（王褒）已前，多俊才而不課學；雄

　　　　（揚雄）、向（劉向）以後，頗引書以助文。〔註23〕

此「引書以助文」，即是採用古書中成言古事以增飾文章的修辭方法。此一用典的技巧，魏晉以後，逐漸受到文人們的喜愛。如曹植之作、阮籍〈詠懷詩〉中，援用古語古事之例就極爲繁多〔註24〕。又如西晉太康詩人張華、陸機、潘岳等人亦好於詩中引用古語古事，造成博奧、典雅的西晉文風。其時代表詩人陸機，尤好用典之手法

〔註21〕同註16，劉若愚先生於書中〈典故・引用・脫胎〉一章中，特舉「用典」加以論析。參見劉若愚著，杜國清譯：《中國詩學》（臺北：幼獅文化公司，1977年），頁214～239。

〔註22〕參見〔日〕前野直彬：《文學概論》（臺北：成文出版社，1980年）頁11。

〔註23〕〔梁〕劉勰著，周振甫注：《文心雕龍注釋》（臺北：里仁書局，1984年），頁863。

〔註24〕蘇文擢於〈古典詩用典的原則與方法〉一文中論云：「到了建安以後，詩人日多，才有刻意用典之事。」收入《邃加室講論集》（臺北：文史哲出版社，1985年），頁355。

〔註25〕。劉勰《文心雕龍》〈鎔裁〉篇云：「士衡才優，而綴辭尤繁。」
〔註26〕；元陳繹曾《詩譜》亦曰：「士衡才思有餘，但胸中書太多，
所擬能痛割捨，乃佳耳。」〔註27〕陸機「胸中書太多」，正是他喜用
古語古事，卻不能加以鎔裁的結果。西晉文學追求綺靡工巧的風格
〔註28〕，用典不過是文人求工求綺的手段之一。但此一形式技巧，
並未隨著西晉文壇的落幕而銷聲匿跡，及至劉宋時期，反而在元嘉
詩壇上大放異彩，受到詩人們更廣泛地運用。鍾嶸《詩品》曾有：「顏
延、謝莊尤為繁密，於時化之」之語；張戒《歲寒堂詩話》中亦有：
「詩以用事為博，始於顏光祿。」之論。〔註29〕本論文所欲討論的
範圍，主要以元嘉三大家——顏延之、謝靈運及鮑照之詩歌作品為
主，探究其時詩歌用典的文學現象。

　　元嘉為劉宋文帝之年號，自公元 424～453 年，為劉宋社會最安
定之時期，《資治通鑑》有云：

　　　　閭閻之間，講誦相聞，士敦操尚，鄉恥輕薄。江左風俗，
　　　　於斯為美。後之言政治者，皆稱元嘉焉。〔註30〕

當時社會「呈現了東晉以來，未曾有過的繁榮氣象。」〔註31〕。就文
學史而言，元嘉時代也是魏晉南北朝詩歌創作的繁榮期。鍾嶸於《詩
品・序》中論此一時期之文學曰：

〔註25〕參見盧清青：《齊梁詩探微》所論：「逮建安始刻意經營。太康以後，
　　　　用典益盛……李兆洛云：“隸事之富，始於士衡。”洵非虛言。此
　　　　後作家遞相追逐，非用典不足以言佳作。」（臺北：文史哲出版社，
　　　　1984 年），頁 125。
〔註26〕〔梁〕劉勰著，周振甫注：《文心雕龍注釋》（臺北：里仁書局，1984
　　　　年），頁 616。
〔註27〕見丁福保輯：《歷代詩話續編》（中），頁 629。
〔註28〕參見葛曉音：〈西晉詩風的雅化〉，《八代詩史》（西安：陝西人民出
　　　　版社，1989 年），頁 103～110。
〔註29〕同註13，頁 452
〔註30〕〔宋〕司馬光撰：《資治通鑑》（臺北：臺灣中華書局，1966 年），卷
　　　　123，頁 7a。
〔註31〕見范文瀾：《中國通史簡編》（上海：上海書店，1989 年）。

> 元嘉中，有謝靈運，才高詞盛，富豔難蹤，固已含跨劉、
> 郭，陵轢潘、左。故知陳思爲建安之傑，公幹、仲宣爲輔。
> 陸機爲太康之英，安仁、景陽爲輔。謝客爲元嘉之雄，顏
> 延年爲輔：斯皆五言之冠冕，文詞之命世也。〔註32〕

鍾嶸將劉宋之「元嘉」與「建安」、「太康」並舉，推爲五言詩發展的
三個重要階段。後來相沿成習，後代論詩者，亦常以「元嘉體」與「建
安體」、「永明體」等相提並論，以其代表劉宋文學的風貌。如嚴羽《滄
浪詩話》中〈詩體〉篇道：

> 元嘉體：原註宋年號。顏、鮑、謝諸公詩。〔註33〕

故本論文所探討之元嘉詩人，主要是以顏、謝、鮑此三大家爲主，
並旁及活動於元嘉時期（西元 424 年～453 年）前後之詩人爲研究
對象。由於文學史之劃分自不必同於歷史，且文學風格之影響，亦
無法以明確的時期做斷限；而且「元嘉詩人」的名稱已得到學者之
公認〔註34〕。故本文即採用此一名稱，對劉宋文學中用典現象進行
討論。詩作取材以逯欽立所編校之《先秦漢魏晉南北朝詩》、及黃節
之《謝靈運詩註》、顧紹伯之《謝靈運集校注》、錢仲聯之《鮑參軍
集注》爲主。並輔以李善《文選》注、《佩文韻府》、《藝文類聚》等
書，以考察詩句中用典之處，然後追溯原典，相互比較，進而對元
嘉詩人之用典，予以分析探究。

第三節 用典之義界

詩歌是語義密度最高的語言形式，它必須以最少的文字，來表達

〔註32〕〔梁〕鍾嶸撰，汪中選注：《詩品注》（臺北：正中書局，1985 年），
頁 130。

〔註33〕〔宋〕嚴羽撰，胡鑑注：《滄浪詩話注》（臺北：廣文書局，1972 年），
頁 32。

〔註34〕如陸侃如、馮沅君：〈中代詩史〉，《中國詩詞發展史》，論三國、六
朝詩人即劃分爲「建安詩人」、「正始詩人」、「元嘉詩人」等。（藍田
出版社），頁 369。

豐富的思想和複雜的情意。而古書中的典故，正是最佳的材料。因此在詩中用典，是十分自然的趨勢。用典不僅是中國詩歌和語言的特質〔註35〕，也是外國文學中常見的技巧〔註36〕。以語言藝術的角度而言，它正是文人創作的特色。黃宣範先生在《翻譯與語意之間》一書中云：

> 詩歌的語言與意義之間有如隔了一層薄霧，必須透視這層薄霧才算了解詩歌（或其他藝術形式）的意境（意境是情緒意義與層次上的用語。在認知意義與層次上用不著它），因爲這種文學作品其語言本身只能算是一種象徵手段——以語言（包括語法、語形、語言）直接象徵種種情緒狀態。象徵性的語言爲了激發情緒，必須經常創新，使象徵語言經常維繫它特殊的象徵功能於不墜，免於淪爲約定俗成，成爲日常用語的一部份。因爲一旦成爲日常用語的一部份，就較難表達新鮮的情緒意義〔註37〕。

而「用典」的技巧，正可避免詩歌語言淪爲淺俗的日常語言，因爲它可以透過典故本身所具有的意義內涵，由讀者去體會典故在詩中的象徵意義、感情色彩，並進而引發爲聯想的契機，如此大大提高了語言的暗示性，亦可豐富藝術形象的內涵，增加感染力。因此，用典一直是詩人重要的表現技巧。但「用典」此一語言表達的技巧，歷來卻無一明確而固定之定義，眾說紛紜，解說各異。或失之片面，或失之籠統，實爲今日研究「用典」的一大障礙。故本論文在研究之前，首先界定「用典」之意義及範圍，並且將與「用典」糾葛不清的相關問題，予以澄清，以便進行研究。

〔註35〕參見〔日〕前野直彬：〈中國語與中國文學〉，《中國文學的世界》（臺北：學生書局，1989年），頁23。

〔註36〕豐華瞻：《中西詩歌比較》云：「無論在中國和西洋的詩歌中，都常常用典故。」參見豐華瞻：《中西詩歌比較》（北京：三聯書店，1987年），頁120。

〔註37〕參見黃宣範：〈從語意看文學〉，《翻譯與語意之間》（臺北：聯經出版社，1976年），頁71。

　　用典、在今日修辭學書中，有些並未將其視爲獨立的辭格，直接
融攝於「引用」格中，如黃慶萱先生之《修辭學》釋道：

　　　　語文中援用別人的話或典故、俗語等等，叫做「引用」。

　　〔註38〕

又如季紹德先生於《古漢語修辭》一書中所言：

　　　　引用也叫引語，在講話或寫文章時，引用前人的原話，或
　　　　眾所周知的成語、諺語、歇后語、典故、格言；以及大眾
　　　　公認的史實、資料等，來說明問題，發表見解，表達感情
　　　　的一種修辭方式，這就是引用。〔註39〕

以上二位學者將在詩文中引用前人的原話（即引用成辭）及引用史實
二者皆含於「引用」一格中，而不另立「用典」一格；然亦有學者進
一步分析，認爲「引用」與「用典」關係密切，無法摒而不談，如董
季棠先生之《修辭析論》即云：

　　　　筆者以爲談引用，一定要包括用典。事實上用典比引用更
　　　　巧妙，更傳神，更富有修辭的意義。如果用典被包括在引
　　　　用裡，那麼用典該是引用的主要部分〔註40〕。

又如陳望道先生於《修辭學發凡》中云：

　　　　文中夾雜先前的成語或故事的部分，名叫引用辭。引用故
　　　　事成語，約有兩種方式，第一說出它是何處成語故事的是
　　　　明引法；第二、並不說明單將成語故事編入自己文中的是
　　　　暗引法。……這兩類的引用法中，第二類暗用法最與所謂
　　　　用典問題有關〔註41〕。

此二位學者雖僅標明「引用」辭格，但仍必須承認「用典」與之關係

〔註38〕參見黃慶萱：〈表達方法的調整〉，《修辭學》（臺北：三民書局，1988
　　　　年），頁99。
〔註39〕參見季紹德：〈引用〉，《古漢語修辭》（吉林：文史出版社，1986年），
　　　　頁320。
〔註40〕參見董季棠：〈字句的取樸與求新〉，《修辭析論》（臺北：益智書局，
　　　　1985年），頁190。
〔註41〕參見陳望道：〈積極修辭學一〉，《修辭學發凡》（臺北：文史哲出版
　　　　社，1989年），頁107。

密切。故皆採用以「引用」爲正論，於文後附論「用典」之方法解說。此二種皆未將「用典」視爲獨立之辭格。但亦有部分修辭學者則直接標「用典」，並視爲獨立的辭格。其中有縮小其定義，以與「引用」格二分者（即狹義之用典）；如徐芹庭先生於《修辭學發微》一書中分列「用典法」與「引用法」：

> 用典、亦稱用事，乃引用古事以用於詩文者也（用典法）。
> 凡詩文中引用前代之成語，或已成之語句者，謂之引用。（引用法）。〔註42〕

亦有學者擴大用典的定義（即廣義的用典），取代「引用」格者。如趙克勤先生於《古漢語修辭簡論》一書中論及：

> 古人寫文章常常喜歡援引前人的事跡，或摘取古代典籍中的詞句來闡明自己的觀點，這就叫用典〔註43〕。

又如金兆梓先生於《實用國文修辭學》一書中言及：

> 典、典制也，亦曰古典。今茲二名，皆自有義，故單命名曰典。典也者，古籍之所記載，無論爲事物，爲言語，爲設譬，爲寓言，爲地望，爲時日，凡可比附以入吾文者，皆是也。〔註44〕

又如路燈照、成九田先生之《古詩文修辭例話》一書中云：

> 用典就是引用典故來表達某種情意，或闡明某種觀點的一種修辭方式。所謂「典故」，就是指前代人流傳下來的某些民間傳說、神話、寓言、歷史與興亡故事，或具有一定意義的詞語、格言、警句等等。〔註45〕

又如黃永武先生之《字句鍛鍊法》中亦云：

〔註42〕參見該書第四章〈章句之修辭法〉中第九節「用典法」及第十節「引用法」。徐芹庭：《修辭學發微》（臺北：台灣中華書局，1984年），頁134～141。

〔註43〕參見該書第四章〈古漢語修辭方式（三）〉第三節「用典」。趙克勤：《古漢語修辭簡論》（北京：新華書店，1983年），頁63。

〔註44〕參見該書第七章〈藻飾〉中第六節「用典」。金兆梓：《實用國文修辭學》（臺北：文史哲出版社，1977年），頁157。

〔註45〕參見路燈照、成九田：〈修辭格〉，《古詩文修辭例話》，頁127。

　　凡綜採經史舊籍中的前言往行，都叫做用典。〔註46〕

其實不論廣義或狹義，引用或用典一定具有下列一項或二項的特質：
即引用前人成詞與引用歷史故事。狹義的「用典」，只具有「引用歷
史故事」此一項。而廣義的「用典」，則二者兼引，即同於「引用」，
只是所標明之辭格名稱不同而已。其實，不論是前人成詞或歷史故
事，性質上同屬於「現成的意象構件」〔註47〕，他們都是後代文人利
用前代的書面文獻（包括詩歌本身）的某些詞語及成句來構織意象。
用之於詩歌，則如盧興基所云：

　　它們也如兩種預制的配件，並且負載與生俱來的文化和歷
　　史的信息，以藝術的形象，隨著詩人的巧妙運用而帶入作
　　品"異體"之中。〔註48〕

故不論是引用前人成詞或引用歷史故事，此二種皆屬於文學藝術的技
巧。最早對此現象進行詳盡論列的是劉勰，其於《文心雕龍》中有〈事
類〉篇專論，茲節引如下：

　　事類者，蓋文章之外，據事以類義，援古以證今者也。昔
　　文王繫易，剖判爻位，既濟九三，遠引高宗之伐，明夷六
　　五，近書箕子之貞；斯略舉人事，以徵義者也。至若胤征
　　義和，陳政典之訓；盤庚誥民，敘遲任之言；此全引成辭，
　　以明理者也。然則明理引乎成辭，徵義舉乎人事，迺聖賢
　　之鴻謨，經典之通矩也。〔註49〕

由劉勰這一段話，可以對「事類」有以下的認識：

　　一、在本質上，它是文章主旨之外的一種修辭手法，其特色在於
　　　　援引適當的材料，來加深文章的意旨和情趣。

〔註46〕參見黃永武：〈怎樣使文句華美〉，《字句鍛鍊法》（臺北：洪範書店，
　　　　1990），頁 82。

〔註47〕參見盧興基：〈用典和襲故——中國古代詩歌意象構織的特殊技
　　　　巧〉，《江海學刊》1992 年，頁 154～161。

〔註48〕同上註。

〔註49〕〔梁〕劉勰著，周振甫注：《文心雕龍注釋》（臺北：里仁書局，1984
　　　　年），頁 705。

二、在取材的類別上，有「略舉人事以徵義」及「全引成辭以明
　　理」兩種表現方式。

由此可知劉勰所謂之「事類」即鍾嶸所謂之「用事」〔註50〕。也就是
今日修辭學者所謂之「用典（或引用）」。如傅隸樸《修辭學》中所論：

　　用典，是徵引史例的一種方法。劉勰《文心雕龍》取名曰
　　事類。〔註51〕

又如鄧仕樑先生之研究所述：

　　今日我們說的「用典」，六朝人習稱為「用事」、「引事」、「事
　　義」、「事類」。觀《詩品》中，三用「用事」可見。「至乎
　　吟詠情性，亦何貴於用事。」又「喜用古事」「昉既博物，
　　動輒用事，故詩不得奇。」〔註52〕

　　本論文所謂之「用典」，定義即採用修辭學中「廣義之用典」意
義，包含舉人事及引成辭二項。並以劉勰《文心雕龍》〈事類〉篇中
之論析為主，以對元嘉詩人用典之文學現象，進行全面探討。

〔註50〕參見祖保泉：〈說《事類》——讀《文心雕龍》手札〉，《安徽師大學
　　　報》1986年，頁3。
〔註51〕參見傅隸樸：〈美麗〉，《修辭學》（臺北：正中書局，1988年），頁
　　　78。
〔註52〕參見鄧仕樑：〈鍾嶸詩品謝靈運評語試釋〉，《中國文化研究所學報》
　　　十九卷1988年，頁102。

第貳章　元嘉詩人用典繁盛的原因

第一節　緒言——用典與語言傳達

　　《文心雕龍》〈時序篇〉有云：「文變染乎世情、興廢繫乎時序」
〔註1〕。以歷史角度而觀，任何一時代的文學，乃至某一種特殊的文
體或文學技巧，其興衰變遷，皆離不開時代因素，其中包括了政治、
學術、經濟、社會等各方面。因此歷來文學研究者，皆由考察其時代
背景入手，以了解文學現象產生之因由。但一般研究者大多注意背景
之揭發，詳於外在環境影響之探討，而疏忽外在的環境因素是如何轉
化為作家的感知；也較少從文學創作中，語言所佔的地位及引起的作
用此一方面研究入手。然正如韋勒克、華倫所云：

　　　　我們可以借用伏斯勒的言論，他說：「對於某一時代的文學
　　　　史，從語言環境的分析入手，至少它的收穫要比以政治、
　　　　社會、宗教傾向，以及鄉土和風俗的分析為多。〔註2〕
因而做為語言藝術的文學，其研究亦應由文學語言入手〔註3〕。詩歌

〔註1〕〔梁〕劉勰撰，周振甫注：《文心雕龍注釋》（臺北：里仁書局，1984
　　　　年），頁816。
〔註2〕韋勒克等著，王夢鷗等譯：〈文學與文體論〉，《文學論——文學研究
　　　　方法論》（臺北：志文出版社，1976年），頁282。
〔註3〕文學語言一詞有四種不同的說法：

是文學的精髓，它發揮了語言最大的功能；而「用典」技巧的運用，更是發揮了語言的強度。用典屬於文藝技巧的一種，王師夢鷗認爲文藝技巧必須隱寓著三個條件，他說：

> 提到文藝技巧，其中便隱寓有三個條件，作者與讀者屬於兩端，語言是居中聯絡的。所以文藝技巧，即是這種傳達作用。〔註4〕

又云：

> 這技巧的極致或目標，便是表現、再現、傳達。〔註5〕

故研究元嘉時代，用典此一文學技巧興盛的原因，亦應由語言傳達的角度來分析，並在此基礎上做進一步的分析探究。符號學大師諾曼·雅克愼（Roman Osipovich Jakobson，1896－1982）在〈語言學與文字學〉一文中提出，任何語言想達到傳達之目的，其所需要之因素之間的關係圖表如下：〔註6〕

脈絡背景
CONTEXT
訊息
MESSAGE

陳述者————————————————— 接受陳述者
ADDRESSER　　　　　　　　　　　　　　ADDRESSEE

接觸
CONTACT
語碼
CODE

（1）指文字的書面語。
（2）指雅言、通語或民族語。
（3）指文學作品語言。
（4）指藝術加工的語言。
本文所用的「文學語言」仍依朱星先生《中國文學語言發展史略》（北京：新華出版社，1988年）一書研究爲依據，主要是指第三項而言。

〔註 4〕王夢鷗：〈文藝技巧論〉，《文藝論談》（臺北：學英書局，1984年），頁123。

〔註 5〕同上註。

〔註 6〕圖表見古添洪：〈雅克愼的記號詩學〉，《記號詩學》（臺北：東大圖書公司，1984年），頁98。

由圖表可知，在一個語言行為中，陳述者（addresser）把訊息（message）傳達給接受陳述者（addressee），為了使傳達生效，這個訊息必須有所指涉陳述的內容（context）。而此一背景，必須為接受陳述者所能掌握瞭解。因此，如果想要完成傳達的目的，陳述者必須能夠把訊息製成語碼（code），而接受陳述者則必須能夠解開語碼。但是即使這個語碼是陳述者與接受陳述者所共有，或部分共有的，接受陳述者若想充分明瞭這個訊息，仍須求助於這個訊息所指涉的脈絡背景。而陳述者在傳送訊息時，也同樣仰賴這個脈絡背景。此為任何語言在完成其溝通行為時所需具備的要素。而此要素亦可運用文學作品上，因為文學之技巧也牽涉傳達的行為。若運用於文學，則圖表中之陳述者即相當於作者，而接受者即相當於讀者。用典為文學技巧中之一種，故對它的研究自是不可忽略了作者與讀者間之傳達作用。此為本文研究元嘉詩人用典興盛原因的基本觀點。

　　用典是藉古事古語以表情達意的文學技巧。但由於古事古語已成歷史，因此若要了解詩人用典所指涉為何，則在詩人與讀者之間，對古籍、歷史必要要有共同的認識，共同的價值觀，否則詩人使用了一個冷僻不為人知的字詞或典故，只是造成詩歌的茫昧難解，無法達到傳達的作用，更遑論引起讀者的共鳴與欣賞。正如同鄭樹森先生所云：

> 個別字詞在詩中出現時，其廣闊的語義範疇，及同時引發
> 的種種聯想，是斂藏不顯的；典故更是如此。因此讀者只
> 有依賴對傳統的共通認識，才能較全面掌握其用意。〔註7〕

唯有在作者與讀者有共通的認識此一基礎上，典故在詩中的作用，就可以成為一個具有意蘊及感染力的符號；反之，如果二者之間並無共通之認識，就作者而言，用典此一技巧就無法達成傳達的作用。就讀者而言，詩歌中的典故，也會成為欣賞閱讀時的障礙。徐復觀

〔註7〕鄭樹森：〈結構主義與中國文學研究〉，收入周英雄：《結構主義與中國文學》（臺北：東大圖書公司，1983 年），頁 26。

先生論道：

> 至於用典故，則問題更多。第一，每一典故的本身，總要
> 幾十字甚至幾百字幾千字的說明；而用在詩詞裡面，便常
> 簡縮成幾個字；這一點，已經給讀者一道障壁。第二、典
> 故是屬於過去的，與詩人詞人當下所要表達的情景，如何
> 能一般無二？這便又可能增加一層障壁。〔註8〕

若依雅克慎之說加以解釋，即是陳述者（作者）與接受陳述者（讀者）
在製作解讀語碼（典故）時，必須依賴共同的脈絡背景，才能完成交
流之目的。因此若能妙用典故，不但能有效傳達作者所指涉之經驗，
也可以誇耀作者之學力；另一方面，就讀者而言，能順利解讀語碼，
從而正確地理解作者之意圖，也可以顯示出讀者自身學養之富博。正
如葛兆光先生之研究論道：

> 顯而易見，典故作為詩歌中的一種特殊詞匯，它用在詩裡
> 是通暢還是晦澀，平易還是艱深，並不在於其他，而僅僅
> 取決於作者與讀者的文化對應關係。〔註9〕

在南朝劉宋元嘉時期，詩人在作品中大量隸事用典，但這些詩中的「典
故」，並未造成詩人與讀者間語言傳達的障礙，其時文人不但不貶斥
其生澀艱深，反而視之為文學創作之基本素養，群起效尤，影響所及，
形成齊梁時期「緝事比類」、「全借古語、用申今情」〔註10〕的用典風
氣，此實與當時創作詩歌之作者與欣賞的讀者及二者之間的傳播、互
動有關。因此今日欲探討元嘉詩人用典繁盛之原因，除了就文學作品
本身之演進加以考察外，尚須注意到作者、讀者的因素。故本章分為
作者、讀者與作品三方面加以分析用典技巧在元嘉時代興盛的原因。

〔註8〕徐復觀：〈詩詞的創造過程及其表現效果——有關詩詞的隔與不隔及
　　　其他〉，《中國文學論集》（臺北：臺灣學生書局，1974年），頁127。

〔註9〕參見葛兆光：〈典故：中國古典詩歌中特殊詞匯的剖析之一〉，《漢字
　　　的魔方：中國古典詩歌語言學的札記》（香港：中華書局，1989年），
　　　頁151。

〔註10〕〔梁〕蕭子顯：〈文學列傳〉，《南齊書》（臺北：鼎文書局，1975年），
　　　卷五十二，頁908。

第二節　作者方面──文學聲譽之榮耀感

　　作者是作品的創作者，因此作品的形式內容乃至於表現技巧都會受到作家直接的影響。因為：

> 藝術作品最顯而易見的原因便是他的創造者──作家。
> 〔註11〕

故本節擬先由作者──元嘉詩人的角度，來考察其時用典技巧繁盛的原因。但正如周杉先生所論：

> 在中國，詩人與詩的文化意義滲入了個別詩人的解釋的各角度，試圖就詩論詩（也即是純文學的讀詩）是極困難的。中國傳統中的"詩人"這個觀念是片面的。過去沒有一個人可以只是"詩人"。作詩是文人的消遣和學問。幾乎千篇一律，詩人即是讀書人，也是官員。〔註12〕

因此從作者角度研究時，宜先由作者──即詩人的身份背景及其詩人所處的社會進行討論。

　　劉宋繼東晉之後，在當時社會中，門閥觀念仍根深柢固。所謂「以士庶之別，為貴賤之分，積習相沿，遂成定制。」〔註13〕為典型的門第階級社會。當時的人矜尚門閥，世家大族與寒門庶姓之間界限極為嚴格，甚至世族之間，也有等級之差別。世家大族不論在政治權勢、經濟力量、社會地位等方面，都佔有絕對的優勢〔註14〕。

〔註11〕參見韋勒克等著，王夢鷗等譯：〈文學與傳記〉，《文學論──文學研究方法論》，頁115。

〔註12〕參見周杉：〈文學聲譽的涵義〉，《九州學刊》第3卷第2期，（1989年6月）。

〔註13〕〔清〕趙翼：《廿二史劄記》（北京：中國書店，1990年），卷十二，頁157。

〔註14〕史書對六朝時期簪纓相繼，累世文人的特殊社會階段，稱謂不一。毛漢光先生於《兩晉南北朝士族政治之研究》（臺北：中國學術著作獎助委員會，1966年）一書中，稽考史籍。得廿七種稱謂如下：
指家門貴盛者：高門、門戶、門第、門地、門望。
指身分華貴者：膏腴、膏梁、甲族、華僑、貴遊。
指權勢顯赫者：勢族、勢家、貴勢。
指家族綿延者：世家、世胄、門胄、金張世族、世族。

在此一體制下、世家大族不但主導著當時社會，儼然爲時代之中堅；在學術及文學創作方面，世族文人也是最主要的推動者及貢獻者。而這也是世族能保有其特殊地位，維繫門業於不墜的主要原因。錢穆先生研究道：

> 當時門第傳統共同理想，所希望於門第中人，上自賢父兄，下至佳子第，不外兩大要目：一則希望其能具孝友之內行，一則希望其能有經籍文史學業之修養。此兩種希望，並合成爲當時之家教。其前一項之表現，則成家風。後一項之表現，則成爲家學。〔註15〕

此家風家學爲世族光耀門業、能文善筆、累世而不墜的主要原因。在家學方面，世族文人由於生活優裕，多能致力於學業上之表現。除了經史之學爲世族所重視外，文學尤爲時尚，形成所謂的「文學世族」。蘇紹興云：

> 蓋因有累世經學，而有累世公卿，學業與門第，乃是相因相承。自有門第，於是乃有累世之學業而別成門第家學；世族子弟除於爵位蟬聯之外，又貴有文才相繼，此則所謂文學世族。〔註16〕

這些文學世族挾其得天獨厚的優勢，從事文學創作。而「文學聲譽」更是世族文人所熱烈追求者〔註17〕，故其時之世族子弟無不致力於文學之創作。自東晉至梁、陳，據《隋書》〈經籍志〉所載別集的數量

指姓氏觀點者：著姓、右姓。
指家門社會地位者：門閥、閥閱。
指家族名聲者：名族、高族、高門大族。
指政治、文化、社會者：士流、士族。
本文則依論述內容重心之不同，採用「世族」與「士族」一詞，來進行探究。

〔註15〕參見錢穆：〈略論魏晉南北朝學術文化與當時門第之關係〉，《中國學術思想史論叢（三）》（臺北：東大圖書公司，1977 年），頁 171。

〔註16〕蘇紹興：〈東晉南北朝之文學世族對當代文學學術之貢獻〉，《兩晉南朝的士族》（臺北：聯經出版事業公司，1987 年），頁 203。

〔註17〕周杉：〈文學聲譽的涵義〉，《九州學刊》第 3 卷第 2 期，（1989 年 6 月）。

共有二百八十一部，其中多出自世族子弟之手〔註18〕。今考元嘉詩
人，除鮑照爲寒門素族外〔註19〕，大都是世族文人。故今日探討元嘉
詩人用典之原因，必先明劉宋世族文學之背景。因爲在文學創作此一
活動中，作者之身份背景、文學素養及其心理因素，皆會影響其創作
技巧之表現。故本節由作者──元嘉詩人的角度考察，再析分爲炫耀
博學的心理與飾辭論辯的影響兩部份加以討論。

一、炫耀博學的心理

　　自東晉以降，文學不但成爲世族之專利品，更是社會價值之標
準。門第中文學的表現、文才的多寡，自然成爲門第令譽的重要關鍵。
人以文顯、文以人顯，世族子弟若要獲取社會聲譽，文學創作是一條
實際又便捷的道路。鍾嶸《詩品‧序》云：

> 今日士俗，斯風熾矣。纔能勝衣，甫就小學，必甘心而馳
> 騖焉。於是庸音雜體，人各爲容。至使膏腴子弟，恥文不
> 逮，終朝點綴，分夜呻吟。〔註20〕

此爲劉宋以來社會風氣之寫照。由於文學逐漸成爲社會價值之標
準，進而以文章賢能做爲任官標準的風氣，亦逐漸醞釀成熟〔註21〕。

〔註18〕蘇紹興於〈東晉南北朝之文學世族對當代文學學術之貢獻〉一文中，
　　　　依《隋志》統計東晉南朝文集的數量，所得共有二百八十一部，這
　　　　些文集大多出自於世族子弟之手。見蘇紹興：〈東晉南北朝之文學世
　　　　族對當代文學學術之貢獻〉，頁209。
〔註19〕鮑照在〈拜侍郎上疏〉一文中自稱：「北州衰淪，身地孤賤。」〔清〕
　　　　嚴可均校輯：《全宋文》卷四十六，收入《全上古三代秦漢三國六朝
　　　　文》，頁2690。鍾嶸《詩品》亦評之曰：「才秀人微」。汪中選注：《詩
　　　　品注》，頁184。在《南史》〈恩倖傳論〉中云：「孝武以來，士庶雜
　　　　選，如東海鮑照以才學知名，又用魯郡巢尚之，……。」在此將鮑
　　　　照與巢尚之等寒門權臣並稱之爲「恩倖」，同時也說明了出身寒門的
　　　　鮑照之任中書舍人，乃因其「以才學知名」。〔唐〕李延壽撰：〈恩
　　　　倖列傳〉，《南史》（臺北：鼎文書局，1976年），卷七十七，頁1914。
〔註20〕〔梁〕鍾嶸著，汪中選注：《詩品注》（臺北：正中書局，1985年），
　　　　頁18。
〔註21〕參見毛漢光：〈中國中古賢能觀念之研究──任官標準之觀察〉，《中
　　　　央研究院歷史語言研究所集刊》四十八本第三分（1977年9月），頁

姚察云：

> 觀夫二漢求賢，率先經術；近世取人，多由文史。〔註22〕

尤其當遭遇愛好文藝的明君時，文才更成爲快速升遷的跳板，於是士族文人莫不以文學創作爲高，以學養富博爲尙。劉宋文人，亦多以博涉爲貴，檢之史書，歷歷可證：

傅亮：「博涉經史，尤善文詞。」〔註23〕

范泰：「博覽篇籍，好爲文章。」〔註24〕

袁淑：「泛覽經籍，好屬文，辭采遒豔。。」〔註25〕

羊欣：「泛覽經籍，尤長隸書」〔註26〕

王微：「少好學，無不通覽，善屬文。」〔註27〕

何承天：「聰明博學，故承天幼漸訓義，儒史百家，莫不該覽。」

〔註28〕

劉湛：「博涉史傳，諳前世舊典。」〔註29〕

范曄：「少好學，博涉經史，善爲文章。」〔註30〕

時人亦多以好讀書爲貴，如：

徐廣：「性好讀書，年過八十，猶歲讀五經一遍。」〔註31〕

何尙之：「愛尙文義，老而不休。」〔註32〕

而「文章之美，冠絕當時」的元嘉詩人謝靈運、顏延之更是以博覽著稱：

356～357。

〔註22〕〔唐〕姚思廉撰：〈江淹任昉列傳〉，《梁書》（臺北：鼎文書局，1975年），卷十四，頁258。

〔註23〕〔梁〕沈約撰：〈傅亮列傳〉，《宋書》（臺北：鼎文書局，1975年），卷四十三，頁1336。

〔註24〕同上註，〈范泰列傳〉，卷六十，頁1623。

〔註25〕同上註，〈袁淑列傳〉，卷七十，頁1835。

〔註26〕同上註，〈羊欣列傳〉，卷六十二，頁1661。

〔註27〕同上註，〈王微列傳〉，卷六十二，頁1664。

〔註28〕同上註，〈何承天列傳〉，卷六十四，頁1701。

〔註29〕同上註，〈劉湛列傳〉，卷六十九，頁1815。

〔註30〕同上註，〈范曄列傳〉，卷六十九，頁1819。

〔註31〕〔唐〕李延壽撰：〈徐廣列傳〉，《南史》，卷三十三，頁859。

〔註32〕〔梁〕沈約撰：〈何尙之列傳〉，《宋書》，卷六十六，頁1738。

謝靈運：「少好學，博覽群書，文章之美，江左莫逮。」〔註33〕

顏延之：「好讀書，無所不覽，文章之美，冠絕當時。」〔註34〕

社會風尚既推重博覽群書、善爲文章之飽學之士，故士族文人無不殫精竭慮於此，並以此自高。而詩人們欲誇耀一己之「博涉多通」，達到「雖謝天才，且表學問」的目的，最好的表現方法即是在作品中隸事用典。

《文心雕龍》〈事類篇〉論道：「事類者，據事以類義，援古以證今者也。」〔註35〕此法必須取用古籍中的人事或成語，間接地喻託作者的情意，但在運用時，引成辭會受到原典語文結構的限制；引古事更須考慮到所引古人古事其背後所蘊含之「意義」。由於語言本身已是「有限」的符號系統，而「用典」的諸多成規，更增加了它的封閉性。再加上必須安排在有限的詩句中，此創作時層層的障礙，非才學精贍，博涉經史者，難能運用自如。但也由於用典有了這些限制，反而是它對當時詩人特具魅力的原因。正如同劉勰《文心雕龍》〈事類〉所云：

> 學貧者，迍邅於事義，才餒者，劬勞於辭情。〔註36〕

「用典」必須廣徵博引，自然需要學問豐贍。但即使學問高深，若無著述之才，也無法剪裁材料，組織成文。故用典得當，無疑是「學」富「才」高的表現。在劉宋重視文學聲譽的社會中，「用典」在士族文人的眼中，成爲個人才學的體現。

其次，在劉宋世族社會中，文學成爲世族之專利品，不但是獲致聲譽、官職的利器，同時也是士族文人的社交工具。故文學創作能力及其技術，是士族身分應有的表現〔註37〕。因此在公私的社交場合，

〔註33〕同上註，〈謝靈運列傳〉，卷六十七，頁 1743。

〔註34〕同上註，〈顏延之列傳〉，卷七十三，頁 1891。

〔註35〕〔梁〕劉勰著，周振甫注：《文心雕龍注釋》（臺北：里仁書局，1984年），頁 705。

〔註36〕同上註。

〔註37〕參見呂光華：〈南朝貴遊文學集團的發展背景〉，《南朝貴遊文學集團

酒酣耳熟之際即席賦詩，若不擅長於此項才能，將有辱身分及門風。但要於短時間內賦詩行文，則不能不仗恃著胸中所積累的書本知識與熟練的修辭技巧。此種風氣發展下來，修辭技巧就日益受到詩人們之重視。而「用典」既能誇耀胸中所積累的書本學問，若技巧熟練，又能應付即席賦詩之場面，故成為詩人們所必備的技巧。

今觀元嘉詩人之作品中，頗多應詔、侍宴、從游之作。詩人或應付恩主的需求，或迎合某種場面的必要，他們在即席揮筆和墨、又要能誇耀富博，自然必須熟練用典的技巧，熟記些古人古事或美言佳句以備所需。如顏延之現存的二十九首詩歌中，即頗多此類作品，如〈應詔讌曲水作詩〉、〈皇太子釋奠會作詩〉、〈三月三日詔宴西池詩〉、〈為皇太子侍宴餞衡陽南平二王應詔詩〉〔註38〕等，這此都是應詔侍宴之作。如《文選》所錄〈應詔讌曲水作詩〉李善注云：

> 四言。《水經注》曰：「舊樂遊苑，宋元嘉十一年，以其地為曲水，武帝引流轉酌賦詩。」裴子野《宋略》曰：「文帝元嘉十一年三月丙申，禊飲于樂遊苑，且祖道江夏王義恭，衡陽王義季。有詔，會者賦詩。〔註39〕

禊飲賦詩，本即遊戲性質，在其時特重富博的文風影響下，顏延之在詩中大量用典，古事古語，連篇累牘，幾乎無一字無來歷。其他如謝靈運、鮑照、謝莊等人的詩集中皆有公宴應詔之作〔註40〕，也

研究》（臺北：政大中文所博士論文，1990 年）。

〔註38〕逯欽立：《宋詩》卷五，收入《先秦漢魏晉南北朝詩》（臺北：木鐸出版社，1983 年），頁 1225～1228。

〔註39〕〔梁〕蕭統編，〔唐〕李善注：《文選》（臺北：華正書局，1982 年），頁 24b。

〔註40〕謝靈運有〈九日從宋公戲馬臺集送孔令〉、〈從遊京口北固應詔〉等作，逯欽立：《宋詩》卷二，收入《先秦漢魏晉南北朝詩》，頁 1157～1159。謝莊有〈丞齋應詔〉、〈和元日雪花應詔〉、〈七夕夜詠牛女制〉等作。見逯欽立：《宋詩》卷六，收入《先秦漢魏晉南北朝詩》，頁 1250～1251。鮑照有〈從過舊宮〉、〈從臨海王上荊初發新渚〉、〈侍宴覆舟山〉、〈從拜陵登京峴〉、〈蒜山被始興王命作〉等，逯欽立：《宋詩》卷八，收入《先秦漢魏晉南北朝詩》，頁 1290～1291；1281～1282。

都呈現出富博典麗的風格。在劉宋重視文學聲譽的社會中，甚至連武將也要具備即席賦詩的文學才能。如《南史》卷三十七〈沈慶之傳〉記載：

> 上（宋孝武帝）嘗歡飲，普令群臣賦詩。慶之粗有口辯，手不知書，每將署事，輒恨眼不識字。上逼令作詩。慶之曰：「臣不知書，請口授師伯。」上即令顏師伯執筆。慶之口授之曰：「微生遇多幸，得逢時運昌。朽老筋力盡，徒步還南崗。辭榮此聖世，何愧張子房！」上甚悅，眾坐並稱其辭意之美。〔註41〕

在沈慶之的例子中，慶之即席受詔賦詩，又必須當筵吟誦，「用典」無疑是最快速又能顯示學養的表現技巧。正如 David Lattimore 於〈用典和唐詩〉一文中所道：

> 在這種幾乎是口語詩的詩裡，典故可能提供一種現成的填料，在功用上和荷馬史詩的套語（Homeric formulas）相似，但缺乏其方便的固定性。〔註42〕

沈慶之為一武將，「手不知書」、「眼不識字」，但不妨礙他在筵席上當場賦詩，此全拜他引用成辭及古事之賜。而此詩做成，「眾坐稱其辭意之美。」足見當時作詩已成為當時士人社交場合必備的技能。而在詩中用典不但能應付即席賦詩之場合，又能藉著妙用事義而達到「炫耀自己的富博和才能」〔註43〕的目的，於是便受到詩人們重視而廣為運用了。

二、清談論辯的影響

　　清談風氣的形成，主要與東漢以來論政品人的清議之風和新舊經解間論學清辯的爭議，關係密切。它的興起，本是為了因應政治及學

〔註41〕〔唐〕李延壽撰：〈沈慶之列傳〉，《南史》，卷三十七，頁958。
〔註42〕David Lattimore 著，陳次雲譯：〈用典和唐詩〉，收入侯建等編：《國外學者看中國文學》（臺北：中央文物供應社，1982年），頁55。
〔註43〕參見王瑤：〈隸事・聲律・宮體——論齊梁詩〉，《中古文學史論》（臺北：長安出版社，1986年），頁93。

術上的實際需要。但自漢末以來，由於在政治上的黨錮之禍，學術思想上經學逐漸衰微，轉向談玄說理，於是「遊戲」的態度逐漸取代了原先的實用目的，成爲士族階層盛行的一種言語交鋒形式的社交活動〔註44〕。當時的清談有兩種形式：

> 一種是專題辯論式的，辯論的内容多是老莊哲學中的某些命題。這種清談，主講者必須對某個問題有所專攻，進行一次需要花費較長的時間，所以不是每一個人都可以成爲清談名家。另一種是即興式的，在社交場合中，用問難抗答的方式來進行言談應對。這是在清談風氣影響下當時社會上出現的一種較普遍的言語現象。〔註45〕

此二種形式對於文體都造成了不同的影響。劉勰《文心雕龍》〈時序〉篇中，曾論及清談帶給文體的影響，其言道：

> 自中朝貴玄，江左稱盛，因談餘氣，流成文體。是以世極迍邅，而辭意夷泰。詩必柱下之旨歸，賦乃漆園之義疏。〔註46〕

這種「柱下旨歸」、「漆園義疏」或「道德論」正是清談論辯之風對文學寫作題材的影響。但文體的變遷，除了寫作題材的轉變外，尚有寫作方法及技巧上的變遷〔註47〕，而此則與士族階層的社交生活中，即興式清談風尚有密切之關連。

　　魏晉以下，由於清談論辯成爲貴族生活中的一種娛樂節目。因此士族文人，若要涉足社交場合，就必須熟悉此道，否則就會受人輕視。故門弟中的家長必教誡其子弟用心於言談。錢穆先生曾論及：

> 當時清談，正成爲門第中人一種品格標記。若在交際場中

〔註44〕參見錢穆：〈略論魏晉南北朝學術文化與當時門第之關係〉，《中國學術思想史論叢（三）》，頁134～199。

〔註45〕參見周舸岷、陳淑欽：〈清談之風與魏晉的言語修辭〉，收入中國修辭學會編：《修辭學論文集》（第三集）（福建：福建人民出版社，1985年），頁386。

〔註46〕〔梁〕劉勰著，周振甫注：〈時序〉，《文心雕龍注釋》，頁816。

〔註47〕王夢鷗：〈漢魏六朝文體變遷之一考察〉，《傳統文學論衡》（臺北：時報文化出版，1987年），頁92～101。

不擅此項才藝，便成失禮，是一種丟面子的事故云如客至
之有設。若家有賓客來至，坐對之際，茗果既設，亦須言
談。惟既不宜談政治隆污，又不屑談桑麻豐凶。若要夠得
上雅人深致，則所談應不出上述之數項（案：即才性四本、
聲無哀樂等論題），此所謂言家口實。當時年長者應接通家
子弟，多憑此等話題，考驗此子弟之天姿與學養。故當時
門弟中賢家長必教戒其子弟注意此等言談材料，此乃當時
門第裝點場面周旋酬酢中一項重要節目。〔註48〕

由於此種因素，故不論是主客二人的小規模對談，抑是嘉賓萃集的大
場面聚會，士人都不忘以清言相接，互逞才鋒。其間所談者固不乏學
術思想上的論題，但實際上卻日益注重辯論方法及音辭技巧的講求。
當時清談的勝負，不特注重所說的「理」，同時也注意所說的「辭」，
因此在決定勝負時，常有人「理勝」，有人「辭勝」的定評。如《世
說新語》〈品藻〉篇第四十八條：

既去，（王荀子）問曰：「劉尹語何如尊？」長史曰：韶音
令辭，不如我。往輒破的勝我。〔註49〕

這即是王濛（長史）勝在「辭」，而劉尹（惔）勝在「理」。換言之，
即清談時不只以內容取勝，更能因「韶音」、「令辭」，使聽者欣賞玩
味，甚至可以「但共嗟詠二家之美，不辨其理之所在。」〔註50〕於是
言辭的修飾技巧逐漸受到了重視。何啓民先生研究道：

在初時，人們尚注意於理論的探討，最後，則漸趨於技巧
的鍛鍊。〔註51〕

由於在社交場合，言語交鋒，互逞才學之際，拖沓冗長的言語是不
利於問難抗答的。因此清談家日益重視談辯修辭技巧的鍛鍊。再加

〔註48〕錢穆：〈略論魏晉南北朝學術文化與當時門第之關係〉，頁190～191。
〔註49〕〔宋〕劉義慶撰，〔梁〕劉孝標注，徐震堮著：《世說新語校箋》（香
　　　港：中華書局，1987年），頁288。
〔註50〕〔宋〕劉義慶撰，〔梁〕劉孝標注，徐震堮著：《世說新語校箋》（香
　　　港：中華書局，1987年），頁124。
〔註51〕何啓民：〈魏晉思想與談論之關係〉，《魏晉思想與談風》（臺北：台
　　　灣學生書局，1990年），頁10。

上清談講究玄虛，人們欣賞含蓄深沈，又能發人深思的言語。于是「詞約旨豐」乃成爲清談名士悉心企慕追求的目標〔註52〕。如《世說新語》〈文學〉篇一六條云：

> 客問樂令旨不至者，樂亦不復剖析文句，直以麈尾柄确几曰：「至不？」客曰：「至。」樂因又舉麈尾曰：「若至者那得去？」於是客乃悟服。樂辭約而旨達，皆此類。〔註53〕

「辭約旨達」即言辭簡約而道理又說得清楚明白，此爲清談中很高的境界，魏晉人士特別欣賞〔註54〕。《世說新語》〈賞譽〉篇二五條云：「王夷甫自歎：我與樂令談，未嘗不覺我言爲煩。」同條劉注引《晉陽秋》云：

> 樂廣善以約言厭人心，其所不知，默如也。太尉王夷甫，光祿大夫裴叔則能清言，常曰：與樂君言，覺其簡至，吾等皆煩。〔註55〕

王、樂爲天下風流稱首，皆主語言簡約，自當對其時清談風氣產生很大的影響。此種談辯方式受到士人的喜好而形成風尚，於是文人們莫不在此言談的技巧上大做文章，因爲不僅得譽在此，得官亦在此。《世說新語》〈文學〉篇第五十三條載：

> 張憑舉孝廉，出都，負其才氣，謂必參時彥。欲詣劉尹，鄉里及同舉者共笑之。張遂詣劉，劉洗濯料事，處之下坐，唯通寒暑，神意不接。張欲自發無端。頃之，長史諸賢來清言，客主有不通處，張乃遙於末坐判之，言約旨遠，足暢彼我之懷，一坐皆驚。……即同載詣撫軍，至門，劉前進謂撫軍曰：「下官今日爲公得一太常博士妙選。」既前，

〔註52〕王鍾陵：〈漢人的繁衍習氣和玄學的簡約風尚〉，《四百年民族心靈的展示：中國中古詩歌史》（北京：人民出版社，2005年），頁89。

〔註53〕〔宋〕劉義慶撰，〔梁〕劉孝標注，徐震堮著《世說新語校箋》，頁110～111。

〔註54〕唐翼明：〈清談的理想境界〉，《魏晉清談》（臺北：東大圖書公司，1992年），頁75。

〔註55〕〔宋〕劉義慶撰，〔梁〕劉孝標注，徐震堮著：《世說新語校箋》，頁239。

撫軍與之話言，咨嗟稱善，曰：「張憑勃窣爲理窟。」即用

爲太常博士。〔註56〕

張憑的「言約旨遠」即是言辭簡約，而意蘊深遠，此爲更高的境界，

爲魏晉人士倍加讚賞。張憑即因爲有此辯才，而得譽升官。故清談家

在重視才學的世族社會中，欲在時有的社交場合中表現「言約旨遠」

的辯才以博取聲譽，乃日益重視言辭之修辭技巧。而能達到此種效

果，莫如在言辭中運用比喻及用典之技巧。

　　《世說新語》爲記載魏晉至劉宋之間清談家的言語及行事，其中

頗多當時人言談應對的言語片斷。今日考察此書，可以發現「用典」

和「比喻」是其中運用最爲頻繁的修辭手法〔註57〕。其中又因「用典」

在使用時受到較大的限制，唯有博學能文者才能運用自如，因此更受

到談辯者的喜好。今考《世說新語》一書中，魏晉士人在言談上用典

的方式已十分豐富，有引前人成辭者，如〈言語〉第八十條：

李弘度常嘆不被遇，殷揚州知其家貧，問：「君能屈志百里

不？」李答曰：「北門之歎，久已上聞；窮猿奔林，豈暇擇

木！」遂授剡縣。〔註58〕

又如〈傷逝〉第十七條：

孝武山陵夕，王孝伯入臨，告其諸弟曰：「雖榱角惟新，便

自有黍離之哀！」〔註59〕

此二例中引用之「北門」和「黍離」皆爲《詩經》的篇名。原詩中所

述分別是能人不得志的慨歎與行役者的傷時之情。而在李弘度與王孝

伯而言，他們正好有失志的慨歎與傷時的憂情，故借用《詩經》的篇

〔註56〕〔宋〕劉義慶撰，〔梁〕劉孝標注，徐震堮著：《世說新語校箋》，

　　　　頁128～129。

〔註57〕參見梅家玲：〈從「用典」看《世說》人物言談的藝術表現〉，《世說

　　　　新語的語言藝術》（臺北：台大中文所博士論文，1991年），頁158

〔註58〕〔宋〕劉義慶撰，〔梁〕劉孝標注，徐震堮著：《世說新語校箋》，

　　　　頁77。

〔註59〕〔宋〕劉義慶撰，〔梁〕劉孝標注，徐震堮著：《世說新語校箋》，

　　　　頁353。

名以表情達意。除了引用原有的成辭篇章外，亦有引用歷史故事者，
如〈規箴〉第十八條所載：

> 小庾在荊州，公朝大會，問諸僚佐曰：「我欲爲漢高、魏武、
> 何如？」一坐莫答。長史江虨曰：「願明公爲桓、文之事，
> 不願作漢高、魏武也！」〔註60〕

此例中庾翼引用漢高祖、魏武帝的典故表明一己欲爲一代之長，有自
立爲帝之心；但江虨則引用桓、文之事的典故規勸其輔佐今上，切勿
有自立之心，此爲引用古人古事的用典方式。凡此用典技巧，考之《世
說新語》其例甚多。由於在言辭中借助成辭或高度凝縮後之古事，以
表達說者之旨趣，不但可以誇耀自身才學；又因典故大都有其特定且
豐富之歷史意蘊；談辯者當下運用，還可以引發聆聽者豐富之聯想，
往往可以節省許多需要直接表達的文字，「使用少量的語言能夠表達很
豐富的內容。」〔註61〕此正是清談者所重視「言約旨豐」的修辭效果。

談辯發展至劉宋元嘉時期，隨著貴遊文學集團之興盛，已逐漸成
爲士族文人的時尚，一種社交場合中的「知性遊戲」。如《宋書》卷
五十八〈王惠傳〉云：

> 陳郡謝瞻才辯有風氣，嘗與兄弟群從造惠，談論鋒起，文
> 史間發，惠時相酬應，言清理遠，瞻等慚而退。〔註62〕

在社交場合中，談論鋒起時，當「文史間發」之際，必引古人古事以
論辯爭勝，而此言辭上對文史廣徵博引的結果，也會影響到文人在創
作時文辭技巧的運用。周舸岷先生研究論道：

> 從魏和西晉文學創作上注重修辭的傾向，到魏晉清談家注
> 重修飾言語，再到南朝文學的偏重形式，我們可以看出它
> 們之間的發展脈絡。〔註63〕

〔註60〕〔宋〕劉義慶撰，〔梁〕劉孝標注，徐震堮著：《世說新語校箋》，
　　　　頁312。
〔註61〕參見李文沛：〈詩歌用典的功能和技巧〉，《徐州師範學院學報》1983
　　　　年第1期，頁33～37。
〔註62〕〔梁〕沈約撰：〈王惠列傳〉，《宋書》，卷五十八，頁1589。
〔註63〕參見周舸岷：〈世說新語的語言特徵及其影響〉，《浙江師範大學學

從「用典」日益重視的角度觀察，正可察其脈絡痕跡。於是在言詞上習用「用典」之技巧，此時更廣泛運用於詩歌的創作中，成為士族文人們社交應酬，又能炫示博學的最佳工具。

第三節　讀者方面——合格讀者之滿足感

文學作品的內容、風格乃至技巧會受到作者因素的影響；但在文學語言的傳達行為中，做為作品接受者的讀者，其閱讀、審美的心理，也同樣對文學作品的表現有密切的關連。故欲探究文學作品之表現技巧，除了考察作者因素外，尚須了解作品的接受者即讀者的閱讀心理。

就元嘉詩人的身分考察，他們除了是「詩人」的身分外，也同樣是政府官吏。因此，在重視文學聲譽的社會中，當他們在公開社交場合即席賦詩，「陳詩展義」之際，無不在表現技巧上竭盡心力以逞博誇富；其目的除了要「技」壓同儕外，最重要的就是博取帝室王侯的青睞。今考元嘉詩人作品中，詩題頗多為「侍宴」、「侍遊」、「應詔」等作品。而往往在這類詩歌中，用典的手法最為頻繁。如顏延之〈車駕幸京口侍遊蒜山作〉詩，全詩累用古語古事、幾乎句句用典。〔註64〕而此類作品的「讀者」，自然是掌握著官職陞遷大權的帝室王侯了。故為了能在眾詩人（或官場同儕）中脫穎而出，無不以帝室王侯之文學興趣馬首是瞻。更何況所謂的「文學價值」，往往取決於是否投合讀者的品味。朱立元論道：

> 文學價值不僅取決于作品的客體性質，還取決于讀者的主體需求性。離開了讀者的特定需求，作品就只能是還沒有價值化的純客體，或者說，只能是文學的潛在價值。〔註65〕

報》，1986 年第 1 期，頁 91。

〔註64〕逯欽立：《宋詩》卷五，《先秦漢魏晉南北朝詩》，頁 1230～1231。

〔註65〕參見朱立元：《接受美學》（上海：上海人民出版社，1989 年），頁 234。

足見在文學的價值形態中,「讀者」的主體需求,在某種程度上,是文學價值的裁決者。此種現象,在劉宋貴遊文學風氣下的社會中,尤為顯著。今考元嘉詩人中,大都是「貴遊文學集團」〔註66〕中的一分子。而這些貴遊文學集團中的主人,不是帝王之尊,就是公侯之貴。而他們也是文學作品的當然「讀者」,故這些帝室王侯們挾其在政治上的優勢,其對文學的好惡,明顯地左右著時代文學之風尚乃至於文學技巧之表現。故本節首先由帝室王侯之文學興趣進行研究。

其次,在貴遊文學興盛的時代中,除了帝室王侯外,集團中的文士,也同時是文學作品的另一廣大讀者群。他們平日的社交活動,即是「以文義賞會」〔註67〕,其身分除了是作者,也往往身兼讀者之職。他們是一群文化層次、教育、素養、趣味、乃至於社會人生態度皆相近的人群。在「共同的或相近的文化心理結構把他們連結在一起,在社會上構成一種相近的文化傾向、要求與心態。」〔註68〕,這群人即形成了所謂的「文化圈」〔註69〕。一般而言,同一文化圈內的人們,往往即屬于同一讀者群。劉宋元嘉詩人,雖各屬於不同的文學集團,但實是同一文化圈中的人群。

元嘉詩人好「用典」此一技巧,對後來讀者而言,或許有頗多生澀難解之處,但對當時同一文化圈中的「合格讀者」而言,不但不會形成障礙,反而更能引起審美經驗的交流。依照英國文學批評家瑞恰慈(I. A. Richards,1893～1979)曾強調詩歌的技術定義是:

〔註66〕所謂貴遊文學,本文係指對文學有興趣的天子王侯朝貴,與其所招攬以文學技藝事上的侍從文士此一群體組合。參見王師夢鷗《古典文學論探索》(臺北:正中書局,1984年),頁117～136。

〔註67〕〔梁〕沈約撰:〈謝弘微傳〉,《宋書》,卷五十八,頁1590。

〔註68〕朱立元:《接受美學》,頁180。

〔註69〕文學的接受是一種社會交流的活動,在劉宋元嘉時期,由於士族社會的影響。士族階層中的文人,在相近的文化傾向及背景下形成屬於此一階層的「文化圈」。本節由文學接受的角度來探討。「文化圈」中的讀者對文學創作之約制性,詳見本節第二部分之研究。

　　　　合格的讀者在細讀詩句時所感受的經驗。〔註70〕

故不論是文化圈中的士人，乃至於帝室王侯無不力求自己是「合格的讀者」〔註71〕，能由閱讀行為中，獲得理解作者的意圖，而達到的一體感與滿足感。尤其在魏晉以來的士族社會中，正如日本前野直彬所言：

　　　　懂得典故是一種博識，是受到很高的評價的。〔註72〕

故在同一文化圈中的讀者群，不但不排斥典故，反而欣賞典故，品味典故，在此種閱讀興趣的引導下，元嘉詩人們若要滿足讀者的閱讀與接受，自然必須在作品中隸事用典。故欲探元嘉詩人喜好用典之現象，尚須考察文化圈中讀者群對作者創作時的制約性，才能較全面地的掌握其原因。

一、帝室王侯的文學興趣

　　　　士族是魏晉以來社會上最具影響力的一個階層，南朝政權的成立，主要就是統治者獲得了這股強大的社會勢力的支持與合作。南朝開國君主，東晉以後大都出身於「布衣素族」，他們及其子弟對士族文人們普通懷有著鄙視和企羨的雙重心理〔註73〕。一方面打壓限制高門大族的政治權力，另一方面又企羨高門士族的文采風流。如《宋書》卷六十四〈鄭鮮之傳〉即載：

　　　　高祖少事戎旅，不經涉學，及為宰相，頗慕風流。〔註74〕

這些寒素將家，一旦登上帝位，由於和高門士族在婚姻、政治、社交等方面的接觸，逐漸也有「士族化」的傾向，而此種傾向，主要表現在對文學的愛好上面。

─────────────────

〔註70〕轉引自葛兆光：〈典故：中國古典詩歌中特殊詞匯的剖析之一〉，《漢字的魔方》（香港：中華書局，1989 年），頁 151。

〔註71〕所謂「合格的讀者」詳見於本節第二部分「文化圈中的交互效應」中探討。

〔註72〕〔日〕前野直彬著，龔霓馨譯：〈中國語與中國文學〉，《中國文學的世界》（臺北：台灣學生書局，1989 年），頁 27。

〔註73〕參見曹道衡、沈玉成：〈南朝文學概說〉，《南北朝文學史》（北京：人民文學出版社，1991 年），頁 9。

〔註74〕〔梁〕沈約撰：〈鄭鮮之列傳〉，《宋書》，卷六十四，頁 1696。

　　文學既是士族社會的時尚，帝室王侯士族化的結果，使這些帝室
王侯也崇尚文學。就帝王而言，如開創元嘉盛世的宋文帝即十分重視
文教。《南史》卷二〈宋文帝本紀〉載元嘉十六年設立玄學、史學及
文學三館：

> 上好儒雅，又命丹陽尹何尚之立玄素學，著作佐郎何承天
> 立史學，司徒參軍謝元立文學。各聚門徒，多就業者，江
> 左風俗，於斯為美，後言政化，稱元嘉焉。〔註75〕

此舉將文學與玄學、史學區分開來，遂使文學脫離學術而獨立；其
後明帝太始六年九月又立總明館，分設儒、玄、文、史四科〔註76〕。
這是中國文學史上第一次將文學（或「文」）獨立於經、史之外，意
義重大〔註77〕。這些文教上的措施對劉宋詩歌的繁榮有一定的促進
作用。

　　在此崇尚文學的風氣之下，劉宋王朝帝王中，鮮有不通文墨的，
舉例如下：

　　文帝：「上（文帝）好為文章，自謂人莫能及。」〔註78〕

　　孝武帝：「宋孝武好文章，天下悉以文采相尚，莫以專經為業。」
　　　　　　〔註79〕

　　前廢帝：「少好讀書，頗識古事，自造《世祖誄》及雜篇章，往
　　　　　　往有辭采。」〔註80〕

　　明帝：「好讀書，愛文義，在藩時撰《江左以來文章志》。」〔註81〕
帝王如此，其兄弟子孫能文的亦屢見不鮮。如：

〔註75〕〔唐〕李延壽撰：〈文帝本記〉，《南史》，卷二，頁45～46。
〔註76〕〔唐〕李延壽撰：〈王曇首列傳〉，《南史》，卷二十二，頁595。
〔註77〕此處的"文"並非現代文學理論上"文學"，但它無疑是包括以詩歌
　　　　為主體的文學。見徐尚定：〈南朝文學思想演變的邏輯起點——劉宋
　　　　詩歌思想初探〉，《杭州大學學報》18卷第2期，頁53。
〔註78〕〔唐〕李延壽撰：〈宋宗室及諸王列傳〉，《南史》，卷十三，頁360。
〔註79〕同上註，〈王曇首列傳〉，《南史》，卷二十二，頁595。
〔註80〕〔梁〕沈約撰：〈前廢帝本紀〉，《宋書》，卷七，頁148。
〔註81〕同上註，〈明帝本紀〉，卷八，頁170。

盧陵王義眞：「聰明愛文義」〔註82〕

江夏王義恭：「涉獵文義」〔註83〕

臨川王義慶：「愛好文義」〔註84〕

新渝縣侯義宗：「好文籍」〔註85〕

南平王鑠：「少好學，有文才」〔註86〕

建平王宏：「少而閑素、篤好文籍」〔註87〕

建安王休仁：「好文籍」〔註88〕

始興王濬：「少好文籍」〔註89〕

建平王宏之子景素：「好文章書籍」〔註90〕

就在這種對文學熱列的愛好與興趣中，帝室王侯不但親自投入文學創作行列中，更憑藉其政治地位及權勢，各自廣招文士，形成貴遊文學集團。如臨川王劉義慶文學集團：

> 招聚文學之士，近遠必至。太尉袁淑，文冠當時，義慶在江州，請爲衛軍諮議參軍；其餘吳郡陸展、東海何長瑜、鮑照等，並爲辭章之美，引爲佐史國臣。〔註91〕

此文學集團主要活動時期在元嘉九年至二十年，元嘉詩人袁淑、鮑照皆爲集團中一份子。又如始興王劉濬文學集團，其主要活動時期在元嘉十七年至三十年（440～453），元嘉詩人顏延之、王徵、謝莊、王僧達皆曾爲集團中的一份子。另外如盧陵王義眞，亦對顏延之、謝靈運「待接甚厚」、「周旋異常」〔註92〕。這些君主王侯們，無一不是「愛

〔註82〕同上註，〈武三王傳〉，卷六十一，頁1635。

〔註83〕同上註，頁1640。

〔註84〕同上註，〈宗室列傳〉，卷五十一，頁1477。

〔註85〕同上註，頁1468。

〔註86〕〔唐〕李延壽撰：〈宋宗室及諸王列傳〉，《南史》，卷十四，頁395。

〔註87〕〔梁〕沈約撰：〈文九王列傳〉，《宋書》，卷七十二，頁1858。

〔註88〕同上註，卷七十二，頁1873。

〔註89〕同上註，〈二凶列傳〉，卷四十九，頁2436。

〔註90〕同上註，〈文九王列傳〉，卷七十二，頁1861。

〔註91〕同上註，〈宗室列傳〉，卷五十一，頁1477。

〔註92〕同上註，〈顏延之列傳〉，卷七十三，頁1892；〈武三王列傳〉，卷六

文義」、「好文籍」的集團主人；故身分集團中的一分子，其作品欲得
恩主青睞，自然必須迎其所好，追求「辭章之美」。於是對詩歌之修
辭技巧十分重視。因爲在帝室王侯的興趣推動下，即席賦詩，已是社
交場合中常見的娛興節目。連出身寒素、「不經涉學」的宋武帝劉裕
亦好此道。如《南史》卷十九〈謝晦傳〉載：

> 帝於彭城大會，命紙筆賦詩，晦恐帝有失，起諫帝，即代
> 作曰：「先蕩臨淄穢，却清河洛塵。華陽有逸驥，桃林無伏
> 輪。於是群臣並作。〔註93〕

又如《南史》卷二十二〈王曇首傳〉所載：

> 及至彭城，大會戲馬台，賦詩。曇首文先成。〔註94〕

宋武帝劉裕本身並無豐博的文學素養，但仍忍不住「命紙筆賦詩」，
劉裕如此，其後繼位的帝王，本身既具備了文學素養，更不在話下。
如宋孝武帝：

> 上嘗歡飲，普令群臣賦詩。〔註95〕

又如宋明帝：

> 宋明帝博好文章，才思朗捷，常讀書奏，號稱七行俱下。
> 每有禎祥及幸讌集，輒陳詩展義，且以命朝臣。其戎士武
> 夫，則託請不暇，困於課限，或買以應詔焉。於是天下向
> 風，人自藻飾，雕蟲之藝，盛於時矣。〔註96〕

在劉宋貴遊文學興盛的風氣下，用典此一技巧也隨之而廣爲詩人所
樂用。就詩人而言，誠如上節所論，既可以應付奉命賦詩的要求；
又可以誇示博學以逞才。就讀者而言，由於這些帝室王侯身兼文學
集團的主人，他們也具備文學才能，以能品賞文學爲榮耀。正如維
特根斯坦所云：

十一，頁 1635。

〔註93〕〔唐〕李延壽撰：〈謝晦列傳〉，《南史》，卷十九，頁 522。

〔註94〕同上註，〈王曇首列傳〉，卷二十二，頁 587。

〔註95〕同上註，〈沈慶之列傳〉，《南史》，卷三十七，頁 958。

〔註96〕見裴子野：〈雕蟲論序〉，收入〔宋〕李昉等編：《文苑英華》（北京：
中華書局，1990 年），卷七四二，頁 1a。

懂得一個句子，意味著懂得一種語言，

懂得一種語言，意味著精通一種技巧。〔註97〕

此種心態主要受到曹魏父子的影響，君主王侯不僅在政治地位上居於領袖的地位；他們大量羅致文士，親自參與文學創作活動，在文學的表現上也足以為當代盟主。日本學者前野直彬有云：

三曹出來，對於文學者們顯示了權力者的另一種型態，這件事的衝擊給予後世頗為不小的影響。就是王侯貴族，即使自己本身不寫作文學，也要擁有對於有關文學的所有知識，乃至於評論的學養和眼力。至少，如果自己沒有具備上述的學養能力，則深深的引以為恥。〔註98〕

故在顏延之、謝靈運、鮑照的詩作中，其中以「侍宴」、「侍從」、「應詔」為詩題的作品中，或用成辭，或引古事，並不會對賞詩的恩主造成障礙，因為這些集團中的主人，無一不具備了理解典故的知識：如文帝、明帝的「好讀書」；建平王宏、始興王濬的「好文籍」；又如前廢帝，《南史》記載：

帝少好讀書，頗識古事，粗有文才。〔註99〕

典故的主要來源是古代典籍，而這些君主王侯們「頗識古事」皆擁有解讀典故的知識與學養，故反而能滿足他們品賞的興趣。故用典的技巧，詩人們不僅是在從遊侍宴之作中用典，更廣及於其他詩題的篇章中，甚至於如鮑照的樂府詩，用典之句，亦隨處可尋：

△棄席思君幄，疲馬戀君軒。願垂晉主惠，不愧田子魂。

（代東武吟）〔註100〕

△申黜褒女進，班去趙姬升，周王日淪惑，漢帝益嗟稱。

（代白頭吟）〔註101〕

〔註97〕轉引自喬納森・卡勒著，楊怡譯：〈文學能力〉，陸梅林、程代熙主編：《讀者反應批評》（北京：文化藝術出版社，1989年），頁174。

〔註98〕參見〔日〕前野直彬：〈中國文學的作者與讀者〉，《中國文學的世界》，頁146。

〔註99〕〔梁〕沈約撰：〈前廢帝本紀〉，《宋書》，卷七，頁148。

〔註100〕〔宋〕郭茂倩：《樂府詩集》（臺北：里仁書局，1984年），頁609。

〔註101〕同上註，頁601。

△暫遊越萬里，近別數千齡。鳳臺無還駕，簫管有遺聲。

（代昇天行）〔註102〕

△戈船榮既薄，伏波賞亦微。爵輕君尚惜，士重安可希。

（代苦熱行）〔註103〕

△誠不及青鳥，遠食玉山禾。猶勝吳宮燕，無罪得焚窠。

（代空城雀）〔註104〕

於是在貴遊文風之下，引古事用成辭成為元嘉詩人寫詩時必備的基本
技術。

二、文化圈中的讀者反應

所謂「物以類聚，人以群分」。在現實生活中，文學的接受者——
——讀者，也會因不同的文化教養、興趣及習慣等因素而劃分為不同的
群體。而這些不同的群體，因其審美情趣、愛好及文化程度的不同而
形成層次不同的「文化圈」。「文化圈」依朱立元先生之定義為：

> 所謂「文化圈」，狹義的講，是指那些有一定宗旨的文化界
> 人士的有組織或無組織的聚會、集合、接觸、交往方式。
> 如某一文學「界」（小說界、詩歌界、散文界、戲劇界等等）
> 人士的沙龍之類活動，構成一種寬鬆的圈子；廣義的講，
> 是指文化層次、教育、素養、趣味相似、社會人生態度相
> 近的人們，他們不一定舉行沙龍、集會，甚至可以天南海
> 北，素不相識，但是，共同的或相近的文化心理結構把他
> 們連結在一起，在社會上構成一種相近的文化傾向、要求
> 與心態，這些人就被劃分為廣義的「文化圈」。〔註105〕

今考元嘉詩人，雖各屬於不同的文學集團中，但皆可視為廣義的「文
化圈」中的讀者群。

劉宋詩壇貴遊文風的影響，在君主王侯的喜好與推動下，形成了

〔註102〕同上註，頁920。

〔註103〕同上註，頁937。

〔註104〕同上註，頁983。

〔註105〕朱立元：《接受美學》，頁180。

不少的文學集團。其時之集團主人及文士可表列如下〔註106〕：元嘉詩人除謝靈運以外，幾乎都是文學集團的一份子。

集團名稱	集團主人	集　　團　　文　　士
臨川王劉義慶文學集團	劉義慶	何長瑜、陸展、袁淑、鮑照、何偃、張暢、盛宏之
始興王劉濬文學集團	劉　濬	謝莊、王微、王彧、殷琰、王僧達、范曄、徐爰、沈邵、張敷、顏延之、沈亮、王僧綽、沈璞、顧邁、鮑照、袁淑、何偃、沈懷遠、向柳、劉瑀
孝武帝劉駿文學集團	劉　駿	沈亮、范廣淵、王彧、顏竣、張暢、顏師伯、袁粲、沈伯玉、王僧達、謝莊、殷淡、江智淵、何偃、何尚之、戴法興、徐爰、鮑照
明帝劉彧文學集團	劉　彧	顏延之、劉休、王諶、丘靈鞠、丘巨源、周顒、褚淵、張緒、沈勃、褚炫、虞龢、吳邁遠
建平王劉景素文學集團	劉景素	江淹、樂藹、王思遠、劉璡、何昌寓、王摛

這些集團中的文士們，由於文學素養、家世背景，乃至於職業、工作的相近似，自然而然形成了所謂的「文化圈」，他們也彼此互為文學作品的廣大讀者群。平日除了以創作者的身份應詔賦詩外，也同樣扮演著文學作品欣賞者的角色。而他們對作家作品的反應、讚揚或批評，往往會影響到作家的創作乃至於表現的技巧。因為文學接受是一種社會交流活動，文化圈中的讀者，除了接受作家所傳達的審美經驗外，也同時反過來向作者輸送其閱讀體會與審美經驗。這種作者與讀者間的交流，王春元先生以下列圖式表示並論道：

　　　輸出者 ◄――――► 信息 ◄――――► 接受者

　　這就是說，輸出者（作者）不僅通過信息（文本）給接受者以影響，同時還要吸收接受者（讀者）的信息反饋，以供輸出者採納。這樣一來，創作就滲透了讀者的影響〔註107〕。

〔註106〕此圖表見呂光華：《南北朝貴遊文學集團》，頁320。
〔註107〕參見王春元：〈文學交流與社會接受〉，《文學原理——作品論》（北京：社會科學文獻出版社，1989年），頁113。

由於元嘉詩人大都是文學集團中的一分子，因此他們的創作，就不能不受到他所屬集團中讀者的文學趨向的制約。

在劉宋時期，社會上除了有以君主王侯為首的集團外，文士們也會因文化背景、興趣的不同而組成不同層次的「文化圈」。其最主要的活動即是以「文義賞會」。其中最有名者即是晉末的「烏衣之遊」：

> （謝）混風格高峻，少所交納，唯與族子靈運、瞻、晦、曜、弘微以文義賞會，常共宴處，居在烏衣巷，故謂之烏衣之游。混詩所言：「昔為烏衣游，戚戚皆親姓」者也。其外雖復高流時譽，莫敢造門。〔註108〕

此「烏衣之游」，除了文學素養和興趣相近外，尚須在「戚戚皆親姓」同樣的家世背景下才能結合，非同一家族者「雖復高流時譽，莫敢造門」。劉宋元嘉文壇承晉末遺風，這類由文化背景，出身門望相近似的能文之士，結集而成的文人聚會甚多·如《南史》卷十九〈謝靈運傳〉載：

> 靈運既東，與族弟惠連、東海何長瑜、潁川荀雍、泰山羊璿之，以文章賞會，共為山澤之游，時人謂之四友。〔註109〕

又如《南史》卷十四〈宋宗室及諸王〉下載：

> （潘）與建平王宏、侍中王僧綽、中書郎蔡興宗等，並以文義往復。〔註110〕

他們或因同為家族親姓，或同屬士族階級，或同在朝為官，各自因其相近似的背景而組成狹義的「文化圈」，他們聚在一起，互通聲氣，互為汲引，切磋文義，酬和爭勝。他們是文學作品的作者也是讀者。在同一文化圈中的文士，其「山澤之遊」的態度純粹是玩賞，而「文義賞會」也是一項競技的娛樂節目。故詩人莫不注重文辭聲色之美的講求。而用典此一修辭技巧，既可有效地傳達詩人所指為何，又可以誇耀胸中學識之富博，自然受到文士們的運用。且就文化圈中的讀者

〔註108〕〔唐〕李延壽撰：〈謝弘微列傳〉，《南史》，卷二十，頁550。
〔註109〕同上註，〈謝裕列傳〉，卷十九，頁39。
〔註110〕同上註，〈宋宗室及諸王列傳〉，卷十四，頁392。

而言，典故對他們而言，乃是一種共同的知識和信念，如果不懂典故，表示不知書，而不知書，是會受到文化圈中人的恥笑。如《南史》卷十三〈宋宗室及諸王〉上：

> 袁淑嘗詣義康，義康問其年。答曰：「鄧仲華拜袞之歲」。
> 義康曰：「身不識也」。淑又曰：「陸機入洛之年。」義康曰：
> 「身不讀書，君無爲作才語見向。」其淺陋如此。〔註111〕

由此例可知，元嘉時期文人不但在詩文中用典，甚至平日口語對談也好引經據典。義康之「身不讀書」，沒有解讀典故的能力。故沙門慧琳即曾對義康發出：「恨公不讀數百卷書」之歎惋！

　　在文化圈中讀者與作者的審美經驗交流和品味的交融下，讀者在品賞作品時，不但不排斥用典，反而肯定用典。因爲讀者在解讀典故之時，可以證明自己是「有識（informed）的讀者」（或說是文學作品「合格的讀者」）。而欲做爲一個文化圈中「有識的讀者」，美籍學者斯坦・菲希在〈讀者中的文學：感受文體學〉一文中指出必須具備下列的條件：

　　1. 有足夠能力操作構建文本的語言說話。
　　2. 完全掌握了這種成熟的說話者運用于理解的"語義知識"。這包括詞彙學知識，也就是同時作爲一名創作者與理解者的體驗，搭配概率知識，成語知識，專業或其他術語知識，等等。
　　3. 具有文學才華。〔註112〕

唯有具備此三項條件，才能成爲「有識的讀者」，故在同一文化圈中的文人們，無不希望自己成爲「有識的讀者」而被文化圈中的友伴所肯定認同。正如同沃爾夫岡・凱塞爾在《語言的藝術作品》一書中談及「標誌」時也說：

> 巴洛克時代的詩人們和有文化教養的觀眾，都深刻地熟悉

〔註111〕同上註，頁 367。
〔註112〕收入張廷琛主編：《接受理論》（成都：四川文藝出版社，1989 年），頁 155。

標誌學，在文藝作品中每一個相應的暗示大家都理解，同
時作品中也充滿這些東西。〔註113〕

由於典故正如同專門的術語般，唯有同一文化圈內的人，在具備相同
或相近的文化素養與知識水準上，也就是要具備了「同時作爲一名創
造者與理解者的體驗」時，作者所指才能順利地傳達給讀者，因此文
化圈中的讀者群不但不排斥典故，反而品味典故。尤其在劉宋重視文
學聲譽的社會中，能正確地理解典故，不但是文化圈中文人的基本素
養，也可以證明自己是「有識的讀者」，從而因理解作者的意圖而得
到一體感受的滿足感。今考元嘉詩人中，顏延之、謝靈運皆好用典。
顏延之「詩以用事爲博」〔註114〕；而謝靈運詩中用經史成辭典語甚
多：「謝靈運出而易辭、莊語，無所不爲用矣。」〔註115〕但二人在當
時文學界中之聲譽也是最高：

延之與陳郡謝靈運俱以詞采齊名。自潘岳、陸機之後，文
士莫及也，江左稱顏、謝焉。〔註116〕

而謝靈運之作品，更成爲當代文人的典範，爭相模仿之對象：

每有一詩至都邑，貴賤莫不競寫，宿昔之間，士庶皆徧，
遠近欽慕，名動京師。〔註117〕

足見其聲譽之高。此種文化圈廣大讀者群的喜好，自然會影響到作家
的創作。因爲作家的創作，歸根究柢是爲了讀者的閱讀與接受，尤其
是在重視文化聲譽的士族社會中更是如此。故元嘉詩人之創作除了欲
博得帝王之青睞外，亦希望受到文化圈中讀者群的肯定與愛好，在此
心理下：

〔註113〕 參見該書第二章〈内容的基本概念〉（上海：譯文出版社，1984年），
頁85。

〔註114〕 見〔宋〕張戒《歲寒堂詩話》卷上：「詩以用事爲博，始於顏光祿，
而極于杜子美。」見〔宋〕張戒：《歲寒堂詩話》（清同治甲戌（十
三年）仲春江西書局重修武英殿聚珍版），卷上，頁3b。

〔註115〕 〔明〕王世懋：《藝圃擷餘》收入《景印文淵閣四庫全書》第1482
冊，（臺北：商務印書館，1983年），頁2a。

〔註116〕 〔梁〕沈約撰：〈顏延之列傳〉，《宋書》，卷七十三，頁1904。

〔註117〕 同上註，〈謝靈運列傳〉，卷六十七，頁1754。

　　這樣，他就不能不關注讀者的審美情趣、愛好、理想、要
求及其每一變化，不能不在同讀者的視界交融中，適當地
調整自己的視界，以適應讀者的需要。〔註118〕

所以文化圈中讀者的反應與批評，也會影響到作家創作的風格及文學
技巧的表現。而「用典」技巧由於受到文化圈中讀者的接受與肯定，
自然鼓勵詩人在創作時大量採用。在彼此的相互影響下，也就帶動了
用典技巧的日受重視。

第四節　文學作品方面──踵事增華之文學發展

　　我國之「文學」，在先秦時代，係指一般學術而言。其時主要的
文學觀是尚質求實，注重社會效能。在當時文學尚未從學術中獨立出
來，對於作品的語言表達要求，大都著眼于一般文章表述實用功能。
因此，文學語言的藝術性，常被一般的表達原則所掩蓋〔註119〕。至
漢代，即使是以「侈麗閎衍」而著稱於世的辭賦，也不例外的被套上
道德和功用的外表，成為「美刺」「諷諫」的工具。此一現象，直到
魏晉南北朝，才有重大的轉變〔註120〕。

　　曹魏時期，玄學興起，老莊思想漸漸深入人心，使文學漸自名教
的領域中解放出來。文人開始重視文學的特性、功能和表現手法，試
圖以語言上確立文學與非文學的分別。這種自覺的追求，使六朝人對

〔註118〕同註107。

〔註119〕如孔子對於語言的要求是：「辭、達而已矣。」，〔魏〕何晏注，〔宋〕
　　　　邢昺疏：〈衛靈公〉，《論語注疏》（臺北：藝文印書館，1981年），
　　　　卷十五，頁10b。（《論語》〈衛靈公〉）能適切表情意，即達到使用
　　　　之目的。而《荀子》〈樂論〉中有：「亂世之徵……其文章匿而采。」
　　　　〔唐〕楊倞注，〔清〕王先謙集解：《荀子集解》（臺北：世界書局，
　　　　1961年），卷十四，頁256～257。《韓非子》〈亡徵〉中有：「濫於
　　　　文麗而不顧其功者，可亡也。」，陳奇猷校注：《韓非子集釋》（臺
　　　　北：華正書局，1982年），卷五，頁267。則華美辭藻視為有害之
　　　　作，而加以排斥。

〔註120〕可參見余葢：〈文學觀念的演進與詩風的變異──魏晉南北朝詩歌現
　　　　象辨識〉，《杭州大學學報》19卷4期，頁42～50。

文學的性質和特點，尤其是詩賦，有了更明晰的觀念。如曹丕的〈典論論文〉云：

> 夫文本同而末異，蓋奏議宜雅，書論宜理，銘誄尚實，詩賦欲麗。〔註121〕

又如西晉陸機〈文賦〉說：

> 詩緣情而綺靡，賦體物而瀏亮。〔註122〕
>
> 其會意也尚巧，其遣言也貴妍。暨音聲之迭代，若五色之相宣。〔註123〕

劉勰《文心雕龍》〈詮賦〉說：

> 賦者，鋪也；鋪采摛文，體物寫志也。
>
> 原夫登高之旨，蓋睹物興情。情以物興，故義必明雅；物以情觀，故詞必巧麗。〔註124〕

《文心雕龍》〈明詩〉注：

> 人稟七情，應物斯感，感物吟志，莫非自然。〔註125〕
>
> 若夫四言正體，則雅潤為本；五言流調，則清麗居宗。〔註126〕

由以上所引六朝之詩賦論可知，在六朝之文學思想中，詩賦已由學術中獨立出來，而且二者有了一致的趨向。曹丕首先強調詩賦在語言藝術上的一致──求麗。陸機則主張：「詩緣情而綺靡」「賦體物而瀏亮」，但若就語言藝術而言，二者都是追求文學語言的華美。廖蔚卿先生曾分析道：

> 劉勰以為詩是「吟志」的：「人稟七情，應物斯感，感物吟志，莫觀非自然。」這就是陸機「緣情」的最好注釋；而賦起於「觀物興情」，所以賦也是「緣情」的。同時賦是「體物」的，而詩也必然「體物」：「詩人感物，聯類不窮」（〈物

〔註121〕〔梁〕蕭統編，〔唐〕李善注：《文選》（臺北：華正書局，1982年），卷五十二，頁7b。

〔註122〕〔梁〕蕭統編，〔唐〕李善注：《文選》，卷十七，頁4b。

〔註123〕〔梁〕蕭統編，〔唐〕李善注：《文選》，卷十七，頁5a。

〔註124〕〔梁〕劉勰著，周振甫注：《文心雕注釋》，頁137～138。

〔註125〕同上註，頁83。

〔註126〕同上註，頁85。

色〉），所以詩賦在題材上是相同的：這是詩賦內容本質之
合一論。如就語言藝術而言，李善注「綺靡」與「瀏亮」
爲「精妙之言」與「清明之稱」，其與劉勰所謂「雅潤」及
「清麗」、「明雅」與「巧麗」並無二致，都指修辭之求巧
求美。〔註127〕

六朝文論中，詩賦的文學風格有合一的觀念，因而在詩的語言藝術
上，先秦以來，質樸自然的詩歌也被要求修辭上的「巧麗」，而此一
技巧，自是向賦借鑒。劉勰於《文心雕龍》〈情采〉篇中論道：

而後之作者，採濫忽眞，遠棄風雅，近師辭賦；故體情之
制日疏，逐文之篇愈盛。〔註128〕

詩歌「逐文之篇」愈盛，正是「近師辭賦」的結果。

其實，自東漢以來，賦與詩是相互滲透，呈現著詩賦合流的現象。徐
公持先生研究論道：

它們最初彼此疏隔，然後彼此靠攏，終至互相影響，互相
滲透，走向比肩發展的道路。這是中國中古文學史上的一
個糾結，它昭示了兩大文體的發展軌跡，也體現著當時文
學的重要取向。〔註129〕

賦的詩化〔註130〕，主要指內容的抒情化及形式轉向短小；而詩的賦
化，則主要在繼承了漢賦「鋪采摛文」的特點及漢賦之修辭技巧；如
夸飾、駢偶、用典之手法皆爲詩歌所承襲。因此、西晉詩人張華、陸
機、潘岳等人之作，往往多用偶句，堆砌典故，辭藻華美。宋齊以來
綺靡之詩風，實與「賦」的關係密切。故探索劉宋元嘉詩人用典繁盛

〔註127〕廖蔚卿：〈從文學現象與文學思想的關係談六朝「巧構形似之言」的
　　　　詩〉，《中外文學》第3卷第7期（1974年12月），頁20～34；第3
　　　　卷第8期（1975年1月），頁192。

〔註128〕〔梁〕劉勰著，周振甫注：《文心雕龍注釋》，頁600。

〔註129〕徐公持：〈詩的賦化與賦的詩化——兩漢魏晉詩賦關係之尋綜〉，《文
　　　　學遺產》1992年第1期，頁16。

〔註130〕此處之「化」依徐公持先生之論，並非根本性質有所改變，此物化爲
　　　　彼物，乃是指吸收對方的某些藝術長處，爲我所用，屬於取長補短
　　　　之義。同上註。

之因，追本溯源，亦須考察詩歌本身在演進時所受辭賦的影響；尤其是「用典」技巧由賦家轉移到詩人手中之文學發展變化。

其次、文學的創作活動，常是伴隨著文學觀念的演進而進行。所以一個時代的文學現象，必然與當時的文學觀念有密切的關係。劉宋元嘉文學創作上的「用典」詩風，應是當時文學觀念的實踐。故本節除了考察詩歌作品本身演進之歷史發展之外，尚探討在六朝踵事增華的文風下，魏晉以來的詩文論對文學創作之意見；尤其是它們與「用典」間之關係。

由於詩文之中用典，必須「據事以類義」、「援古以證今」。「據事」與「援古」其材料皆是古人的前言往行。因此，用典技巧的成熟，必與語彙之豐富有關。錢中文先生即論道：

文學語言的形成，是和語言的極大的豐富性分不開的。
〔註 131〕

而語言之豐富性，則是文化、文學之進步發展與知識累積的結果。中國文學發展至魏晉，進入了「人的自覺」及「文的自覺」時代，文人對於古人古事一方面抱持著崇敬的心態，另一方面又以社會文化由質向文、踵事增華的角度，提出「今勝於古」的觀念〔註 132〕。表現在文學創作中，是魏晉詩壇一片擬古之風氣；擬古，除了有學習效法的需要外，尚有企圖與古人一較長短的心理〔註 133〕。此種風氣沿續至劉宋，元嘉詩人的「用典」詩風，則是由擬古、學古、進而用「古」的反映。這些皆可由其時之詩文論中尋其發展之痕跡。故本節第二部分由魏晉以來之文體論及修辭論著手，解釋元嘉詩人好用典之詩歌作

〔註131〕見錢中文：〈文學形式的發生〉，《文學原理——發展論》（北京：社會科學文學文獻出版社，1989 年），頁 41。

〔註132〕如東晉葛洪《抱朴子》〈鈞世〉中即云：「且夫古者事事醇素、今則莫不彫飾，時移世改，理自然也。至於罽錦麗而且堅，未可謂之減之於蓑衣；輜軿妍而又牢，未可謂之不及椎車也。」〔東晉〕葛洪：《抱朴子外篇》卷三，收入《景印文淵閣四庫全書》第 1059 冊（臺北：臺灣商務印書館，1983 年），頁 14a。

〔註133〕王瑤：〈擬古與作偽〉，《中古文學史論》，頁 120。

品，在藝術技巧上實是當代文學觀念之實踐。

一、詩歌賦化的影響

　　中國文學發展至漢魏之後，逐漸傾向於形式上唯美的追求，此期詩歌的語言也由先秦《詩經》之質樸，兩漢樂府之清新，走向六朝詩賦之綺靡雕飾。此與文學觀念之發展日益明晰有關。余蓋先生有云：

　　　　重采尚麗是魏晉南北朝文學觀念更新的一個標誌，是當時
　　　　對於文學的特性的一個新認識，體現了由尚質尚實向尚文
　　　　轉化的新趨勢。〔註134〕

在此種趨勢下，曹丕於〈典論論文〉中提出「詩賦欲麗」的觀念，此一觀念對於詩歌的影響，尤具有重要之意義。因為賦自兩漢以來，其語言的最大特點即是「麗」〔註135〕。但在兩漢詩壇上之主流樂府民歌，其語言仍是淺顯樸素；及至東漢文人五言之作，始漸重藻飾。而曹丕在〈典論論文〉中以辭賦審美語言之標準──「麗」來要求詩歌，很明顯是受到辭賦之影響。其後陸機〈文賦〉承其緒，亦以「綺靡」為詩歌語言之特色，並在創作中實現其理論，造成繁縟華美之風格，也正是沿襲著「麗」的原則發展下來。然而欲使語言「巧麗」、「綺靡」勢必重視修辭技巧；除了華美詞藻的運用外，「用典」也可以達到「使文句美麗」之效果〔註136〕。故原本在漢賦中使用頻繁，而漢詩中鮮有之「用典」技巧，則成為追求語言美的詩歌的借取對象。故今日追本溯源，欲明詩歌由質樸，走向元嘉的「用事為博」發展，實不能忽視漢魏以來詩歌賦化之因素。

〔註134〕同前註120。
〔註135〕如揚雄認為：「辭人之賦麗以淫」（《法言》）、班固認為賦乃「侈麗
　　　　閎衍之詞」（《漢書》〈藝文志〉）、虞摯評漢賦「麗靡過美」（《文章
　　　　流別論》）、劉勰主張作賦「辭必巧麗」等皆是。詳見康金聲：〈論
　　　　漢賦的語言成就〉，《山西大學學報》1986年第1期，頁47～54。
〔註136〕傅隸樸《修辭學》一書中，「用典」置于「美麗」一章中。見傅隸
　　　　樸：《修辭學》（臺北：正中書局，1973年）。又黃永武《字句鍛鍊
　　　　法》一書中，亦將「用典」置於「怎樣使文句華美」一章。見黃永
　　　　武：《字句鍛鍊法》（臺北：洪範書店，2002年）。

　　賦是兩漢文學的正宗，她描繪了大漢帝國的風貌，呈現了漢代政
治經濟榮盛之景象。由於漢賦的讀者，最主要是君王，故賦家或爲了
君主之愉耳悅目，或爲了託言諷諫，無不傾力于藝術技巧之鍛鍊，注
重文采，刻意鋪陳，形成了靡麗的風格。雖然漢賦曾因這點而受到不
少的訾議，但在文學藝術的發展上而言，漢賦在推動文學語言走向華
麗、閎大上自有其貢獻〔註 137〕。由於賦家追求麗靡的風格，故十分
注重語言的修辭技巧。如譬喻、夸飾、排比、對偶等，乃至於用典，
皆爲賦家所擅長，在賦家雕章琢句之下，使我國古代的文學藝術之
林，因而增添一種豔麗的花朵。但此一花朵，卻隨著其特殊生長環境
之轉變，而不再日益發展滋長。東漢中期以後，隨著大漢國勢之衰頹，
它的「潤色鴻業」〔註 138〕的功能就逐漸失卻現實社會的支撐點；再
加上漢末魏初之統治者對此「鋪采摛文」之作的興趣也不若以往，於
是賦之本身也逐漸轉變，轉爲抒情短賦，此種轉變明顯受到詩歌之影
響。然而在賦的詩化即抒情化的同時；詩歌也受到漢賦之影響，徐公
持先生曾論「詩的賦化」之具體表現：

> 主要表現爲詩歌吸取了賦的“鋪張揚厲”、“品物畢圖”
> 的藝術特長，用以強化詩歌的描寫能力。對於以樂府民歌
> 和民間歌謠中蛻化出來未久的五、七言詩，此點頗爲重要，
> 因爲在描寫壯闊場面或精細事物方面，常常表現出一定的
> 局限或不足，而在這些方面，賦最擅勝場。其次表現爲，
> 詩歌吸取了辭賦豐富的語匯。語辭質實樸素，原是民歌本
> 色，然而成熟的文人文學不能停留在這一點上，還應在語
> 言方面多加提煉、充實，以增添采潤藻飾。辭賦的語辭早
> 已發展到鋪錦雕繪，令人目眩的地步，正好做爲借鑒對象。
> 〔註 139〕

〔註 137〕參見龔克昌：〈論漢賦在中國文學史上的地位〉，《文史哲》1987 年
　　　　第 2 期，頁 37～46。
〔註 138〕班固：〈西都賦〉，收入〔梁〕蕭統編，〔唐〕李善注：《文選》卷
　　　　一，頁 2a。
〔註 139〕徐公持：〈詩的賦化與賦的詩化——兩漢魏晉詩賦關係之尋蹤〉，《文

這些「賦化」的現象，在建安詩歌中歷歷可見。如曹丕之〈大牆上蒿行〉、曹植之〈名都篇〉，其鋪排手法及詞藻之華麗皆有漢賦之痕跡。其次，建安文人除了能詩之外也擅賦，而自漢以來，原本文人文學的正宗一直是辭賦，故以曹植、王粲爲代表的作賦好手，又不免將辭賦的特點帶入詩歌，講求藻飾，運用對偶。後人稱曹植「詞采華茂」〔註140〕、「兼饒藻組之學」〔註141〕，其實就是其詩「賦化」的結果。〔註142〕西晉上承建安遺風，陸機雖頗多擬樂府之作，但其語言風格卻是「綴辭尤繁」〔註143〕、「緝旨星稠、繁文綺合」〔註144〕、這些語言特徵，顯然不同於自《詩經》、漢樂府以來，淺俗質實的歌唱文學，它明顯地承襲了漢賦追求藻飾的特色。

　　在詩歌賦化的演進中，除了吸收「鋪張揚厲」的特色，亦承襲其修辭技巧，詩歌中「用典」此一修辭技巧，最主要也是來自於漢賦。劉勰於《文心雕龍》〈事類〉篇中即對用典之起源做了論述，其言曰：

> 觀夫屈宋屬篇，號依詩人，雖引古事，而莫取舊辭。唯賈誼〈鵩賦〉，始用〈鶡冠〉之說；相如〈上林〉，撮引李斯之書，此萬分之一會也。及揚雄〈百官箴〉，頗酌於〈詩〉、〈書〉；劉歆〈遂初賦〉，歷敘于紀傳，漸漸綜採矣。至於崔、班、張、蔡，遂捃摭經史，華實布濩，因書立功，皆後人之範式也。〔註145〕

　　　　　學遺產》1992 年第 1 期，頁 20。
〔註140〕〔梁〕鍾嶸著，汪中選注：《詩品注》，頁 72。
〔註141〕〔清〕陳祚明評選：〈魏二〉，《采菽堂古詩選》卷六，收入《續修四庫全書》第 1590 冊（上海：上海古籍出版社，2002 年），頁 1b。
〔註142〕參見駱玉明、賀聖遂合著之〈謝靈運之評價與梁代詩風演變〉一文。於文中研究認爲：「曹植之詩重視藻飾的現象，其實就是"以賦入詩"。」收錄于《復旦學報》1983 年 6 期，頁 74。
〔註143〕《文心雕龍》〈鎔裁〉云：「至如士衡才優，而綴辭尤繁。」，〔梁〕劉勰著，周振甫注：《文心雕龍注釋》，頁 616。
〔註144〕《宋書·謝靈運傳論》：「降及元康、潘、陸特秀，律異班、賈，體變曹、王，緝旨星稠，繁文綺合。」見〔梁〕沈約撰：〈謝靈運列傳〉，《宋書》，卷六十七，頁 1778。
〔註145〕〔梁〕劉勰著，周振甫注：《文心雕龍注釋》，頁 705。

由劉勰之論可知，在屈宋作品階段，僅是「雖引古事，而莫取舊辭」；
發展到漢代辭賦大盛，賈誼、司馬相如等賦家之作，雖已撮引古事成
辭，但也僅是「萬分之一會」而已。在此之前，用典不過是意到筆隨
之作，使用頻率甚低。及至揚雄，「頗酌于詩、書」，才逐漸轉變。東
漢時，崔駰、班固、張衡、蔡邕等賦家「因書立功」，於賦中大量運
用典實，許多作品中已有堆砌典故之情形。如劉歆之〈遂初賦〉〔註
146〕，其中引仲尼「隘窮乎陳蔡」、屈原「放沉于湘淵」、柳下惠「黜
而三辱」、蘧瑗「抑而再奔」等史事，以說明「方直難容」、「蛾眉見
妒」之理，徵引史傳古事不少；至東漢賦篇，抒情寄意之作漸多，或
爲了傷時憫亂，或爲了抒情達意，有時不免援古證今，或借他人酒杯，
澆自己塊壘，用典更爲頻仍。如班固之〈幽通賦〉〔註147〕，自「昔
衛叔之御昆兮，昆爲寇而喪予」至「木偃息以蕃魏兮，申重繭以存荊；
紀焚躬以衛上兮，皓頤志而弗傾」此段文字共計八十句，竟用典達三
十多則。有時連續十幾句，一句一典，個別句子甚至一句兩典。班固
爲了說明世道多變，禍福難測之理，羅列了衛成〔註148〕公殺兄、齊
桓公用管仲之事〔註149〕（見《左傳》）；高祖賞雍齒，殺丁公〔註150〕
事；漢孝景栗姬有子而見廢〔註151〕，漢宣帝王婕好無子而得爲元帝
母〔註152〕事（見《漢書》）；以及塞翁失馬（見《淮南子》〔註153〕）；

〔註146〕〔清〕嚴可均校輯：《全漢文》卷四十，《全上古三代秦漢三國六朝
　　　　文》（北京：中華書局，1995 年），頁 1a～3a。

〔註147〕〔梁〕蕭統編，〔唐〕李善注：《文選》，卷十四，頁 11a～20a。

〔註148〕「衛成公殺兄」，見〔梁〕蕭統編，〔唐〕李善注：《文選》，卷十
　　　　四，頁 13a。

〔註149〕「齊恒公用管仲」，見〔周〕左丘明傳，〔晉〕杜預注，〔唐〕孔
　　　　穎達疏，《春秋左傳正義》，卷八，頁 19a～21a。

〔註150〕「高祖嘗雍齒，殺丁公」，則〔漢〕班固：〈敘傳〉，《漢書》（臺北：
　　　　鼎文書局，1981 年），卷一○○上，頁 4216。

〔註151〕「漢孝景栗姬有子而見廢」見〔漢〕班固：《漢書》，卷九十七上，
　　　　頁 3946。

〔註152〕「王婕好無子而得爲元帝母」，見〔漢〕班固：《漢書》，卷二十七
　　　　中之上，頁 1370。

顏回早夭〔註154〕，冉耕被疾〔註155〕；子路與長沮、桀溺之語〔註156〕
（事見《論語》）；單豹、張毅之死〔註157〕；魍魎責景之事（見《莊
子》）〔註158〕等典故。節錄於下：

> 衛叔之御昆兮，昆為寇而喪予。
> 管彎弧欲斃讎兮，讎作后而成己。
> 變化故而相詭兮，孰云預其終始。
> 雍造怨而先賞兮，丁繇惠而被戮。
> 栗取弔于迫吉兮，王膺慶於所感。
> 叛迴冗而其若茲兮，北叟頗識其倚伏。
> 單治裏而外凋兮，張脩襮而內逼。
> 聿中龢為庶幾兮，顏與冉又不得。
> 溺招路以從已兮，謂孔氏猶未可。
> 安惱惱而不施兮，卒隕身乎世禍。
> 遊聖門而靡救兮，雖覆醢其何補。
> 固行行其必凶兮，免盜亂為賴道。
> 形氣發於根柢兮，柯葉彙而零茂。
> 恐魍魎之責景兮，羌未得其云已。〔註159〕

班固在賦中大量排比典故，取代了西漢時平鋪直敘的瑋字排比。這種
類聚故實的手法在東漢以來的賦篇中，運用十分普通。簡師宗梧曾對
此演變情形，做詳細之分析。其言曰：

> 早先賦篇講究語彙的變造。……這種變造之法，不論是改
> 字、加邊、濃縮、析衍，都會有所窮。……再說辭賦一類

〔註153〕〔漢〕高誘注：〈人間訓〉，《淮南子》（臺北：世界書局，1955年），
　　　　卷十八，頁311。
〔註154〕〔魏〕何晏注，〔宋〕邢昺疏：〈先進〉，《論語注疏》，卷十一，頁
　　　　2b。
〔註155〕〔梁〕蕭統編，〔唐〕李善注：《文選》，卷十四，頁14a。
〔註156〕〔魏〕何晏注，〔宋〕邢昺疏：〈微子〉，卷十八，頁3b～4a。
〔註157〕〔清〕王先謙撰，〈達生〉，《莊子集解》（臺北：世界書局，1962年），
　　　　頁117。
〔註158〕同上註，〈寓言〉，頁184。
〔註159〕〔梁〕蕭統編，〔唐〕李善注：《文選》，卷十四，頁13a～14b。

的作品，與貴遊文學關係密切，貴遊作家縱然心無鬱陶，
為應付恩主的需求，甚或迎合某些場合，就不能不仗著胸
中書本與熟練的造句技巧來鋪衍自己的篇章。於是逐漸走
向「隸事」之路。……當然以「窮變聲貌」入「據事類義」，
還有另一個重要原因，那就是《文心雕龍》〈練字〉篇中所
說的：「魏代綴藻，則字有常檢」、「自晉用字，率從簡易，
時並習易，人誰取難」在字有常檢，並從簡易之後，瓌怪
的瑋字就失去了它生存的空間，於是棄聲貌之求變，遁入
「據事類義」之途。〔註160〕

賦篇自東漢以來，漸走上類聚典故、據事類義之路，乃是文學求新求
變之結果。

西晉太康之作，更是古事盈篇。如陸機〈豪士賦序〉中即運用衛
獻公、周公、霍光、伊尹、文種等人的故事，來說明功高震主，寵盛
招禍之理〔註161〕。全文辭采華贍，用典富博，正是太康文壇典博工
麗的風格。賦篇語言藝術的轉變，不但影響到一般文章的表現手法。
也影響到正在成長、並向她吸取養分的詩歌創作〔註162〕。故西晉以
來的詩歌白描之作已少，用典技巧在兩晉文人之作品中隨處可見：

周任有遺規，其言明且清。（張華〈答何劭〉）〔註163〕
感彼雍門言，悽愴哀今古。（張載〈七哀詩〉）〔註164〕
惠連非吾屈，首陽非吾仁。（左思〈招隱詩〉）〔註165〕
歲暮懷百憂，將從季主卜。（張協〈雜詩〉）〔註166〕

〔註160〕簡宗梧：〈從「鋪張揚厲」到「據事類義」——賦體語言的歷史考
察〉，《文學與美學研討會論文集》（臺北：文史哲出版社，1990年），
頁33～43。。
〔註161〕〔梁〕蕭統編，〔唐〕李善注：《文選》，卷四十六，頁1a～5a。
〔註162〕葛曉音《八代詩史》一書，第四章「西晉詩風的雅化」亦論及晉賦
對晉詩之影響道：「晉賦崇尚典博的風氣，對晉詩產生了直接的影
響。因為魏晉文人尚未能將詩賦明顯地區別開來。」見葛曉音：《八
代詩史》（西安：陝西人民出版社，1989年），頁106。
〔註163〕逯欽立：《晉詩》卷三，收入《先秦漢魏晉南北朝詩》，頁618。
〔註164〕同上註，《晉詩》卷七，頁741。
〔註165〕同上註，頁735。

師涓久不奏，誰能宣我心。（王贊〈雜詩〉）〔註167〕

俎豆昔嘗聞，軍旅素未習。（潘尼〈迎大駕〉）〔註168〕

漆園有傲吏，萊氏有逸妻。（郭璞〈遊仙詩〉）〔註169〕

更有甚者，有些詩人在短短的十數句中，以半數以上的詩句，羅列典故，用以抒情寄意，頗有東漢辭賦之風。只不過少連接詞「而」，介詞「以」及辭賦慣有的語末助詞「兮」而已。如劉琨〈重贈盧諶〉：

握中有玄璧，本自荊山璆。惟彼太公望，昔在渭濱叟。

鄧生何感激，千里來相求。白登幸曲逆，鴻門賴留侯。

重耳任五賢，小白相射鉤。苟能隆二伯，安問黨與讎。

中夜撫枕歎，相與數子游。吾衰久矣夫，何其不夢周！

誰云聖達節，知命故不憂？宣尼悲獲麟，西狩涕孔丘。

功業未及建，夕陽忽西流。時哉不我與，去乎若雲浮。

朱實隕勁風，繁英落素秋。狹路傾華蓋，駭駟摧雙輈。

何意百鍊鋼，化為繞指柔。〔註170〕

全詩三十句，可分成四段。首段八句，羅列一連串典故，先以和氏璧之典故比美盧諶之才華，後用姜太公、鄧禹、陳平、張良等歷史功臣以讚美激勵盧諶。次段八句則以重耳用五賢、小白用管仲之典故傾訴一己之懷抱，並以《論語》〈述而〉中孔子「久矣，吾不復夢見周公」之典故，表達一己之感慨。第三段十句，以孔子悲道窮之事，及引用《易經》〈繫辭〉中「樂天知命故不憂」之語，激憤地指控天命。前二十句幾乎句句有典，藉用歷史典故喻人或自喻，用典之頻繁，簡直就是以典寫詩。其中頗多詩句，上下一意，同出一典，同指一事。如「吾衰久矣夫，何其不夢周！」、「宣尼悲獲麟，西狩涕孔丘」等語。一意兩出，技巧不高。〔註171〕但卻可以顯示出詩歌

〔註166〕同上註，頁746。

〔註167〕同上註，《晉詩》卷八，頁761。

〔註168〕同上註，頁769。

〔註169〕同上註，《晉詩》卷十一，頁865。

〔註170〕同上註，《晉詩》卷十一，頁852～853。

〔註171〕《文心雕龍》〈鎔裁〉云：「一意兩出，義之駢枝也；同辭重句，文

中「全借古語，用申今情」〔註172〕的現象；與東漢以來賦中類聚典
故的密切關連。東晉詩人不僅劉琨好用典，甚至如田園詩人陶淵明，
後人以「平淡自然」稱美其詩風，在其詩作中仍不乏用典之痕跡。
如：

> 感子漂母惠，愧我非韓才。（乞食詩）〔註173〕
> 顏生稱爲仁，榮公言有道。（飲酒詩）〔註174〕
> 邵生瓜田中，寧似東陵時。（飲酒詩）〔註175〕

其例甚多〔註176〕。足見自魏晉以後，在詩賦之交互影響及文學日趨
華美的風氣下，賦的用典技巧及豐富之語匯材料，也逐漸融入詩歌創
作中，成爲詩人在追求語言美時，最佳的借鑒對象。於是由東漢以來
賦中類聚典故之法，經曹魏、兩晉詩人的學習借鑒，風氣一開，作家
爭相追逐，有非用典不足成佳篇之勢。終於形成元嘉詩人緝事比類、
羅列典故之詩風。

二、襲故彌新的文學思想

　　劉宋之詩文創作，在魏晉之基礎上有進一步的發展。所謂「詩至
于宋，性情漸隱，聲色大開，詩運一轉關也〔註177〕。劉勰於《文心
雕龍》〈明詩〉篇中曾論此「轉關期」之文學現象：

> 宋初文詠，體有因革，莊老告退，而山水方滋；儷采百字

之疵贅也。」見〔梁〕劉勰著，周振甫注：《文心雕龍注釋》，頁615。
〔註172〕〔梁〕蕭子顯撰：〈文學列傳〉，《南齊書》，卷五十二，頁908。
〔註173〕逯欽立：《晉詩》卷十七，收入《先秦漢魏晉南北朝詩》，頁993。
〔註174〕同上註，頁999。
〔註175〕同上註，頁997。
〔註176〕參見詹姆斯 R 濤兒著，李銘珠譯：〈陶潛詩中的引喻〉一文論道：「讀
　　　　者只消讀陶潛全集的第一卷便會發現他的詩也可能同任何六朝詩
　　　　人一樣拘泥。」，頁68。故於此文中對陶詩中的「引喻」做了詳盡
　　　　之分析。案此處之「引喻」，實與本文所謂之「用典」意義相同。
　　　　收錄於鄭騫、方瑜等著：《中國古典詩歌論集》（臺北：幼獅文化公
　　　　司，1985年），頁67～98。
〔註177〕〔清〕沈德潛：《說詩晬語》，卷上，收入王夫之等撰：《清詩話》（臺
　　　　北：木鐸出版社，1988年），頁532。

　　之偶，爭價一句之奇；情必極貌以寫物，辭必窮力而追新。
　　此近世之所競也。〔註178〕

從內容思想上而言，是山水寫景詩之興起，取代了東晉枯淡的玄言
詩；從藝術形式來看，則是承襲了魏晉曹植、陸機等人之傳統，重視
藻飾，講究對偶工整、音韻和諧等語言形式美的追求，而更注重字句
之雕琢。元嘉時期顏延之、謝靈運、謝莊等人的詩歌，大量用典，矜
才逞博，皆是刻意追求語言美的結果。這些創作上之表現，皆可由當
代的詩文論中，找到理論之依據。

　　曹魏時期，文學逐漸由儒家德教政化中獨立出來，不再做為致用
的工具。文章本體──即作品本身的文字媒材的運作表現──包括修
辭技巧、辭義表現等，才逐漸受到文人之重視而廣為討論。曹丕於〈典
論論文〉中提出「詩賦欲麗」；陸機〈文賦〉則云：「詩緣情而綺靡，
賦體物而瀏亮」、「會意也尚巧，遣言也貴妍」。其中「欲麗」、「綺靡」、
「瀏亮」、「尚巧」、「貴妍」無一不顯示出晉人對文學語言修辭之重視。
鄭毓瑜曾指出六朝人對文學之認識：

　　要談文學，就必須由文字章句的組織調理談起；要論文
　　學，就必須坦然正視文學藝術本身的綺靡妍巧。換言之，
　　文學的基體是構築於字詞，而文學的本質就是辭章所煥發
　　出的美。〔註179〕

故唯有注重字辭之運用，才能寫出「美麗之文」〔註180〕由於魏晉人
是以具體實存的文辭體構──「作品」來認定文學，因此對於文字媒
材之選取、運作有更深之體認，進而追新好奇，漁獵古書，採擷典故，

〔註178〕〔梁〕劉勰著，周振甫注：《文心雕龍注釋》，頁85。
〔註179〕見鄭毓瑜：〈六朝文學審美論研究〉，《中外文學》第21卷5期，頁
　　　　117。
〔註180〕見皇甫謐〈三都賦序〉：「然則賦也者，所以因物造端，敷弘體理，
　　　　欲人不能加也。引而申之，故文必極美；觸類而長之，故辭必盡麗。
　　　　然則美麗之文，賦之作也。」〔清〕嚴可均校輯：《全晉文》卷七
　　　　十一，《全上古三代秦漢三國六朝文》，頁10b。此處所言是「賦」，
　　　　但六朝唯美之風興盛，一切文體皆有「文必極美」、「辭必盡麗」的
　　　　寫作趨勢。〔清〕嚴可均校輯：《全晉文》，卷四十九。

終致「用典」蔚然成風。

　　魏晉文人由具體字辭之表現重新看待「文學」，正是文學觀念逐步明確，文學自覺性日益提高之表現。在文學脫離了學術，走向獨立自覺之同時，魏晉文人對於儒家經籍，已不再單純地視之爲修身治國的教材，而自覺地從文學的角度去體認。如傅玄即云：

> 《詩》之雅、頌，《書》之典、謨，文質足以相副。翫之若近，尋之若遠，陳之若肆，研之若隱，浩浩乎其文章之淵府。〔註181〕

傅玄之「宗經」思想甚爲濃厚，但在此對於《詩經》《尚書》之評論，不僅稱美其思想上之深遠，也從文章寫作、語言風格立論，讚美其文辭潤飾得宜，可爲「文章之淵府」。在此種觀念下，《詩》《書》等古代典籍，遂成爲人們爭相獵取的材料，運用於文章創作中。如與傅玄同時之閭丘沖：

> 沖清平有鑒識。……操持文案，必引經誥，飾以文采，未嘗有滯。〔註182〕

閭丘沖之「引經誥，飾以文采」受到時人的讚美。在此種審美要求下，原本僅限於詔策、頌讚等廟堂之作，其後也影響及於詩歌創作。故西晉詩壇，特好典雅之四言詩，上至廟堂雅樂，下至應酬贈答，無不追求典雅奧博之語言風格，這種審美趣味與從文學之角度（尤其是文辭語言的角度上）宗經有密切之關係〔註183〕。此種觀點在陸機之〈文賦〉中有更進一步地發展。

　　陸機於〈文賦〉中描述構思及寫作過程道：

> 其始也，皆收視反聽，耽思傍訊。精騖八極，心遊萬仞。

〔註181〕見〔晉〕傅玄：《傅子・補遺上》，《全晉文》，卷四十九，〔清〕嚴可均輯：《全上古三代秦漢三國六朝文》，頁 8a。

〔註182〕〔南朝・宋〕劉義慶撰，〔梁〕劉孝標注，徐震堮著：〈品藻〉，《世說新語校箋》，頁 277。

〔註183〕王運熙、楊明合著對此現象詳盡之論述。見王運熙，楊明：〈西晉文學批評〉、〈東晉文學批評〉，《魏晉南北朝文學批評史》（上海：上海古籍出版社，1989 年），頁 75～152。

　　其致也，情瞳曨而彌鮮，物昭晰而互進。傾群言之瀝液，
　　漱六藝之芳潤。浮天淵以安流，濯下泉而潛浸。於是沈辭
　　怫悅，若游魚啣鉤而出重淵之深；浮藻聯翩，若翰鳥纓繳
　　而墜曾雲之峻。收百世之闕文，採千載之遺韻。謝朝華之
　　已披，啓夕秀于未振。觀古今于須臾，撫四海於一瞬。然
　　後選義按部，考辭就班。〔註184〕

在此段中，陸機論及在創作中選取材料之問題。所謂「傾群言之瀝液，
漱六藝之芳潤」、「收百世之闕文，採千載之遺韻」即謂執筆爲文之際，
必須搜討古書，採擷古人清芬麗辭。陸機從語言文辭運作的角度，研
求古代典籍（包括「六藝」此儒家經典），從中吸取清芬麗藻，這就
是從事文學創作時「襲故」之妙用。〔註185〕

　　但陸機尚認爲除了單方面襲故，研求古人清芬麗辭之外，尚要
能博觀約取，推陳出新，即「謝朝華之已披，啓夕秀于未振」才能
達到「彌新」之效果。反映在實際創作中亦是如此。陸機頗多擬古
詩，從內容結構上而言，亦步亦趨模擬古詩十九首，實是「擬古」
〔註186〕；但從文學風格上而言，陸機把較質樸自然的詞彙，「換成」
典雅華麗的詞藻，則是「創新」，建立新的寫作風格〔註187〕。正如
林師文月所論：「是知陸機的文學觀，雖以創新爲貴，但更重視從
古典之中吸取滋養，而各代個別之文學作品，終將成爲永恒長流之
一部分。」〔註188〕

〔註184〕〔梁〕蕭統編，〔唐〕李善注：《文選》，卷十七，頁2b～3a。
〔註185〕見陸機〈文賦〉：「若夫豐約之裁，俯仰之形，因宜適變，曲有微情。
　　　　或言拙而喻巧，或理樸而辭輕；或襲故而彌新；或沿濁而更清；或
　　　　覽之而必察；或研之而後精。」，同上註，頁7b。
〔註186〕陳祚明：「士衡詩束身奉古，亦步亦趨。」見〔清〕陳祚明評選：《采
　　　　菽堂古詩選》卷十，收入《續修四庫全書》第1591冊，頁7a。
〔註187〕呂正惠：「他們以『擬古』的方式，來『重寫』過去的作品，使這
　　　　些作品，呈現『新面目』藉以建立新的寫作風格，新的寫作傳統，
　　　　這就是我們所謂的美文傳統。」呂正惠：〈論魏晉詩的三個傳統〉，
　　　　《杜甫與六朝詩人》（臺北：大安出版社，1989年），頁37。
〔註188〕林文月：〈陸機的擬古詩〉，《中古文學論叢》（臺北：大安出版社，

東晉葛洪在此時代風氣下，提出「今勝於古」、「古爲今用」〔註189〕之觀念。《抱朴子》〈鈞世〉篇云：

> 且夫古者事事醇素，今則莫不彫飾。時移世改，理自然也。至於罽錦麗而且堅，未可謂之減於蓑衣；輻軒妍而又牢，未可謂之不及椎車也。……若舟車之代步涉，文墨之改結繩，諸後作而善於前事，其功業相次千萬者，不可復縷舉也。世人皆知之快於曩矣，何以獨文章不及古邪！〔註190〕

葛洪認爲時代社會之發展是由簡單質樸趨向於雕飾繁複，文學的發展亦然；故他對於後世雕章琢句的藻飾之詞，持肯定的態度。葛洪雖認爲文學發展是「今勝於古」，但並不是就可以棄古代典籍如敝屣；而面對古代典籍最好的態度，應是盡量採擇古書中材料，爲今所用。〈鈞世〉篇中論述：

> 然古書者雖多，未必盡美，要當以爲學者之山淵，使屬筆者得采伐漁獵其中。〔註191〕

葛洪以古書爲「學者之山淵」與傅玄以《詩》、《書》爲「文章之淵府」之精神是一脈相承的。能「採伐漁獵」古書中之事類典故，加以組織運用，是學富才高之表現。故他批評不學無術的文人：

> 口筆乏乎典據，牽引錯於事類。〔註192〕

足見他對語辭、文辭上「引經據典」、「牽引事類」之重視。葛洪《抱朴子》〈外篇〉之作，大量援引古書中典故事類，正是其理論在創作上的實踐。

由兩晉之文論而觀，可見「宗經」並非以體現其德爲目的，而是就經典的文章本身──語言文字的藝術成就，來肯定它們能運用美巧

1989 年），頁 157～158。

〔註189〕此處「今勝於古」、「古爲今用」之語，並不見於葛洪之詩文論之中，而是筆者由其詩文論中取其用意歸納所得。

〔註190〕〔東晉〕葛洪：《抱朴子外篇》卷三，收入《景印文淵閣四庫全書》第 1059 冊，頁 14a～14b。

〔註191〕同上註，頁 13a～13b。

〔註192〕同上註，卷一，頁 25b。

合宜之文辭，並且可爲後世屬筆者採伐漁獵而立論的。此種觀念對劉宋元嘉詩人之用典，無疑是立下了堅實的基礎。如「詩以用事爲博」的顏延之，即在《庭誥》中提出對文學創作之看法：

> 觀書貴要，觀要貴博，博而知要，萬物可一。詠歌之書，取其連類合章，比物集句，採風謠以達民志，詩爲之祖。
> 〔註193〕

所謂「博而知要」雖然廣博閱讀，但並非全盤接收。正如葛洪之論：「古書者雖多，未必盡美」，要知所取捨，取其「要」爲我所用，才是最好的運用之法。顏延之認爲詩經這部古代典籍，可爲後人所取用之處是在於其比興之技巧——「連類合章」、「比物集句」。此種觀點仍是承襲兩晉以來從文學角度「宗經」的觀點發展下來。所謂「連類」、「比物」就是引用古書同類之事物，做廣泛之譬喻〔註194〕。顏延之認爲此種文辭運用技巧，可以做今人寫作之借鑒。又如元嘉詩人王微〈與從弟僧綽書〉，也持相同之論點：

> 文好古，貴能連類可悲，一往視之，如似多意。〔註195〕

足見元嘉詩人對「連類」此一方法的重視。只是在顏延之、王微的「連類」中，已不只選取自然物象做素材，舉凡典籍中之成辭、故實，皆在漁獵採擷之列，成爲詩人「連類」最重要的來源。顏延之、王微之實際創作中，皆好「據事類義」的用典手法，實是其文學觀念之反映。

　　由於六朝人對於文學有充分的自覺，又從「作品」的角度重新體認古代典籍，從傅玄、陸機、到葛洪、顏延之，「引經誥」、「牽引事

〔註193〕〔清〕嚴可均：《全宋文》卷三十六，《全上古三代秦漢三國六朝文》，頁9b。

〔註194〕《韓非子》〈難言〉有：「多言繁稱，連類比物」之語。乃指進說於人主時，廣引同類事物，多方譬喻之意。陳奇猷校注：《韓非子集釋》，卷一，頁48。又見於司馬遷《史記》〈鄒陽列傳〉：「鄒陽辭雖不遜，然其比物連類，有足悲者」〔漢〕司馬遷撰，〔日〕瀧川龜太郎著：〈魯仲連鄒陽列傳〉，《史記會注考證》，卷八十三，頁33。此處乃指鄒陽獄中上書廣設譬、大量引用古人古事以表情達意。

〔註195〕〔清〕嚴可均：《全宋文》卷十九，《全上古三代秦漢三國六朝文》，頁4b。

類」、「連類比物」之觀念一脈相承，愈演愈烈。於是從「襲故」出發，而到「彌新」、求變，在晉宋文人所奠下之理論基礎導引下，終於用典技巧在元嘉詩壇蔚爲風氣，成爲元嘉詩歌在修辭技巧上的特色。

第五節　結語——才學觀與文藝美之體現

　　元嘉詩人用典的風氣，雖然在南朝造成「蠹文已甚」的「書抄」弊病，但這種瀰漫一時的詩風，實有其形成的背景及發展之歷史因緣。張廷琛先生即論道：

> 文學是一種審美過程，其中包含著作家、作品、讀者三大因素。這三者又與社會、歷史、文化有錯綜複雜的聯繫，單獨抽出某一因素，只能獲得局部的、靜態的認識……〔註196〕

再加上用典本身屬一種文藝技巧，而文藝技巧必牽涉傳達的行爲，因此對它的研究，除了由文學作品本身的演進研究外，尚須考察作者與讀者的因素。本章由作者、讀者與作品三方面進行分析，對用典此一技巧在元嘉時代興盛的原因，始能有較清晰且完整的面貌呈現。

　　從作者角度而言，自魏晉以來，士族文人身處以文才多寡評價個人及門第令譽的社會中，或爲了追求文學聲譽之肯定，或爲了涉足官場之需要，在任何場合、任何領域中，都毫無拘忌地逞弄才學，務求超越他人。這種才學的較量，主要集中在清談和文學創作上〔註197〕。如王隱《晉書》記載道：

> （虞摯）與太叔廣名位略同；廣長口才，虞長筆才，俱少政事。眾座，廣談，虞不能答；虞退，筆難廣，廣不能答。
> 於是更相嗤笑，紛然于世。

可見在時人眼中，犀利的談鋒（口才），以及文學創作（筆才），都是一種特殊形式的才學表現。發展至劉宋，詩歌在士族文人的眼中，已

〔註196〕張廷琛主編：《接受理論》，頁46。
〔註197〕張國星：〈魏晉六朝文學的才學觀〉，《河北大學學報》1984 年第 4 期，頁 71～80。

視之爲眾多展現才學的一種「技藝」。如宋文帝曾云：

> 「天下有五絕，而皆出於錢塘。」謂杜道鞠彈棊，范悅詩，
>
> 褚欣遠楷書，褚胤圍棊，徐道度療疾也。〔註198〕

在此，詩與棋、書、療疾並列爲「技」，它是人們博取名譽的一種手段。〔註199〕清談與賦詩，是展現才學重要的技藝；而在言辭或文辭上用典，可以達到逞辭誇富的目的。日人前野直彬研究道：

> 六朝的貴族階層作詩行文故意使用艱深的典故，讓對方猜
>
> 測，以爭強鬥勝。〔註200〕

因此製作典故成爲作者展現博學最佳的方法。

　　從讀者的角度而論，元嘉詩人大都是貴遊文學集團中的一份子，故集團的主人——君主王侯爲集團文士作品的當然讀者，詩人爲了迎合這些「愛文義」、「好文籍」的帝室王侯的青睞，在奉命賦詩場合中，也需藉用典以展現才學。其次元嘉詩人們由於教育、文化等背景的相似而形成一「文化圈」，平日活動是「以文義賞會」，他們互爲彼此作品的讀者。由於解讀典故可以顯示一己之博學，故文化圈中的文人，一方面以作者的身分在詩中隸事用典；另一方面也以讀者的身分品賞用典。作者與讀者間審美經驗的交流是雙向互動的；二者皆重個人才學的展現。

　　元嘉詩人借創作博取聲譽，固然有種種不同的方式，但在具體的選擇上，卻無法超越那個時代的「文學」觀念的制約。從文學作品的角度而論，詩歌自魏晉以來，在「詩賦欲麗」、「遣言貴妍」等文學觀的倡導下，漸受辭賦之影響，重視語言修辭之鍛鍊，用典技巧由賦而詩，蔚爲風氣；另一方面，又在陸機等人「襲故而彌新」思想的引導下，顏延之提出「連類合章」、「比物集句」之說，爲隸

〔註198〕〔唐〕李延壽撰，〈張邵列傳〉，《南史》，卷三十二，頁838。

〔註199〕王鍾陵：〈論魏晉南北朝時期的一種文化現象：重視早秀與以才藝出人頭地〉，《南開學報》1990年第1期，頁61～69。

〔註200〕〔日〕前野直彬等著，洪順隆譯：〈修辭論（三）典故〉，《中國文學概論》（臺北：成文出版社，1980年），頁14～15。

事用典、尋章摘句製造理論上的根據。於是用典成為追求詩歌語言形式美的重要技巧。

　　元嘉詩人一方面要借創作炫才逞博；另一方面又要追求文學語言之妍麗。結合二者最佳之法，即是在詩歌作品中用典。因為用典的先決條件必須博「學」；而將前人古事成詞剪裁運用在有限的詩句中，又必須靠深厚的「才」力。正如劉勰《文心雕龍》〈事類〉篇云：

　　夫薑桂同地，辛在本性。文章由學，能在天資。才自內發，學以外成。有學飽而才餒，有才富而學貧；學貧者，迍邅於事義，才餒者，劬勞于辭情：此內外之殊分也。是以屬意立文，心與筆謀，才為盟主，學為輔佐；主佐合德，文采必霸，才學褊狹，雖美少功。〔註201〕

用典，從作品的角度而言，它符合了元嘉時代文藝潮流唯美的追求；從作者、讀者的角度而論，又符合了當時才學觀的講求；可謂才學觀與文藝美的有機結合。因此用典在元嘉詩壇蔚成風氣，實在是其來有自。

<hr>

〔註201〕〔梁〕劉勰著，周振甫注：《文心雕龍注釋》，頁 705～706。

第參章　元嘉詩人用典之表現技巧

第一節　緒言——用典之素材與分析之原則

　　詩歌是語義密度最高的語言形式〔註1〕。它必須以最簡省的文字，表達豐富的思想和複雜的情意。欲達成此一效果，勢必藉助于修辭技巧，如譬喻、比擬、誇張、雙關等，而用典技巧在詩中巧妙之安排，不但能增強語言的表現力，更可提高文學作品的藝術感染力和美感作用。劉宋詩歌「性情漸隱，聲色大開」〔註2〕，其時詩人無不致力于語言形式的雕琢。劉勰在〈文心雕龍·明詩〉中論劉宋之文學風氣道：

　　　儷采百字之偶，爭價一句之奇，情必極貌以寫物，辭必窮
　　　力而追新：此近世之所競也。〔註3〕

在「辭必窮力而追新」的詩風下，在誇耀才學的需要下，顏延之詩作「以用事為博」〔註4〕，謝靈運、鮑照之詩篇亦句句有典。清·方東

〔註1〕參見黃宣範：〈從語義學看文學〉，《中外文學》第4卷第1期，頁7。
〔註2〕見〔清〕沈德潛：《說詩晬語》卷上，收入王夫之等撰，丁福保編：《清詩話》（臺北：木鐸出版社，1988年），頁532。
〔註3〕〔梁〕劉勰撰，周振甫注：《文心雕龍注釋》（臺北：里仁書局，1982年），頁85。
〔註4〕見〔宋〕張戒：《歲寒堂詩話》卷上，收入丁福保輯：《歷代詩話續編》（臺北：木鐸出版社，1988年），頁452。

樹《昭昧詹言》卷五云：

> 如康樂乃是學者之詩，無一字無來處率意自撰也。〔註5〕

又云：

> 古人不經意字句，似出己意，便文白道，而實有典，此一
> 大法門。惟謝、鮑兩家尤深嚴於此。後人淺陋，無復如此，
> 但率語耳。〔註6〕

但要達到「無一字無來處」，在詩句中巧妙運用典故，則有賴於博學。因此多讀前人詩文典籍，累積豐富的語言素材，爲用典的先決條件。故在論析元嘉詩人用典技巧前，本節第一、二部分，先說明詩人用典前對語言素材之積累與選取之情形。再於第三部分，從語言表義的二維結構形態入手，爲詩人之用典建立分析之原則，並在此理論基礎上，參酌若干修辭法則，對元嘉詩人用典之技巧，進行全面的探析，以見其應用之道。則元嘉詩人用典之語言表現，當可有一清晰且完整的面貌呈現。

一、素材的積累——博學的準備

語言學家雅克慎曾指出：「語言結構的兩種基本運作模式：選擇與結合。」〔註7〕應用於詩歌語言之結構亦是如此。詩歌是最精練的語言形式，因此在詩歌創作的過程中，作者必須先經過「選字擇詞」的階段，再將之組合成爲有意義的詩句，以表情達意。然而要在選擇字詞時得心應手，避免腸枯思竭之苦，則必須靠創作素材的積累。唯有積累了豐富的語言素材，作者才能在「語言庫」中，左右逢源，予取予求。由於用典是寫作時引用歷史上的古人古事，或經傳中既有的文辭，來表白完成作者情志的修辭技術。在創作素材的選取上原本即有較大的限制，因此更需重視對前代經籍的涉獵與積累。劉勰於《文

〔註5〕〔清〕方東樹：《昭昧詹言》（臺北：廣文書局，1962 年），卷五，頁 4a。

〔註6〕〔清〕方東樹：《昭昧詹言》，卷五，頁 2a。

〔註7〕參見 Wallace chafe, Meaning and Structure of Language（Chiago，1970）

心雕龍》〈事類〉篇中即云：

> 夫經典沈深，載籍浩瀚，實群言之奧區，而才思之神皋也。
> 〔註8〕

事實上，任何一種創作技巧，在字詞的選用上，皆是來自於「過去」歷史文化的累積。俞建章、葉舒憲於《符號：語言與藝術》一書中論道：

> 沒有人能離開歷史，沒有一個瞬間能不參預到歷史當中。
> 我們在交談中所使用的每一個詞，都是對詞義的一種歷史
> 性的選擇。〔註9〕

用典更是如此。因此，用典必須在前人累積的知識文化遺產中，挑選最適當的成辭、故實來傳達作者的思想情志。由於寫作要靠記憶，因為「記憶能幫助靈感來潮的作家從心底掘出富饒的素材」〔註10〕，而在記憶庫中累積了愈多的素材，則可資挑選的語彙材料愈多，可使語言表達的進行更為順利。因此元嘉詩人皆是博學多識之士，詩人努力充實其「語言庫」的容量，以求在創作時能自由汲取，旁徵博引，以在古人的典籍中，選擇出最適當的字詞來表達。如陸機〈文賦〉所云：

> 傾群言之瀝液，漱六藝之芳潤。……收百世之闕文，采千
> 載之遺韻。謝朝華於已披，啟夕秀於未振。〔註11〕

他揭示文學創作在沉思與醞釀之際，要以創新為貴；但此創新卻必須要從古人書卷中提取語言的精華〔註12〕。因為新詞的創造，還是有賴於舊詞的參互錯綜。徐復觀先生即言：

〔註8〕　〔梁〕劉勰撰，周振甫注：《文心雕龍注釋》，頁706。
〔註9〕　俞建章、葉舒憲著：《符號：語言與藝術》（臺北：久大文化股份有限公司，1992年），頁247。
〔註10〕　參見夏中義：〈文學素材的藝術心理分析〉，《華東師範大學文學研究年鑑》（上海：華東師範大學出版社，1990年），頁29。
〔註11〕　〔梁〕蕭統編，〔唐〕李善注：《文選》（臺北：華正書局，1982年），卷十七，頁2b～3a。
〔註12〕　參見林師文月於〈陸機的擬古詩〉一文中所論：「足知陸機的文學觀，雖以創新為貴，但重視從古典之中吸取滋養。」收入《中古文學論叢》（臺北：大安出版社，1989年），頁157。

> 假使要完全靠自己創造出的語言來寫詩寫詞，事實上恐怕
> 產生不出一兩個詩人詞人來。蘊藏在歷史中的語言世界，
> 常是經過再三鍛鍊後留下來的語言世界。只有此一世界向
> 作者敞開，然後作者選擇的範圍才大，創造的憑藉才厚；
> 運用得好，自然可以增加表現的能力。〔註13〕

因此元嘉詩人無不博覽群書，重視積累的工夫。三大家之一謝靈運曾
在〈山居賦〉中自述研讀古書情況：

> 見柱下之經二，覩濠上之篇七。承未散之全樸，救已頹於
> 道術。嗟夫！六藝以宣聖教，九流以判賢徒，國史以載前
> 紀，家傳以申世模，篇章以陳美刺，論難以覈有無，兵技
> 醫日，龜夢筮筮之法，風角冢宅，算數律歷之書，或平生
> 之流覽，並於今而棄諸。〔註14〕

由此可知詩人涉獵極為廣泛，各類書籍皆曾涉足。因此賦中所提及之
聖賢經典，歷史古籍、諸子之說、以及前人文集篇章，皆可是靈運用
典的素材來源。另外，在曹魏時代《皇覽》的編纂，也應是詩人汲取
古事的來源。此書為曹丕命儒臣王象、桓範、劉劭、韋誕、繆襲等人，
撰集經傳，分類編纂而成，為後代類書之祖〔註15〕。《皇覽》所提供
之素材，大都為自古書中剪輯而成的碎錦；但寫作詩文除了綜採紀傳
中的「古事」之外，也要從前人佳句中汲取靈感。如謝靈運「逢詩輒
取」〔註16〕，勤於抄錄詩歌作品。《隋書・經籍志》著錄有靈運編纂
詩集五十卷；詩集鈔十卷，賦集鈔九十卷；張敷、袁淑二人補謝靈運
詩集一百卷。元嘉詩人王微也有《鴻寶》之作〔註17〕。這些都是為了

〔註13〕 參見徐復觀：〈詩詞的創作過程及其表現效果──有關詩詞的隔與不
　　　　隔及其他〉，《中國文學論集》（臺北：台灣學生書局，1994 年），頁
　　　　127～128。
〔註14〕 見顧紹伯校注：《謝靈運集校注》（臺北：里仁書局，2004 年），頁
　　　　464。
〔註15〕 參見劉葉秋：《類書簡說》（臺北：國文天地雜誌社，1990 年），頁 11。
〔註16〕 見鍾嶸〈詩品序〉云：「至於謝客集詩，逢詩輒取。」見汪中選注：
　　　　《詩品注》（臺北：正中書局，1985 年），頁 26。
〔註17〕 《隋志》子部雜家著錄有「《鴻寶》十卷」，未著撰人。然〈詩品序〉

在創作時以補記憶的不足，供臨文尋檢之用。

顏之推曾於家訓〈勉學〉篇中論及南朝人用典之積累工夫云：

> 談說製文，援引古昔，必須眼學，勿信耳受。江南閭里間，
> 士大夫或不學問，羞為鄙朴，道聽塗說，強事飾辭。呼徵
> 質為周鄭，謂霍亂為博陸。上荊州必稱陝西，下揚都言去
> 海郡。言食則餬口，道錢則孔方。問移則楚丘，論婚則宴
> 爾。及王則無不仲宣，語劉則無不公幹。凡有一二百件，
> 傳相祖述。尋問莫知所由，施安時復失所。〔註18〕

由顏之推的論述中，可知其時用典材料的來源，主要有二種方式：眼
學及耳受。但是道聽塗說，耳受得來的素材不足為取。唯有靠「眼學」，
對用典素材確切的領悟與熟記，才不致於有「施安失所」的錯誤。而
此則有賴於博覽群籍。古代的文獻載籍，實是文人寫作的重要資源，
在沒有類書之前，一般文人也都是靠此來經營篇章。劉勰《文心雕龍》
〈事類〉：

> 唯賈誼鵩賦，始用鶡冠之說；相如上林，撮引李斯之書：
> 此萬分之一會也。及揚雄百官箴，頗酌於詩書；劉歆遂初
> 賦，歷敘於紀傳；漸漸綜採矣。至於崔班張蔡，遂捃摭經
> 史，華實布濩，因書立功，皆後人之範式也。〔註19〕

要能隨心所欲勤經摭史，因書立功，唯有賴於博學。故博學無疑是詩
人用典前的先決條件。

二、素材之來源——典籍的採擷

日：「王微《鴻寶》密而無裁。」則王微有《鴻寶》一書，或為論文
之作。但《隋志》入雜家，恐其書不僅限於論文。又《梁書》本傳
有云張纘有《鴻寶》一百卷。本傳云：「纘好學，兄緬有書萬卷，畫
夜披讀，殆不綴手。……著《鴻寶》一百卷。」則此書應屬類書性
質。王師夢鷗於〈漢魏六朝文體變遷之一考察〉一文中，將二書皆
視之為性質相同之書，今從其說。見其《傳統文學論衡》（臺北：時
報文化出版公司，1987年），頁120。

〔註18〕〔北齊〕顏之推撰，王利器集解：《顏氏家訓集解》（上海：古籍出
版社，1980年），頁202。

〔註19〕〔梁〕劉勰撰，周振甫注：《文心雕龍注釋》，頁705。

　　不論是經由口誦心維的流覽記憶；或抄錄前人佳篇的資料蒐集，在積累了豐富的素材後，接著就是選取應用。劉勰曾於《文心雕龍》〈事類〉篇中，說明用典取材的範圍及用法如下：

> 事類者，蓋文章之外，據事以類義，援古以證今者也。昔文王繇易，剖判爻位，既濟九三，遠引高宗之伐；明夷六五，近書箕子之貞；斯略舉人事，以徵義者也。至若胤征義和，陳政典之訓；盤庚誥民，敘遲任之言；此全引成辭以明理者也。〔註20〕

可見用典在取材的類別上，可分為「人事」與「成辭」兩種，而此二種素材的來源，主要是古代的典籍或前人的歷史經驗。然而前人的歷史經驗也大多藉由文字的記載而流傳，因此用典素材最主要的來源，乃是古代的典籍。但由於詩人們生活經驗的不同；或思想情志之不同，故對於用典素材的選取，也有同中有異的情形。今就元嘉三大家分論之，以明其用典素材的來源，並比較詩人選用素材之異同。

（一）顏延之

　　顏延之以才學稱於世，《宋書》本傳稱其：「好讀書，無所不覽。文章之美，冠絕當時。」〔註21〕又曰：

> 延之與陳郡謝靈運俱以詞采齊名，自潘岳、陸機之後，文士莫及也。〔註22〕

顏延之主要活動在「元嘉之治」之前後，一生宦海沈浮。文帝時由中書侍郎轉太子中庶子，領步兵校尉，後貶永嘉太守，未行而免官，屏居里巷凡七載。孝武帝時官至金紫光祿大夫。劉宋帝王皆愛好文義，侍宴賦詩，乃至於官場上之相互贈答，自然是朝臣日課。其詩據明張溥《漢魏六朝百三家集》〈顏光祿集〉收錄有三十二首，清丁福保《全宋詩》收錄有二十七首，逯欽立《先秦漢魏南北朝詩》收錄有二十九

〔註20〕〔梁〕劉勰撰，周振甫注：《文心雕龍注釋》，頁705。
〔註21〕〔梁〕沈約：《宋書》（臺北，鼎文書局，1975年），頁1891。
〔註22〕同上註，頁1904。

首,《昭明文選》收錄十六首,大都以侍宴從遊、應詔贈答之作居多。在這些作品中,延之堆砌成辭,羅列典故,經史子集無所不包,取材極爲廣泛。何焯《義門讀書記》〈文選〉論云:

> 顏延平〈贈王太常〉,方流、圓折、九泉、丹穴、國華、朝
> 列、邦懋、鄉臺、拉雜而至,亦復何趣。〔註23〕

據李善《文選注》,「方流」、「圓折」語出《尸子》、「九泉」語出《莊子》,「丹穴」語出《山海經》,其餘詩語亦皆有典。何焯之語即道出顏延之好從古書上摘詞引藻之弊,然連篇累牘引用典故,也正是顏延之詩歌的特色。今以〈和謝監靈運詩〉爲例說明如下:

> 弱植慕端操,窘步懼先迷。寡立非擇方,刻意藉窮棲。
> 伊昔遘多幸,秉筆侍兩闈。雖慚丹雘施,未謂玄素睽。
> 徒遭良時詖,王道奄昏霾。人神幽明絕,朋好雲雨乖。
> 弔屈汀洲浦,謁帝蒼山蹊。倚巖聽緒風,攀林結留荑。
> 跂予間衡嶠,曷月瞻秦稽。皇聖昭天德,豐澤振沈泥。
> 惜無爵雉化,何用充海淮。去國還故里,幽門樹蓬藜。
> 采茨葺昔宇,翦棘開舊畦。物謝時既晏,年往志不偕。
> 親仁敷情昵,興賦究辭棲。芬馥歇蘭若,清越奪琳珪。
> 盡言非報章,聊用布所懷。〔註24〕

此詩爲延之自始安郡還答謝靈運所作。詩中幾乎句句有來處(有△記號者,即表示此詞引自前人之典籍)。如「弱植」引自《左傳》哀公十

〔註23〕〔清〕何焯撰,蔣維鈞編:《義門讀書記》,卷四十六,收入《景印文淵閣四庫全書》,第 860 冊(臺北:臺灣商務印書館,1983 年),頁 40b。

〔註24〕逯欽立輯校:《宋詩》卷五,《先秦漢魏晉南北朝詩》(臺北:木鐸出版社,1983 年),頁 1233。

三年：「其君弱植」。「端操」是引《楚辭》〈遠遊〉：「內惟省以操端」。「窘步」引《楚辭》〈離騷〉：「夫惟捷徑以窘步」。「先迷」引自《周易》坤掛「先迷失道，後順得常」。「寡立」引《荀子》〈不苟〉：「寡立而不勝，堅強而不暴」。「非擇方」乃用《周易》：「君子以立不易方。」。「刻意藉窮棲」是引《莊子》〈刻意：「刻意尚行，離世異俗」。「多幸」引《左傳》宣公十六年：「羊舌職曰：『民之多幸、國之不幸。』」「秉筆」引《國語》〈晉語〉：「臣秉筆事君」。「丹臒」引《尚書》〈梓材〉：「惟其塗丹臒」。「玄素」用盧諶〈答劉琨書〉：「始素終玄，墨翟垂涕」。「良時」引潘岳〈河陽縣詩〉：「徒恨良時泰」。「雲雨乖」引張載〈詠懷詩〉：「雲乖雨散，心乎愴而！」。「汀洲」引《楚辭》〈九歌・湘夫人〉：「搴汀洲兮杜若」。「蒼山」引《禮記》〈檀弓〉上：「舜葬蒼梧之野」。「倚巖」引《楚辭》〈九歎・憂苦〉：「倚石巖以流涕」。「緒風」引《楚辭》〈九章・涉江〉：「欸秋冬之緒風」。「留荑」引《楚辭》〈離騷〉：「畦留荑與揭車」。「跂予」引《詩經》〈衛風・河廣〉：「跂予望之」。「曷月」引《詩經》〈王風・揚之水〉：「曷月予還歸哉」。凡此大都是成辭之引用。其中「惜無爵雉化，何用充海淮。」則是《國語》〈晉語〉：「趙簡子歎曰：雀入于海爲蛤，雉入于淮爲蜃。」一事的引用。其後如「還故里」、「樹蓬藜」、「剪棘」、「蘭若」、「清越」等語，也皆有所本。通篇詩語皆自典籍中採擷選取、再加以剪裁得來。其他詩篇，也呈現出同樣之風貌。

今據《文選》所錄顏延之十七首及李善注考察，將故實與詞、句胎襲者合計（註25），顏詩用典素材之選取以《詩經》（四五）、《楚辭》（三六）、《禮記》（二八）、《漢書》（二五）、《尚書》（二一）、《左傳》（十七）、《周易》（十六）、《莊子》（十四）、陸機詩文（十四）、張衡賦（十二）居多。顏延之用典素材所自之典籍大概於此。若以經史子

〔註25〕本文統計用典之原則：1.以詩人用典的每一語詞及每一句爲單位，統計其次數。2.若一事兩見時，故實出典取諸遠者。3.詞句之胎襲取諸義近且結構近似者。

集而論，則延之顯然最喜用儒家經典，在典語出處十次以上的古籍中，《詩經》、《禮記》、《尚書》、《周易》、《左傳》皆爲儒家經典。其次爲《楚辭》之典，出現亦多。在史部則以《漢書》、子部則爲《莊子》引用較多。而出於詩人之典，最多的則是陸機（十四）。將此用典素材考察的結果，與鍾嶸《詩品・序》文學淵源之說印證，二者十分吻合：

> 其源出於陸機，尚巧似，體裁綺密，情喻淵深，動無虛散，
> 一句一字，皆致意焉。〔註26〕

劉師培亦曾論此現象道：

> 晉宋文人學陸士衡者甚多，而顏延年所得獨多。……延年
> 詩文均摹士衡，赭白馬賦尤酷肖。〔註27〕

驗證之於用典素材之選用，其言不虛。在前代詩人中，陸機詩文乃是顏延之最喜取用的素材。而顏延之喜好引用儒家經籍，也與他在詩文中流露出的儒家思想，積極用世的人生觀，十分相合〔註28〕。

（二）謝靈運

《宋書》〈謝靈運傳〉稱：「靈運少好學，博覽群書。」又靈運亦曾於〈山居賦〉中自述研讀古書之情形，可知其精通六藝，子史百家，甚至方技雜算，亦無所不涉獵。又據《高僧傳》卷七〈宋京師烏衣寺釋慧叡〉條所云：

> 陳郡謝靈運篤好佛理，殊俗之音，多所達解。〔註29〕

足見謝靈運尚精曉釋典，學問之淵博，古今詩人罕有其匹。鍾嶸評其「才高詞盛」，靈運之「詞盛」，正是其「才廓落」〔註30〕、「博覽群

〔註26〕汪中選注：《詩品注》，頁 72。
〔註27〕參見劉師培：《漢魏六朝專家文研究》（臺北：中華書局，1969 年），頁 53。
〔註28〕參見倪台瑛：〈顏延年及其詩文研究〉：「顏延年之詩文中所表現的思致，沒有宗教色彩，也沒有道家仙心，他的人生觀是淵源於儒家傳統的思想。」收入《淡江學報》13 期，1974 年 3 月，頁 436。
〔註29〕〔梁〕釋慧皎撰，湯用彤校注：《高僧傳》（北京：中華書局，1992 年），頁 259。
〔註30〕見白居易：〈謝靈運詩〉，《白居易集》（臺北：里仁書局，1980 年），

書」的成果。故靈運在詩中用典，其選擇、運用範圍十分廣泛。歷代
對此評論甚多，舉例如下：王世懋《藝圃擷餘》云：

> 古詩，兩漢以來，曹子建出而始爲宏肆，多生情態，此一
> 變也。自此作者多入史語，然不能入經語。謝靈運出而〈易〉
> 辭、《莊》語，無所不爲用矣。剪裁之妙，千古爲宗，又一
> 變也。〔註31〕

沈德潛《說詩晬語》卷上：

> 曹子建善用史，謝康樂善用經。〔註32〕

方東樹《昭昧詹言》卷五：

> 康樂固富學術，而于《莊子》郭注、及屈子尤熟。其取用
> 多出此。〔註33〕

又云：

> 讀《莊子》熟，則知康樂所發，全是莊理。〔註34〕

又云：

> 謝公全用《小雅》、《離騷》意境字句，而氣格緊健沉鬱。
> 〔註35〕

汪師韓《詩學纂聞》云：

> 其詩好用《易》詞，而用輒拙劣。〔註36〕

張玉穀《古詩賞析》卷十六云：

> 經語入詩而不覺腐，謝公所長。〔註37〕

陳祚明《采菽堂古詩選》卷十七云：

> 詳謝詩格調，深得《三百篇》旨趣，取澤於《離騷》、《九

頁131。

〔註31〕〔明〕王世懋：《藝圃擷餘》，收入《景印文淵閣四庫全書》第1482
冊（臺北：商務印書館，1983年），頁2a。

〔註32〕王夫之等撰，丁福保編：《清詩話》，頁524。

〔註33〕〔清〕方東樹：《昭昧詹言》，卷五，頁16b。

〔註34〕〔清〕方東樹：《昭昧詹言》，卷五，頁9a。

〔註35〕〔清〕方東樹：《昭昧詹言》，卷五，頁2b。

〔註36〕王夫之等撰，丁福保編：《清詩話》，頁455。

〔註37〕〔清〕張玉穀：《古詩賞析》卷十六，收入《漢文大系》（十八）（臺
北：新文豐出版社，1978年），頁12。

歌》，江水、江楓、斷冰、積雪，是其所師也。間作理語，
輒近《十九首》。〔註38〕

以上諸家皆述及謝詩承襲之來源。就前人所論，謝靈運用典素材之選
取，主要可分為三大類：即「詩經」、「楚辭」及「三玄」。現就其詩
歌作品，檢視於後。

　　謝靈運詩作散佚甚多，故無法窺其全貌，以考察其用典之詳情。
現收錄謝詩較完整的詩集有：張溥《漢魏六朝百三家集》中有〈謝康
樂集〉二卷，共九十一首（樂府十九首，詩七十二首）〔註39〕；丁福
保《全漢三國南北朝詩》中〈全宋詩〉卷三，共九十二首（樂府十九
首、詩七十三首）〔註40〕及逯欽立《先秦漢魏晉南北朝詩》中〈宋詩〉
卷，共一百零一首（樂府十八首、詩八十三首）〔註41〕。其中逯本比
他本晚出，故資料較為詳盡，且數量蒐集最多。故今以逯本所收一百
零一首詩為主，參酌李善文選注，及黃節《謝康樂詩注》等書分析謝
詩用典素材之來源。將故實與詞、句胎襲者合計，則謝詩用典取材以
《詩經》（一八三）、《楚辭》（一一七）、《莊子》（九一）、《周易》（六
三）、《論語》（六〇）、《史記》（四七）、《左傳》（三九）、陸機詩文（三
五）、《尚書》（三二）、曹植詩文（三〇）、《禮記》（二八）、《漢書》（二
八）、左思詩文（二六）、《老子》（二五）、古詩（二三）、曹丕詩文（二
〇）、潘岳詩文（二〇）等引用較多〔註42〕。出現次數最多者依次為
《詩經》、《楚辭》、《莊子》、《周易》，此與前人詩論中之評述頗為吻

〔註38〕〔清〕陳祚明：《采菽堂古詩選》收入《續修文淵閣四庫全書》第1591
　　　　冊（上海：上海古籍出版社，1995年），卷十七，頁1b。

〔註39〕見〔明〕張溥編撰：《漢魏六朝百三家集》（臺北：新興書局，1963
　　　　年），頁2045～2062。

〔註40〕見丁福保：《全漢三國南北朝詩》（臺北：世界書局，1978年），頁
　　　　627～663。

〔註41〕見逯欽立輯校：《先秦漢魏晉南北朝詩》（臺北：木鐸出版社，1983
　　　　年）。

〔註42〕用典次數乃參考李光哲：《謝靈運詩用典考論》（臺北：國立臺灣大
　　　　學中國文學研究所碩士論文，民國76年6月）。

合，靈運用典取材大備於此。若以經史子集區分，則靈運最喜用經語
（《詩》、《易》、《論語》、《左傳》、《尚書》、《禮記》）等；其次爲集部
之《楚辭》。子部則最喜用《莊》語、史部爲四部中引用最少者，其
中以《史記》引用次數較多。而典出最多的詩人則是陸機，其次爲曹
植。以此與顏延之好用之素材相較，除史部的《史記》、《漢書》有別
以外，其餘竟完全相同。可見二家博覽群書的範圍相近。但二家也有
相異之處，例如靈運詩中即出現不少佛典（十四），而此爲現存顏詩
中所無。如〈過瞿溪山飯僧詩〉云：

迎旭凌絕嶝，映泫歸激浦。鑽燧斷山木，掩岸墐石戶。
結架非丹甍，籍田歸宿莽。同遊息心客，曖然若可睹。
　　　　　　　　　　　　　　　　　　　△△△
清霄颺浮煙，空林響法鼓。忘懷狎鷗鰷，攝生馴兕虎。
　　　　　　　　　　△△
望嶺眷靈鷲，延心念淨土。若乘四等觀，永拔三界苦。
　　　　△△　　　　　△△　　　△△△　　　△△△

〔註43〕

此詩用佛家語描寫佛境，表達佛理。並在結語道出欲拔出「三界」，
往登西天淨土的思想。其中「息心客」、「法鼓」、「靈鷲」、「淨土」、「四
等觀」、「三界苦」皆語出佛典，足見浸潤佛家思想之深。在詩中，「忘
懷狎鷗鰷，攝生馴兕虎。」二句則是借用《列子》、及《老子》道家
之語，寫僧人清靜自在與自然界萬物同遊的生活，於此靈運融合道家
之理於佛理之中〔註44〕。

　　另外若單就「三玄」即《莊子》、《周易》、《老子》典故的次數合
計，則靈運用「三玄」之典，數量頗多，甚至超越了《楚辭》。謝詩
頗好借此類典故以說理明志，也可見其對道家思想之傾心。靈運除了

〔註43〕逯欽立輯校：《宋詩》卷二，《先秦漢魏晉南北朝詩》，頁1164。
〔註44〕二事見《列子‧黃帝》：「海上之人有好鷗鳥者，每旦之海上，從鷗
　　　鳥游，鷗鳥之至者百住而不止。」〔晉〕張湛：《列子注》（臺北：
　　　世界書局，1962年），頁21。及《老子》第五十章：「蓋聞善攝生者，
　　　陸行不遇兕虎，入軍不被甲兵。」〔晉〕王弼撰，〔唐〕陸德明釋：
　　　《老子道德經注》（臺北：世界書局，1963年），頁30～31。

受儒家經典薰陶外，釋、道二家之浸染亦深。在其思想中包攬了儒、釋、道三家，對三家經籍之涉獵也頗精深，而此種現象正明顯地反映在其用典素材之選取中。

（三）鮑　照

　　鮑照爲一寒門士人，出身貧賤。家世和生平事跡流傳不多，梁代鍾嶸已歎其「才秀人微，故取湮當代。」〔註45〕曾於〈解褐謝侍郎表〉中言：「臣孤門賤生，操無炯跡，鶉棲草澤，情不及官。」〔註46〕但年少即頗有文才、於〈擬古〉詩中自述其志云：

　　　　十五諷詩書，篇翰靡不通。弱冠參多士，飛步游秦宮。側
　　　　觀君子論，預見古人風。〔註47〕

他滿懷熱忱，欲求仕進，但因出身寒素，求仕無門。後終因「貢詩言志」而爲劉義慶所知賞，引爲國侍郎〔註48〕。其後又依附衡陽王劉義季，始興王劉濬，自宋文帝建元開始，又歷任海虞令、太學博士、兼中書舍人等職，皆因「才學知名」而受重用。鮑照一生由於出身寒素，屈己從人，在依附王公貴族的過程中，憂讒畏譏，又經歷了劉宋動盪不安的政局，故其詩比顏、謝多了些社會黑暗之揭露，及寒族慷慨不平的激情。當其創作詩歌，用典以表情達意之時，對於素材之選取，也有其個人之特色。

　　鮑照詩作，據錢仲聯《鮑參軍集注》所錄〔註49〕，今存二百零

〔註45〕參見汪中選注：《詩品注》，頁184。
〔註46〕見鮑照撰，錢仲聯集注：《鮑參軍集注》（臺北：木鐸出版社，1982年），一，頁55。
〔註47〕逯欽立輯校：《宋詩》卷九，《先秦漢魏晉南北朝詩》，頁1295。
〔註48〕見《南史》〈宋臨川王道規傳附鮑照傳〉：「照始嘗謁義慶未見知，欲貢詩言志。人止之曰：『卿位尚卑，不可輕忤大王。』照勃然曰：『千載上有英才異士沒沒而不聞者，安可數哉！大丈夫豈可遂蘊智能，使蘭艾不辨，終日碌碌，與燕雀相隨乎！』於是奏詩，義慶奇之。賜帛二十四，尋擢爲國侍郎，甚見知賞。」〔唐〕李延壽：《南史》，卷十三，頁360。
〔註49〕鮑照撰，錢仲聯集注：《鮑參軍集注》卷三～卷六。

一首。其中五言古詩一百一十五首，樂府詩八十六首。其樂府之作，為漢魏六朝中，現存樂府數量最多的詩人。可謂南朝「樂府的第一手」〔註50〕。由於鮑照家世貧賤，生活困苦，故接觸到百姓的社會生活，此種生活體驗，影響到其詩歌題材、內容的表現；也間接影響到他用典語言素材的選取。今以錢仲聯《鮑參軍集注》中所錄二百零一首詩為主，分析考察其用典情形，將引用古事與成辭合計，則鮑詩用典素材之選取情形，以引用次數之多寡依序排列是：《詩經》（一一三）、《楚辭》（一〇〇）、《史記》（七五）、《漢書》（七一）、曹植（五五）、古詩（五一）、陸機（三三）、《左傳》（三六）、《莊子》（三六）、張衡賦（二七）、《後漢書》（二七）、古樂府（二四）、《晉書》（二二）、《周易》（二〇）等。可見鮑詩用典素材選取之範圍也十分廣博。

若以經史子集區分，則鮑照最喜用《詩經》。其次為集部之《楚辭》；子部則以《莊子》的引用較多。在前代詩人中，則喜採擷曹植、陸機二人之詩語。在前代賦家中，則喜用張衡之賦。凡此用典素材之選取，大致與顏延之、謝靈運相同。足見《詩經》、《離騷》、《史記》、《漢書》、《莊子》、曹植、陸機之詩文，及張衡之賦實為元嘉詩人所熟知，也是選取用典素材最主要之來源。

但在共同的學識基礎上，也有其相異之處，可由比較得知。在顏延之用典素材之來源中前十大出處為：

《詩經》、《楚辭》、《禮記》、《漢書》、《尚書》、《周易》、《左傳》、《陸機》、《張衡》、《莊子》。

謝靈運為：

《詩經》、《楚辭》、《莊子》、《周易》、《論語》、《史記》、《左傳》、《陸機》、《尚書》、《曹植》。

鮑照則是：

《詩經》、《楚辭》、《史記》、《漢書》、《曹植》、《古詩》、《陸機》、《左傳》、《莊子》、《張衡》。

〔註50〕見鍾惺：《古詩歸》卷十二。

在顏延之用典來源中，對儒家經籍有明顯之偏好；謝靈運亦然。經語之引用，在二人詩中佔有極重之比例。而鮑照則除了出典最多之《詩經》、及列序第八的《左傳》為儒家典籍外，則鮮引經語。

　　鮑照之用典反而好選取《史記》、《漢書》為素材，借古事以抒今懷。此與其擬古樂府、藉用舊題以吟詠現實社會的手法頗為相合。又鮑照於古詩、樂府之引用，顯然較顏延之、謝靈運為頻繁。鮑照不但取法漢魏詩歌之題材，重視寫實精神；也吸收漢魏詩歌中語言精華，將其鋪衍成篇，呈現出不同於顏、謝二家矜裝盛服之風貌。如其〈代結客少年場行〉：

> 驄馬金絡頭，錦帶佩吳鉤。失意杯酒間，白刃起相讐。
> 追兵一旦至，負劍遠行遊。去鄉三十載，復得還舊丘。
> 升高臨四關，表裏望皇州。九衢平若水，雙闕似雲浮。
> 扶宮羅將相，夾道列王侯。日中市朝滿，車馬若川流。
> 擊鍾陳鼎食，方駕自相求。今我獨何為？坎壈懷百憂。
>
> 〔註51〕

此詩乃擬樂府〈結客少年行〉，詩中宣洩對京師權貴之不滿，以及一己坎坷不遇之傷懷。此詩自「升高臨四關」以下，幾乎全化用《古詩十九首》中〈青青陵上柏〉之詞意，原詩如下：

> 青青陵上柏，磊磊澗中石。人生天地間，忽如遠行客。
> 斗酒相娛樂，聊厚不為薄。驅車策駑馬，游戲宛與洛。
> 洛中何鬱鬱？冠帶自相索。長衢羅夾巷，王侯多第宅。
> 兩宮遙相望，雙闕百餘尺。極宴娛心意，戚戚何所迫？
>
> 〔註52〕

此詩自「洛中何鬱鬱」以下，寫京城權貴鑽營馳逐，及奢華享樂，道出詩人不平落寞之感慨。鮑照之作，不論表現手法或詩歌語言，明顯自此詩承襲而來。後人評曰：

〔註51〕逯欽立輯注：《宋詩》卷七，《先秦漢魏晉南北朝詩》，頁1267。
〔註52〕〔梁〕蕭統編，〔唐〕李善注：《文選》（臺北：華正書局有限公司，1982年），頁409～410。

其時樂府能稍存漢魏風骨者，鮑照一人而已。〔註53〕

今若就詩歌語言之吸收運用上而言，鮑照在元嘉詩人中，無疑也是最喜採用漢魏古詩、樂府爲用典素材的詩人。

三、分析用典之原則──語言表義的二維結構

詩人積累了豐富的語匯後，接著就是如何將這些自古代典籍中採擷而來的語言材料──「成辭」或「古事」、加以提煉、轉化，進而呈現出新的意蘊與風貌，以爲作者表達情志之用。由於成辭與古事在性質上同屬「現成的意象構件」〔註54〕，運用於詩歌作品中，正如盧興基先生所云：

> 現成的預制構件的鑲嵌，也存于《詩經》以後的詩人創作中，它突出地表現爲大量的用典和有爭議的襲故。它們也如兩種預制的配件，並且負載與生俱來的文化和歷史的信息，以藝術的形象，隨著詩人的巧妙運用而帶入作品“異體”中。〔註55〕

因此要分析詩歌用典的修辭技巧，進而理解其深層意蘊，則必須先論析詩歌語言的表義結構。因爲：

> 詩歌是用以完成一種交流的特定作用的語言的一種特定形式。這種特定性屬于結構範疇。〔註56〕

故本節先藉由語言學家索緒爾（Ferdinand de Saussure，1857-1913）之語言表義二軸說入手進行討論，以做爲後節分析用典技巧時之理論基礎與原則。〔註57〕

〔註53〕見夏敬觀：《八代詩評》。

〔註54〕參見盧興基：〈用典和襲故──中國古代詩歌意象構織的特殊技巧〉，收入《江海學刊》1992 年第 2 期，頁 154。

〔註55〕黃宣範：〈從語義看文學〉，頁 1。

〔註56〕原文見金・科恩（Jean Cohen）之《詩歌語言的結構》（Structure du Language poe'tique）參閱劉宇：〈論中國古典詩詞的語言功能〉，《雲南師範大學學報》1987 年第 6 期，頁 34。

〔註57〕語言表義二軸的觀念源自於索爾緒，其後爲結構學派的語言學者廣爲運用，並衍生許多不同的界說，本文在此參考它們若干論點，做爲

　　由於語言不論是口耳傳播的口頭語，或是形諸翰墨的書面語言，都是一種表達觀念的符號系統（Language ia a system of signs that express ideas）〔註58〕，索緒爾認爲它與一般符號不同之處，乃在語言的表義過程中，有賴於兩條軸的作用，即毗鄰（詞序）軸（Syntagmatic axis）與聯想軸（Associative axis）。要了解一個字的全面意義除了這字在詞序軸的位置外（即與其他字的關聯），尚得放在這字和這字有聯想關係的諸字所構成的聯想軸裏做界定。故而意義的表達需賴話語內的詞序關係與話語外的聯想關係、二者缺一不可。二軸圖解如下：〔註59〕

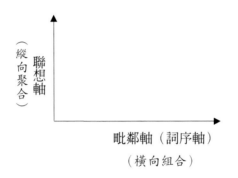

此二軸形成語言結構的兩種關係：

　　1. 橫向組合：（Syntagmatic）

　　　　又稱「詞序」關係，即透過一定的語法規則將各類同時出現、前後相續的語詞組合起來，以體現某一特殊情形。

　　2. 縱向聚合：（Paradigmatic）

　　　　又稱「聯想」關係，即在異時出現的各句段中，聯結其中

論析語言表義活動時的基礎，但僅取其最基本的涵義。

〔註58〕並參索緒爾《普通語言學教程》中譯本（臺北：弘文館出版社，1985年），頁 24。英譯本 Ferdinand de Saussure " Course in General Linguistics "，1959，頁 16。

〔註59〕此圖表參見古添洪：〈記號學先驅瑟許的語言模式〉，《記號詩學》，頁 40。

相同的成分，所構成的潛在的記憶序列。

所謂的「橫向組合」（即「詞序」結構），主要是以「句子」爲基本結構單位，經由句與句之間的聯結，而構成完整的文學作品。透過此一結構，它不只能清晰地呈現出各類意象的性質和狀態，也可顯現其間的變動、因果等關係。然而，由於現實的世界和人類的經驗都是難以分割的多維度客體，而語言此一結構，則係由連串的符號依次排列而成的單維度的線性組合。因此，從說者而言，在運用時，必須先分解原來的多維體成爲多種要素，然後逐一排列；就聽者而言，則必須憑藉此一線性的語音流，將其重塑、還原爲原先的多維度客體。此種傳達模式同樣存在於化語言爲書面文字的作品、作者和讀者之間。〔註60〕

不過由於語言符號在本質上是「所指」（Signified）和「能指」（Signifier）的結合。而「能指」也是時有所窮的符號，不能全然描摹物象、傳達經驗，因此在「所指」和「能指」之間，仍充滿了可供填補的語意間隙，有待聽者（讀者）以個人想像力去補充。因此，當人們藉由語言進行經驗、情感之傳達時，必須訴諸於一連串的「選擇」和「聯想」活動。就作者而言，他必須在一系列類似涵義的字詞中，選擇最適當的字詞做爲「能指」，來傳達意念；就讀者而言，則要以作者所提供的，已經固定的「能指」爲基礎，經由聯想的方式，尋求可能的「所指」。因此在這個語詞序列之下，還必須有一個（或多個）平行、並列的意義結構，即所謂的「垂直」的結構。此一結構的解析，主要依靠讀者的聯想來完成。俞建華、葉舒憲即論道：

> 讀懂一首詩，實際上就是解出詞的字面之外的意義。這種
> 意義不存在於詩的詞序中，而存在於對某個詞的記憶（聯

〔註60〕參見梅家玲：《世說新語的語言藝術》（臺北：國立臺灣大學中國文學研究所博士論文，1991年）一文，即是藉用此語言表意的二維結構說，對世說新語的語言表現進行論析。

想）序列中。〔註61〕

此種聯想式的垂直結構形態，實是所有藝術符號共生的結構形態。也是同是以自然語構成的日常話語與詩歌語言的區別所在，也使概念思維與藝術思維最終區別開來。

由於用典的特色主要在於援引既有的文辭或古人古事，以加深詩文的意旨和情趣。故在本質上應該是由以下三項所構成：

1. 引用者本身所欲呈現的思想和情感。（即所謂「所指」）

2. 被引用的材料（即「能指」）。

3. 思想情感和被引用材料間的關係。

其中引用者本身所欲表現之情感不變；但「被引用之材料」及其與思想情感間之關係，則會因引用者之剪裁取捨，而呈現出繁複多變的風貌。所謂的「用典技巧」，便是指此三項的配合情形而言〔註62〕。故典故也可說是選取適當的「能指」以表述「所指」的語言技巧。

劉勰曾於《文心雕龍》〈事類〉篇中，將用典的取材方式區分為「引成辭以明理」與「據人事以徵義」兩大類，但對於如何建立思想情感與引用材料間之關係的技巧問題，則未明言。故本文在此先以劉勰之說為準，將元嘉詩人用典取材類別，分為「引用成辭」與「援用古事」二部分，再藉以語言表義的二軸說為分析時之基礎，由於詩人在「引成辭」時，大多藉由詞序關係來進行，故在討論時特重詩人運用成辭之組合與變異能力。而「據人事」之法，則大多藉由聯想來完成表意活動，故著重於詩人如何選擇古事，利用聯想關係中對等與類同之原則，去巧妙建立其思想情感與被引材料間之關係。研究時再參酌若干修辭法則，進行檢視分析。如此，方可見元嘉詩人用典技巧之全貌。其大要可以下圖簡示：

〔註61〕參見俞建華、葉舒憲合著：〈符號形態：生成與結構〉，《符號：語言與藝術》，頁 206。

〔註62〕見梅家玲：《世說新語的語言藝術》一文。

$$用典技巧之分析 \begin{cases} 橫向組合關係（詞彙組合）—引成辭 \\ \\ 縱向聯想關係（詞義選擇）—據人事 \end{cases}$$

藉由此架構之分析，使元嘉詩人用典的技巧得以清晰地呈現，至於在此種立體架構下，元嘉詩人用典技巧，如何由語言學、修辭學之層次，過渡到文學藝術的層次，展現出何種語言風格及美感特質？則置於第四章中做詳細的探討。

第二節　引用成辭之用典技巧

一、語言的規範性與變異性

　　語言是人類最重要的交際工具，是信息的載體，社會中的成員皆藉此交流思想與傳達信息。因此語言有其特定的規範性，為一種約定俗成的規則。此種規則對交流（communication）起著一種秩序作用。但此一規範性卻不完全適用於文學語言。因為詩語言並不像一般實用語言，接受約定俗成的限制。正如丁‧浮爾茲於《亞里斯托斯》中云：

> 科學——就其字面意義而言，是不惜任何代價的精確；詩
> 歌——則是不惜任何代價的包攬。〔註63〕

故詩歌語言所表現的是反規範性的獨創性與變異性。東歐布拉格語言學派即認為：

> 文學語言的特點是有美學目的地對標準語進行扭曲，詩的
> 語言故意要破壞語法規則，其目的就是要使人看到一篇作
> 品是文學語言，文學語言最突出的標誌就是變異。〔註64〕

元嘉詩人在引用前人成辭時，即掌握了詩歌語言的變異性。劉勰《文

〔註63〕引自葛兆光：《漢字的魔方－中國古典詩歌語言學札記》（香港：中華書局，1989年），頁61～62。
〔註64〕引自張炎蓀、張宏梁：〈論文學語言對語言常規的變異〉，《徐州師範學院學報》（哲學社會科學版）1989年第4期，頁126。

心雕龍》〈通變〉篇中論宋初的文學發展是「訛而新」，此「訛而新」，劉勰在〈定勢〉篇中做了較詳盡的說明：

> 自近代辭人，率好詭巧，原其為體，訛勢所變，厭黷舊式，故穿鑿取新；察其訛意似難，而實無他術也，反正而已。故文反正為乏，辭反正為奇。效奇之法，必顛倒文字，上字而抑下，中辭而外出，回互不常，則新色也。〔註65〕

足見宋初的「訛而新」所追求的就是文學語言之新奇。追求「新奇」的方法，則是「顛倒文字，上字而抑下，中辭而外出，回互不常。」這正是詩歌語言所追求的「變異性」。這種手法不但改變了文辭的本來面目，也突破了傳統「有秩序」的組詞習慣。因此元嘉詩人在引用前人或經傳中既有的文辭時，較少原封不動移入作品中，大都先在語言的詞序上加以變異──或省略，或替換，或增添，或換位後，再放入一的作品中加以組合，連綴成文。使詩歌語言展現出不同於前代的風貌，達到新奇的效果。洛特曼即認為：

> 詩語在毗鄰軸（Syntagmatic axis）上的各種「違規」或「歧異」，特別饒有意義。這種「違規」或「歧異」實際是把某些限制解除，把組合規則加以放鬆。從自然語的角度而言，這種放鬆是一種："沒秩序"，但這種"沒秩序"在詩篇裡應視為是另一種"秩序"的安排。其結果，詩篇獲得了一種特殊的「信息擴散」（infomational saturation）。〔註66〕

故元嘉詩人對於成辭之運用，除了全部引用，不加以改易外，大都皆是詩人刻意對此已有固定形制的符號，突破其既有的秩序與限制，傳達更廣闊無限的經驗與感受。因此本節在對「引用成辭」做分析時，主要對元嘉詩人變化成辭，增損改易之情形，進行論析，以見元嘉詩人引用成辭所呈現豐富多姿的面貌。

〔註65〕〔梁〕劉勰撰，周振甫注：《文心雕龍注釋》，頁586。
〔註66〕參見劉宇：〈論中國古典詩詞的語言功能〉，《雲南師範大學學報》〈哲社版〉1987年第6期，頁34。

二、引用成辭之技巧

所謂「引成辭」就是指在作品中引用經傳古籍中既有的文辭,以表情達意的用法。在現存元嘉詩人的作品中,頗多詞句皆是自前人成辭中引用剪裁而來,考其方法,可大分截取古籍中之成辭、而直接援引與將成辭增刪改易此二種方法。元嘉詩人在直引經籍中成辭時,有直接自原書中搬用者,其例如下:

詩　　　句	篇　　　名	出　　　處
肆義芳訊,	顏延之〈皇太子釋奠會作詩〉	陸機〈演連珠〉: 肆義芳訊,非庸聽所善。
倫周伍漢,超哉邈猗。 清暉在天,容光必照。	顏延之〈皇太子釋奠會作詩〉	蔡邕〈胡黃二公頌〉: 超哉邈猗,莫參其二。 《孟子》〈盡心〉: 日月有明,容光必照。
江之永矣,皇心惟眷。	謝靈運〈三月三日侍宴西池詩〉	《詩經》〈周南‧漢廣〉: 江之永矣,不可方思。
君不見蕣華不終朝	鮑照〈擬行路難之十〉	郭璞〈遊仙詩〉: 蕣華不終朝。
車怠馬煩客忘歸	鮑照〈代白紵舞歌辭之一〉	曹植〈洛神賦〉: 車怠馬煩。
蘭膏明燭承夜輝	鮑照〈代白紵舞歌辭之一〉	《楚辭》〈招魂〉: 蘭膏明燭。
聽此愁人兮奈何	鮑照〈擬行路難之十四〉	《楚辭》〈九歌‧大司命〉: 愁人兮奈何。

凡此皆將今情今景以既有的成辭表達,成辭所蘊含的意義,實即詩人所欲表達之意義。但此用法若生硬襲取,則無妙用之美,反見抄襲之

弊。雖可誇耀胸中有書之實，但若應用不當，或堆砌太多，終難免予人以「殆同書抄」之譏。

故詩人或為了引古證今，發抒今情，或是誇示富博，直接援引成辭，雖有其應用上之便利性，但元嘉詩人在文辭力求「追新」的文風中，無不在遣詞造句上力求新奇詭異，故即使是引用前人成辭，也喜好先予變化而後用之。近人孫德謙在其《六朝麗指》中曾言此一現象云：

> 六朝文士，引前人成語，必易一二字，不欲有同鈔襲。沈休文〈梁武帝與謝朓敕〉：「不降其身，不屈其志。」此用《論語》：「不降其志，不辱其身。志身既互易，而辱又易以屈字矣。梁簡文帝〈與劉孝儀令〉：「酒闌耳熱，言志賦詩。」此用魏文帝〈與吳質書〉：「酒酣耳熱，仰而賦詩。」酣易為闌、仰而則易言志矣。梁武帝〈請徵補謝朓何胤表〉：「窮則獨善，達以兼濟。」此用《孟子》：「窮則獨善其身，達則兼善天下。」其身天下，直為刪去，而以濟二字，乃以易則善矣。又休文〈修竹彈甘蕉文〉：「每叨天功，以為己力。」此用《國語》：「貪天之功，以為己力。」而貪之兩字，又易以每叨矣。……凡若此者，悉數難終、蓋引成語，而加以剪裁，以見文之不苟作。〔註67〕

孫德謙所論，雖舉齊梁文為例說明，但其論述引用成辭之易字之法，已見於劉宋元嘉詩人之作品中，其例甚多。如：

詩　　　句	篇　　　名	出　　　處
日完其朔，月不掩望。 △　△	顏延之〈應詔讌曲水作詩〉	《漢書》： 日不蝕朔，月不掩望。 　　　　　　△　△
僶俛于役，不敢告勞。 △　△	謝靈運〈答謝諮議詩〉	《詩經》〈小雅·十月之交〉： 黽勉從事，不敢告勞。 △　△
誰知河漢淺且清。 　△　　△	謝靈運〈燕歌行〉	《古詩十九首》： 河漢清且淺。 　　△　　△

〔註67〕孫德謙：《六朝麗指》。

撫翼宰朝。 △	謝靈運〈贈安成詩〉	潘岳〈爲賈謐作贈陸機詞〉： 撫翼宰庭。
路曜縹娟子。 △	謝靈運〈會吟行〉	阮籍〈詠懷詩〉： 路端便娟子。
臨組乍不緤，對珪寧肯分。 △△ △	謝靈運〈述祖德詩〉二首之一	左思〈詠史詩〉： 臨組不肯緤，對珪不肯分。 △△ △
非君之故豈安集？ △	鮑照〈代白紵舞歌辭〉之三	《詩經》：〈邶風·式微〉： 微君之故，胡爲乎中露？
三五容色滿，四五妙華歇。 △△ △△	鮑照〈中興歌〉十首之三	《古詩十九首》： 三五明月滿，四五蟾兔缺。 △△ △△
晨禽不敢飛。 △	鮑照〈代苦熱行〉	曹植〈感時賦〉： 晨鳥不得飛。 △
恩榮難久恃。 △	鮑照〈紹古辭〉七首之一	曹植〈雜詩〉： 榮耀難久恃。 △
人生倏忽如電過。 △△	鮑照〈擬行路難〉十八首之十一	〈白紵舞歌辭〉： 人生世間如電過。 △△
我勞一何篤。 △	謝瞻〈於安城答謝靈運詩〉	徐幹〈答劉楨詩〉： 我思一何篤。 △

事實上，元嘉詩人對於成辭運用變化之妙，已是豐富多姿，非僅易字而已。

　　直接援引成辭，不加改易是遵守上層社會「雅言」運用之規範性〔註68〕；而變化成辭，增損改易則是追求文學語言對常規語法之變異

〔註68〕姜昆武先生曾論「成辭」之特性道：「它們是活躍于上層社會的一種
　　　　"雅言"，接近于是一種擴大了的階級習慣語。」參見姜昆武：〈成
　　　　語與成詞——一個語言學術語的討論〉，《社會科學戰線》，1979 年第
　　　　4 期，頁 329～335。

〔註69〕，張炎蓀、張宏梁二人即論云：

> 語法表現出的是語言結構的規律。突破語言結構規律而產
> 生的句式、詞序、標點等變異現象也是經常存在的。〔註70〕

而此種變異乃是出於作家之刻意安排。馮廣異先生研究論云：

> 變異是作家藝術家對語言材料的巧妙安排，包括打破常
> 格，形成與人不同的具有獨特個性的言語表述方式，從而
> 使言語表達新奇、別致，收到特別的表達效果。〔註71〕

文學語言如此，其中之詩歌語言更是「故意的充滿美感的扭曲。」
〔註72〕但成辭之增損變化，除了是追求詩歌語言之「新奇、別緻」
以外，尚有一重要的原因，即字詞的入詩，必須先符合詩的格律。
俞建華、葉舒憲論云：

> 因爲在詩中，詞的位置（詞序）的確定不是受制於狹義的
> 語法，而是受制於一種特殊的句法秩序——格律。……在
> 中國古典詩詞中，字的入詩，要看是否合格律，這是做詩
> 的常識。詩的格律首先體現爲詩句中的詞序。〔註73〕

尤其元嘉詩歌是以形式整齊的五言詩爲主。而成辭往往來自古代經籍
詩文，並非全是五言詩體，因此引用成辭時，無法全自原文抄錄，故
爲求符合格律（如字數、押韻、對仗等），惟有先加以變異——或節
縮、或析衍、或移位，以符合句法之秩序。故在引用成辭時，不論是
刻意突破原有之組詞習慣，以「窮力而追新」；或爲了符合詩歌格律
之要求，而進行變異，詩人在引用成辭時，先對所引之成辭進行增損

〔註69〕王力：《漢語史稿》（臺北：泰順書局，1980 年）。

〔註70〕據張炎蓀、張宏梁之研究道：「文學語言對語言常規的變異，要是指
語言要素的語音、語義、語法的變異。」本文所討論「變化成辭，
增損改易」的部分，主要是指「語法上的變異。」見〈論文學語言
對語言常規的變異〉，《徐州師範學院學報》，1989 年第 4 期，頁 126。

〔註71〕參見馮廣異：《變異修辭學》（武漢：湖北教育出版社，1992 年）一
書中〈附錄一：變異：文學語言的特質〉，頁 216。

〔註72〕參見麥卡羅斯基：〈標準語言與詩歌語言〉，《外國現代修辭學概況》，
頁 61。

〔註73〕參見俞建華、葉舒憲合著：《符號：語言與藝術》，頁 238～239。

變化，使其與成辭原貌不盡相同。此種用法，可大分為「結構變異」
與「線性變異」兩類。以下就依此二類，進行分析。

（一）結構變異

　　由於成辭為經傳篇章既有的文辭，屬於已定型的語言形式，元
嘉詩人在運用時，刻意將此語言材料已定型的結構打破，突破傳統
之組詞習慣，再重新組合運用。在此「結構變異」之用法中，可分
為「藏詞替代」、「減字省略」、「增字析衍」、「複句壓縮」四類技巧
進行分析。

1. 藏詞替代

　　所謂「藏詞」據陳望道先生於《修辭學發凡》一書中定義道：
　　　要用的詞已見於習熟的成語，便把本詞藏了，單將成語的
　　　別一部分用在話中來替代本詞的，名叫藏詞。〔註74〕
徐芹庭《修辭學發微》一書中亦立〈藏詞法〉一格，論云：
　　　藏詞者，將眾所熟知之古人詩文，藏去其所欲說之部份，
　　　而顯現其餘部分，以代表者謂之藏詞。〔註75〕
可知「藏詞」乃是將成辭此已固定的詞組，減損若干字面，而僅以部
分詞語，來代表此一成辭在原義中意蘊者。一般而言，所有的用典都
是以簡短的詞語來涵括詞語之外的豐富意蘊，故若就語言材料的使用
而言，皆可說是一種「借代」的用法。故此處之「藏詞替代」乃是指
運用成辭時，在字面上，就原有成辭之結構形式上加以減損而在意義
上則襲用原意，其用意主旨，尤其在藏而未顯的文辭部分的用法。此
一用法在元嘉詩人的作品中其例如下：
　（1）　　跂予間衡嶠，匪月瞻秦稽。(顏延之〈和謝監靈運詩〉)
　　　　　△△

　　　此詩中之「跂予」乃引自《詩經》〈衛風‧河廣〉：
　　　　誰謂河廣？一葦杭之。誰謂宋遠？跂予望之。
　　　　　　　　　　　　　　　　　　△△△△

〔註74〕陳望道：《修辭學發凡》（臺北：文史哲出版社，1989年），頁161。
〔註75〕徐芹庭：《修辭學發微》（臺北：中華書局，1974年），頁231。

> 誰謂河廣？曾不容刀。誰謂宋遠？曾不崇朝。〔註76〕

在「跂予」之例中，原典爲「跂予望之」，整句語意所要表達者，乃詩人認爲宋國不遠，我可跂踵而望之之意。而顏延之「跂予間衡嶠」之「跂予」實乃用「跂予望之」之意，不過逕取「跂予」二字以代「望之」之意。此爲簡化成辭，隱去成辭部分詞語代指原辭中未被引用之文辭要旨之用法。

（2）　　常歎詩人言，式微何由往。（謝靈運〈擬魏太子鄴中集詩八首·
　　　　　　　△ △　　　　　　王粲〉）〔註77〕

此詩中之「式微」乃出自《詩經》〈邶風·式微〉：

> 式微式微，胡不歸。〔註78〕

靈運在此用「式微」二字，亦藏詞之用。其意旨乃在「胡不歸」之意，言王粲客居他鄉，有家難歸之苦。而以「式微」代用「不歸」。

（3）　　往戢于役身，願言永懷楚。（鮑照〈代櫂歌行〉）〔註79〕
　　　　　　　△ △

此詩中之「願言」乃出自《詩經》。《詩經》中用「願言」之處甚多，如：

> 願言則懷。（〈邶風·終風〉）〔註80〕
> 願言思子。（〈邶風·二子乘車〉）〔註81〕

其例甚多，但大都做「思念」之意。在鮑照詩中，撲其詩意，乃寫詩人困於行役，有回舟思歸之心。故此「願言永懷楚」乃寫詩人滿懷憂傷，思念故鄉之情，故其意同於「願言則懷」之意。詩人用「願言」以概括「則懷」之意，懷、憂傷也。言思念故鄉之憂。凡此「願言」

〔註76〕〔漢〕毛亨傳，鄭元箋，〔唐〕孔穎達疏：《毛詩正義》（臺北：藝文印書館，1982 年）卷第三之三，頁 116。

〔註77〕逯欽立輯校：《宋詩》卷三，《先秦漢魏晉南北朝詩》，頁 1182。

〔註78〕〔漢〕毛亨傳，鄭元箋，〔唐〕孔穎達疏：《毛詩正義》，卷二之二，頁 16a。

〔註79〕逯欽立輯校：《宋詩》卷七，《先秦漢魏晉南北朝詩》，頁 1260。

〔註80〕〔漢〕毛亨傳，鄭元箋，〔唐〕孔穎達疏：《毛詩正義》，卷二之一，頁 17a。

〔註81〕同上註，卷二之三，頁 16b。

之用，亦見於謝靈運〈入東道詩〉云：

> 魯連謝千金，延州權去朝。行路既經見，願言寄吟謠。〔註82〕

詩寫于東歸途中，思及魯仲連及延陵季子二位古代高士，並申明欲效法古人不受官位爵祿之高風亮節。在詩歌最後，則言將對此二人「思念」之情寄託於詩歌之中。此處之「願言」之用，則是引用《詩經》〈邶風·二子乘車〉：「願言思子」之意。靈運用「願言」實旨在「思子」，不過此處之「子」乃是魯仲連、及延陵季子二人。以「願言」一詞代稱其思念對方之情，正屬藏詞之用。〔註83〕

（4）　　　夷險難豫謀，倚伏昧前算。（謝惠連〈秋懷詩〉）〔註84〕
　　　　　　　△ △

詩中「倚伏」一詞，語本《老子》第五十章：

> 禍兮福所倚；福兮禍所伏。〔註85〕

自此減損而來。原意為禍福互相依存，互相轉化之意。而惠連於詩中則逕用「倚伏」一詞代稱「禍福」，言平安危險難以事先計謀，是禍是福事先也難計算之意。「禍福」一詞隱而未顯，實乃詩人之主旨。此亦屬藏詞代稱之法。

元嘉詩人在引用成辭時，此種「藏詞替代」之法，其妙處正如黃慶萱先生於《修辭學》一書中所論：

> 我們不只一次地說過：藝術的最大秘訣是隱藏藝術。文學有時需要跟讀者捉迷藏，讓讀者尋找作者的用心，享受發現作者真意的喜悅。藏詞把成語俗語藏了一半，露出一半。露出的一半只是讀者藉以尋找的線索；藏住的一半才是作者要讀者尋覓的對象。一旦真象大白，於是兩相歡喜。〔註86〕

〔註82〕逯欽立輯校：《宋詩》卷三，《先秦漢魏晉南北朝詩》，頁1175。

〔註83〕顧紹伯注此詩「願言寄吟謠」一句道：「願，心願。指不做官的思想。」將「願言」一詞做「心願」解。今考察元嘉詩人「願言」一詞之用，皆旨在「思念」之義，不做「願望」或「心願」解。見顧紹伯著：《謝靈運集校注》，頁162。顧氏之說，恐非是。

〔註84〕逯欽立輯校：《宋詩》卷三，《先秦漢魏晉南北朝詩》，頁1175。

〔註85〕逯欽立輯校：《宋詩》卷三，《先秦漢魏晉南北朝詩》，頁1175。

〔註86〕參見黃慶萱：《修辭學》上篇第六章〈藏詞〉（臺北：三民書局，1988

此正是元嘉詩人喜好運用「藏詞替代」法的最佳註腳。

2. 減字省略

　　減字省略法，是爲求語言之整齊美、或簡潔化、或符合格律形式之要求，而減損省略原有成辭部分之字面，但於意義則並無改變增減者謂之。此法主要是在成辭語言形式上的變化。葛兆光在研究中國詩歌中意脈與語序之關係時論云：

> 而語言形式的變化中，首先是省略（如古詩中常見的「我」、「汝」等主語代詞、「于」等時空位置介詞、「乃」等判斷繫詞、「之」等連詞、「乎」、「也」、「焉」等句尾虛詞），由於中國傳統思維方式常常使人能以意逆志似地補足句子的省略部分，使意脈在若干跳動的點之間潛存，由於漢字自我完足地具有意義與形象，可以脫離句法結構顯示意指內容，所以使省略成爲可能。〔註87〕

由於中國人的思維方式，以及漢字之特性，使詩人對成辭之結構進行變異時，省略是一極爲方便的手法。運用之法，或省略主詞，或省略介系，或省略連接詞，或省略語助詞，發語詞等。亦有將重覆之疊字省略者，擷取成辭中一二重要之詞，以概括其大意。茲分類說明元嘉詩人減字省略運用之技巧。詩人在運用時，常常不止僅省略一字而已，亦有省去二字、多字之例，其中亦有一成辭之省略，同時省去主詞、介系詞或連接詞等。本文在研究時，若已見於前類之討論，則不再置於後類重覆舉例。

（1）省略主詞，人稱代詞

　　此法乃將成辭中之主詞及人稱代詞（「余」、「汝」、「子」）等字減去省略之。如：

　　年），頁122。

〔註87〕參見葛兆光：〈意脈與語序：中國古典詩歌中思維流程與語言進程的分合〉，《漢字的魔方》（香港：中華書局，1989年），頁67～68。

　　　年往誠思勞。（顏延之〈秋胡詩〉）〔註88〕
　　　　　△△

「思勞」引自曹植〈答楊德祖書〉：「思子爲勞」。省去「子」「爲」二
字。「子」即屬代詞之省略。

　　　秦趙欣來蘇。（謝靈運〈述祖德詩〉二首之二）〔註89〕
　　　　　　△△

其中「來蘇」一詞乃是自《尚書》〈仲虺之誥〉：「徯予后，后來其蘇」
中省去「后」主詞、「其」二字而來。

　　　投章心蘊結。（鮑照〈和王護軍秋夕〉）〔註90〕
　　　　　△△△

「心蘊結」三字乃自《詩經》〈檜風‧素冠〉：「我心蘊結兮」此句省
略而來，省去「我」此一主詞，及「兮」語末助詞。

（2）省略「其」字

　　「其」在古代詩文中，有時可做代詞，用以指稱上文之人、事，
有時可做連詞，用以表示轉接或假設，有時可用做副詞，表大概、祈
求之意，亦有做語助詞，無意義。由於應用十分廣泛，故在古代詩文
中，「其」字頗常出現。但在字數有限之五言詩中，詩人在引用成辭
時，則先將此字省去，既可符合格律，又因空出來的位置，而容納更
多之詞匯，組織更豐富之意象。詩人省略之法，舉例如下：

詩　　句	篇　　名	出　　處
別時花灼灼。 　　△△△	謝靈運〈答謝惠連詩〉	《詩經》〈周南‧桃夭〉： 灼灼其華。 △△
別後葉蓁蓁。 　　△△△	謝靈運〈答謝惠連詩〉	《詩經》〈周南‧桃夭〉： 其葉蓁蓁。 　△△
嚶鳴已悅豫。 △△	謝靈運〈酬從弟惠連詩〉	《詩經》〈小雅‧伐木〉： 嚶其鳴矣。 △

〔註88〕逯欽立輯校：《宋詩》卷五，《先秦漢魏晉南北朝詩》，頁 1229。
〔註89〕逯欽立輯校：《宋詩》卷二，《先秦漢魏晉南北朝詩》，頁 1157。
〔註90〕逯欽立輯校：《宋詩》卷九，《先秦漢魏晉南北朝詩》，頁 1308。

北風涼、雨雪雾。 △△△　△△△	鮑照〈代北風涼行〉	《詩經》〈邶風・北風〉： 北風其涼，雨雪其雾。 　△△　△　△△△
折榮委組芬。 △△	鮑照〈三日遊南苑〉	《古詩十九首》〈庭中有奇樹〉： 攀條折其榮。 　　　△
安能蹀躞垂羽翼。 　　△△△	鮑照〈擬行路難〉十八 首之六	《易經》〈明夷〉： 于飛，于飛，垂其羽翼。 　　　　　　△△△

凡此皆是省略「其」字的引用之法。

（3）省略介詞、連接詞

　　介系詞如「之」、「于」、「乎」，連接詞如「而」、「以」等，皆用於連接詞匯，或表詞匯之位置、關係詞；王力《漢語史稿》曾云：

> 在漢語裡，介詞和連詞的界限不是十分清楚的，我們給它們一個總名，叫做聯結詞。〔註91〕

　　此類「聯結詞」也常在引用成辭時被省略。如：

詩　　句	篇　　名	出　　處
梁鴻去桑梓。 　　△△	謝靈運〈會吟行〉	《詩經》〈小雅・小弁〉： 維桑與梓。 　△
久敬曾存故。 △△	謝靈運〈永初三年七月 十六日郡初發都詩〉	《論語》〈公冶長〉： 晏平仲，善與人交，久而敬之。 　　　　　　　　　△　△
茲春客河滸。 　　△	鮑照〈代櫂歌行〉	《詩經》〈王風・葛藟〉： 在河之滸。 　　△
孟冬十月交。 △△△△	鮑照〈從拜陵登京峴〉	《詩經》〈小雅・十月之交〉： 十月之交。 △△△△
收慨上金堤。 △△△	鮑照〈採菱歌〉	司馬相如〈子虛賦〉： 上乎金堤。 　△

以上為介詞、連接詞之省略。

〔註91〕見王力：〈介詞和連詞的發展〉，《漢語史稿》，頁332。

（4）省略語助詞

在古代漢語中，表示語氣的字詞十分豐富，其中有用於陳述者（如矣、耳）；有表示疑問者（如乎、邪、與），有表示感歎者（如哉、兮）等，就位置而言，有置於句首、句中或句末，在帶有這些語助詞的文句，進入形式整齊的詩體時，元嘉詩人大都先將這一類的語助詞減去省略後用之。如：

詩　　句	篇　　名	出　　　處
寢興日已寒。 △ △	顏延之〈秋胡詩〉	《詩經》〈秦風‧小戎〉： 言念君子，載寢載興。
靈物吝珍怪。 △ △	謝靈運〈入彭蠡湖口詩〉	《楚辭》〈招魂〉： 空中之觀，多珍怪些。 △ △
嫋嫋秋風過。 △ △ △ △	謝靈運〈石門新營所住四面高山，迴溪石瀨茂林脩竹詩〉	《楚辭》〈九歌‧湘夫人〉： 「嫋嫋兮秋風」 △ △
歷亂如覃葛。 △ △	鮑照〈紹古辭〉	《詩經》〈周南‧葛覃〉： 「葛之覃兮」。 △
鳥墮魂來歸。 △ △ △	鮑照〈代苦熱行〉	《楚辭》〈招魂〉： 魂兮歸來。（哀江南） △
暉暉朱顏酡。 △ △ △	鮑照〈代堂上歌行〉	《楚辭》〈招魂〉： 美人既醉，朱顏酡些。 △ △ △
滿堂皆美人。 △ △ △ △ △	鮑照〈代堂上歌行〉	《楚辭》〈九歌‧少司命〉： 滿堂兮美人。 △ △

以上為對語助詞之省略。由舉例可知，先秦之《詩經》〈離騷〉此二大文學作品，其句中皆好用語助詞以表明語氣之完足。而到魏晉以後，此類語助詞漸少入詩。至元嘉時代，詩歌作品已較少見到語助詞的蹤跡了。

（5）省略次要字詞

所謂省略次要字詞，乃指在引用前人成辭時，因詩歌字數有限，

不容全文全句抄錄，惟擷取其文中一二緊要之詞，省略次要之詞，以
概括其大意，或重覆之字詞。俾使言簡而意賅。舉例如下：

詩　　　　句	篇　　　名	出　　　　處
燕居未及好。 △ △	顏延之〈秋胡詩〉	《詩經》〈小雅・北風〉： 或燕燕居息。
傷哉千里目。 △　　△ △ △	顏延之〈始安郡還 都與張湘州登巴 陵城樓作〉。	《楚辭》〈招魂〉： 目極千里兮傷春心。 △ △ △　　　△
維聖饗帝，維孝饗親。 △ △ △ △　△ △ △ △	顏延之〈宋郊祀 歌〉	《禮記》〈祭義〉： 唯聖人為能饗帝，孝子為能饗親。 　△ △　　△ △　△ △　　△ △
眇默軌路長。 △ △　△	顏延之〈還至梁城 作〉	《楚辭》〈九章・悲回風〉： 路眇眇兮默默。 　△ △　△ △
刊木至江氾。 　　　△	謝靈運〈會吟行〉	《詩經》〈召南・江有氾〉： 江有氾。 △　△
非徒不弴忘。 　　△ △	謝靈運〈郡東山望 溟海詩〉	《詩經》〈小雅・沔水〉： 不可弴忘。 　　△ △
或可優貪競。 　　　△ △	謝靈運〈初去郡〉	《楚辭》〈離騷〉： 眾皆競進以貪婪兮。 　　　△　　△
遇物難可歇。 △ △	謝靈運〈鄰里相送 至方山詩〉	《古詩十九首》〈迴車駕言邁〉： 所遇無故物。 　△　　△
犬馬戀主情。 △ △ △ △	鮑照〈從臨海王上 荊初發新渚詩〉	曹植〈上責躬應詔詩表〉： 不勝犬馬戀主之情。 　　△ △ △ △　△
被服纖羅采芳藿。 △ △ △ △	鮑照〈擬行路難〉 十八首之三	阮籍〈詠懷詩〉： 被服纖羅衣。 △ △ △ △

以上之例為對成辭出典之詩文中擷用緊要字詞；擷取詩人所欲表達之
情志相合之字詞，而省略其餘字詞之用法。故此種成辭之應用，詩人

所選取者，乃與今情相合之字詞，成句，運用時不一定要完全追隨成辭原典的情境。

　　元嘉詩人謝靈運運用《楚辭》中成辭，亦好用省略法，減損原典中部分字詞，在辭意上也襲用其意。如其〈郡東山望溟海詩〉前四句皆自《楚辭》〈九章・思美人〉減省而來：

謝靈運〈郡東山望溟海詩〉	《楚辭》〈九章・思美人〉
開春獻初歲， △△　　△	開春發歲兮， △△　△
白日出悠悠。 △△△△△	白日出之悠悠。 △△△　△△
蕩志將愉樂， △△△△△	吾將蕩志而愉樂兮， △△△　△△
瞰海庶忘憂。 　　　△	遵江夏以娛憂。

謝詩前四句中，除了部分字詞採用「換字」之方法之外，其餘皆自〈九章・思美人〉中成句省略減損而來。又如：

謝靈運〈登上戌石鼓山詩〉	《楚辭》〈九章・哀郢〉
旅人心長久，	心不怡之長久兮，
憂憂自相接。	憂與愁其相接。
故鄉路遙遠，	惟郢路之遼遠兮，
川陸不可涉。	江與夏之不可涉。

此詩與前詩相同，除了部分字詞換字以外，詩人將六、七言為主的騷體句，加以減字省略，形成字數整齊之五言詩。字面雖稍經改換省略，但仍是襲用成辭之原意。以《楚辭》中的山水風物，描寫眼前之山水自然，詩人皆將憂情寄託於山水之間，只不過靈運詩中之憂情，與屈原的憂國之情不同，正如鈴木敏雄所云：

　　　謝靈運借用《楚辭》的表現，不取原典特有的憂國情懷，
　　　只借用《楚辭》中的自然風物——尤其是托情香草的否定
　　　感情面，去抒述自己的悲哀。〔註92〕

〔註92〕參見氏著、李紅譯介之：〈由謝靈運詩與楚辭的關係看他的表現特

由元嘉詩人對成辭部分字辭加以省略之做法，可以看出他們是對質直自然語言習慣的有意違反。虛詞、主詞、人稱代詞等自詩歌語言形式中退出，透露著詩歌語言與散文語言或日常用語言之分道揚鑣。此種轉變自漢魏之際已逐漸開始，至元嘉時代而蔚然成風。此部分之探討，詳見第五章之論析。

3. 增字析衍

　　增字析衍與減字省略，是應用前人既有文辭的兩種相反技巧。增字析衍是增添新字以擴大前人文句的一種方法。因爲古人語法簡拙，意多鬱而不透，後世詩文隨時代之演化、句型、語法已不全同於古，因此若強以古語嵌入時文，則難免有格格不入之弊。因此在引用前人成辭時，除了減字省略之外，尙可探增字析衍之法，將古人成辭演伸運用。即改變原有成辭之語言結構，在成辭的結構中嵌入其他修飾詞。此法在兩晉時期，已受詩人所運用。劉勰《文心雕龍》〈明詩〉篇：

　　　　晉世群才，稍入輕綺……或析文以爲妙，或流靡以自妍。

　　　〔註93〕

此即言：「晉世文人，在遣詞造句時，有時把舊有的字面改用不同的品詞來替代，有時則把舊有的一句話，分開做二句，或兩句以上的字句來敘述。前者爲易字之法；後者即是增字析衍之用。」但在增字析衍時，由於必須將原成辭增添入新字以演伸，故有時亦必須同時運用易字之法。但不論是單純就原辭增字而用；或易字增字同時運用，詩人在運用時，大都是襲用成辭之原意，不過是在語言形式上，析衍變化，將古語變今語而已。傅隸樸《修辭學》中曾立「演伸」一格，定義爲「演伸、是擴大前人名句的一種辭格。」〔註94〕即同於本節所論

　　　色〉，《世界華學季刊》第 2 期，頁 91。
〔註93〕〔梁〕劉勰撰，周振甫注：《文心雕龍注釋》，頁 84。
〔註94〕參見傅隸樸：〈推陳〉第二節〈演伸〉，《修辭學》（臺北：正中書局，1973 年），頁 164。

云「增字析衍」之法。他並於文中將演伸之法，析分爲三：

> 一爲古人用一句話說的，後人用二句或三四句說它，變古
> 語爲今語；二爲就古人之意，或反或正者加強之，使不吐
> 之意，顯而易見；三爲就古人原意加以敷衍，如作注腳似
> 的。諸如此類，不止可以收整齊吾文之功，同時也有彰闡
> 古文的功效。眞是一舉兩得的方法。〔註95〕

元嘉詩人將前人成辭析衍入詩，大都不出此三種方法。茲分成「四言
衍爲五、七言」及「一句衍爲多句」二類說明。

（1）四言衍爲五、七言

由於元嘉詩壇以形式整齊的五言詩爲主，而前人成辭中頗多四言
句，故詩人或爲了配合格律形式所需；或爲了使語意更加完足，將古
人的四言句略加易字、增添新字後析衍爲五言句。此法運用十分普
遍。舉例如下：

詩　　句	篇　　名	出　　處
日月方向除。 △△△　△	顏延之〈秋胡詩〉	《詩經》〈小雅・小明〉： 日月方除。 △△　△△
憂念坐自殷。 △　　　△	顏延之〈還至梁城作〉	《詩經》〈邶風・北門〉： 憂心殷殷。 　△　△
發軌喪夷易。 　　　△△	顏延之〈拜陵廟作〉	《史記》〈封禪書〉： 軌跡夷易。
夭裊桃始榮。 △△　△	謝靈運〈悲哉行〉	《詩經》〈周南・桃夭〉： 桃之夭夭。 　　△△
灼灼桃悅色。 △△	謝靈運〈悲哉行〉	《詩經》〈周南・桃夭〉： 灼灼其華。 △△　△
習習和風起。 △△　△	謝靈運〈緩歌行〉	《詩經》〈邶風・谷風〉： 習習谷風。 △△　△

〔註95〕同前註。

妍談既愉心。 △　　△△△	謝靈運〈擬魏太子鄴中集八首·阮瑀〉	曹丕〈與朝歌令吳質書〉： 高談愉心。 　　△△△
哀音信睦耳。 △　　　△△	謝靈運〈擬魏太子鄴中集八首·阮瑀〉	曹丕〈與朝歌令吳質書〉： 哀箏順耳。 △△　　△
德音初不忘。 △△　　△△	謝靈運〈廬陵王墓下作〉	《詩經》〈鄭風·有女同車〉： 德音不忘。 △△△△
折柳樊埸圃。 △△△　△	鮑照〈秋夜〉	《詩經》〈國風·東方未明〉： 折柳樊圃。 △△△△
獸肥春草短。 △△△△	鮑照《擬古八首》之〈幽并重騎射〉	曹丕《典論論文》： 草淺獸肥。 △△△△
非親誰克居。 △△　　△	鮑照〈從過舊宮〉	張載〈劍閣銘〉： 匪親勿居。 △△△△
日月有恆昏。 △△　　△	鮑照〈代苦熱行〉	左思〈魏都賦〉： 日月恆翳。 △△△△

　　以上四言句析衍法運用《詩經》中成辭時爲最多。因爲《詩經》多以四言爲主，引用時僅需增字析衍即可變古語爲今語。另外亦有衍四言句或五言句爲七言句者，如：

詩　　句	篇　　名	出　　　處
心非木石豈無感？ △△△△	鮑照〈擬行路難〉十八首之三	司馬遷〈報任少卿書〉： 身非木石。 △△△△
長袖紛紛徒競世！ △△	鮑照〈擬行路難〉十八首之十五	韓非子〈五蠹〉： 長袖善舞。 △△△△
日月流邁不相饒！ △△△△	鮑照〈擬行路難〉十八首之十七	《尚書》： 日月流邁。 △△△△
丈夫四十彊而仕。 △△△△△	鮑照〈擬行路難〉十八首之十八	《禮記》〈曲禮〉： 四十曰彊而仕。 　　△△　△△

余當二十弱冠辰。 　　△△△△	鮑照〈擬行路難〉十八 首之十八	《禮記》〈曲禮〉： 二十日弱冠。 　　△△△△
孟冬初寒節氣成。 △△△△	謝靈運〈燕歌行〉	《古詩十九首》〈孟冬寒氣至〉： 孟冬寒氣至。 △△△△
遙夜明月鑒帷屛。 　　△△△△	謝靈運〈燕歌行〉	阮籍〈詠懷詩〉： 薄帷鑒明月。 　△△△△

此乃取前人詩文中成辭，不論四言或五言句者，就其原意加以敷衍演
伸，而成今日樂府之七言形式。此亦是援古語爲今語之法。由於鮑詩
中多樂府之作，故元嘉詩人中亦以鮑照運用此法較多。

（2）一句衍爲二句

此乃取古人現成文句，就古人之意加以敷衍，並配合詩人所欲表
達之情志，以增字析衍爲二句之方法。此即所謂「析文以爲妙」的表
現技巧。舉例如下：

詩　　　句	篇　　　名	出　　　處
偃閉武術，闡揚文令。 △　△　　　△	顏延之〈皇太子釋會 詩〉	《尚書》〈武成〉： 乃偃武修文。 　△△△△
激涕當歌，對酒當酌。 　　△△	謝靈運〈善哉行〉	曹操〈短歌行〉： 對酒當歌。 △△△△
鄙哉愚人，戚戚懷瘼。 △△　　　△△	謝靈運〈善哉行〉	《論語》〈述而〉篇： 君子坦蕩蕩，小人長戚戚。
善哉達士，滔滔處樂。 △△　　　△△		
念昔渤海時，南皮戲清沚。 △△　　△	謝靈運〈擬魏太子鄴 中集詩八首・阮瑀〉	曹丕〈與朝歌令吳質書〉： 每念昔日南皮之遊。 　△△　　△△△
淹溜昔時歡，復增今日歎。 △△△　　　△△△	謝靈運〈登臨海嶠初 發疆中作從弟惠連 見羊何共和之詩〉	潘岳〈哀永逝文〉： 憶舊歡兮增新悲。
窗中多佳人，被服妖且閒。 　　　△△△	鮑照〈代朗月行〉	曹植〈美女篇〉： 美女妖且閒。 △△△△△

鑿井北陵隈，百丈不及泉。 △△　　　△△△	鮑照《擬古八首》之 〈鑿井北陵隈〉	《孟子》〈盡心〉篇： 掘井九仞而不及泉。 △△　　△△△

　　元嘉詩人利用析衍之法以變造成辭原有結構，尚不止於上述二類，多是少字句衍爲多字句的方式。如謝靈運〈相逢行〉中云：

　　水流理就濕，火炎同歸燥。〔註96〕
　　△△　　△　△　　　△△

即取《易經》〈乾〉卦之原意，增字析衍而來：

　　子曰：同聲相應、同氣相求，水流濕，火就燥。雲從龍，
　　　　　　　　　　　　　　　△△△　　△△△

　　風從虎。〔註97〕

靈運之詩句，乃引《易經》：「水流濕、火就燥」再加以析衍而來。此種用典之法，不但可符合詩歌語言格律上之要求，也可使古代成辭之語意更加完足，雖然在增字析衍時，詩人也會有重覆拖沓之失，但也可以看出他們對既有成辭和熟爛語彙加以努力變造之用心。

4. 合句緊縮

　　「緊縮」與「省略」之技巧二者似乎頗爲相近而實有不同。在「減字省略」中是對既有成辭之字面上予以省略減損，省略結構中之次要字，擷取要詞以概括大意的用法，故運用時乃就一詞組或一句子加以省略減字。而合句緊縮，則是以成辭中最精簡的字詞，來包含最豐富的思想內涵。故在進行「緊縮」，並非單純地省略成辭部分字詞，而是突破原有成辭之組織結構，配合詩人所欲表達之情境，汲取成辭中具代表性或具形象的詞語部分，重加融合濃縮爲一句，或四句壓縮爲二句，亦有多數句緊縮成一句者。詩人力求文字之簡省，使句中意象增多，含義增大，並經由刻意對平常敘述性語句的緊縮，而達到句法新奇的效果。在合句緊縮中，有些僅是取成辭中之要詞，將二句緊縮爲一句；或是不變二句之字詞而逕取併合

〔註96〕逯欽立輯校：《宋詩》卷二，《先秦漢魏晉南北朝詩》，頁1149。
〔註97〕〔魏〕王弼，〔晉〕韓唐伯注，〔唐〕孔穎達：《周易正義》（臺北：藝文印書館，1982年），頁15。

成一句運用。凡此皆屬於複句緊縮。有些則是取用古人二句或二句以上之語句，破壞原有結構，以己意消化後，擷取成辭中精華之語詞，再與新加入之字詞做有機結合濃縮之，此爲多句緊縮。本文即以此二類分析說明。

（1）複句緊縮

複句緊縮，即自成辭中直接截取要詞，縮二句爲一句之緊縮技巧。舉例如下：

詩　　　句	篇　　　名	出　　　處
勞此山川路。	顏延之〈秋胡詩〉	《詩經》〈小雅・漸漸之石〉：山川悠遠，維其勞矣。
絺綌雖淒其。	謝靈運〈初往新安至桐廬口詩〉	《詩經》〈邶風・綠衣〉：絺兮綌兮，淒其以風。
滮池溉粳稻。	謝靈運〈會吟行〉	《詩經》〈小雅・白華〉：滮池北流，浸彼稻田。
淒淒陽卉腓。	謝靈運〈九日從宋公戲馬台集送孔令詩〉	《詩經》〈小雅・四月〉：秋日淒淒，百卉俱腓。
呦呦食萍鹿。	謝靈運〈過白岸亭詩〉	《詩經》〈小雅・鹿鳴〉：呦呦鹿鳴，食野之苹。
嘉爾承筐樂。	謝靈運〈過白岸亭詩〉	《詩經》〈小雅・鹿鳴〉：吹笙鼓簧，承筐是將。
嗷嗷雲中雁。	謝靈運〈擬魏太子鄴中集詩八首・應瑒〉	《詩經》〈小雅・鴻雁〉：鴻雁于飛，哀鳴嗷嗷。
三世無極色。	謝靈運〈石壁立招提精舍詩〉	《涅槃經》〈憍陳如品〉：三世因果，循環不失。
星星白髮垂。	謝靈運〈遊南亭詩〉	左思〈白髮賦〉：星星白髮，生於鬢垂。

愛客不告疲。 △△ △ △	謝靈運〈擬魏太子鄴中集詩八首‧陳琳〉	曹植〈白馬篇〉： 公子敬愛客，終宴不知疲。 　　　△△ △　△
差池鵞始飛。 △△△△ △	謝靈運〈悲哉行〉	《詩經》〈邶風‧燕燕〉： 燕燕于飛，差池其羽。 　　　△　△△
飛飛鵞弄聲。 △ △ △	謝靈運〈悲哉行〉	《詩經》〈邶風‧燕燕〉： 燕燕于飛，下上其音。
調絃促柱多哀聲。 △△△△△ △	謝靈運〈燕歌行〉	《古詩十九首》： 音響一何悲，絃急知柱促。
紅顏零落歲將暮。 　△△ △△	鮑照〈擬行路難十八首之一〉	《楚辭》〈離騷〉： 惟草木之零落兮，恐美人之遲暮。 　　　　△△　　　　　　△△
焱樹信多榮。 △ △ △	鮑照〈登廬山〉	《楚辭》〈遠遊〉： 嘉南州之炎德兮，麗桂樹之多榮。
蕭蕭多白楊。 △△ △△	鮑照〈代邊居行〉	《古詩十九首》〈去者日以疏〉： 白楊多悲風，蕭蕭愁煞人。 　△△　　　△△
容華坐消歇。 △△ △△	鮑照〈行藥至城東橋〉	陸機〈長歌行〉： 容華宿夜零，無故自消歇。 　△△　　　　　　△△
邕邕鳴雁鳴始旦。 △△ △△ △△	鮑照〈代鳴雁行〉	《詩經》〈衛‧匏有苦葉〉： 雝雝鳴雁，旭日始旦。 △△ △△　　△△
蟻壞漏山阿。 △ △	鮑照〈代陸平原君子有所思行〉	傅玄〈口銘〉： 蟻孔潰河，溜穴傾山。〔註98〕

〔註98〕此一典故最早見於《韓非子》〈喻老篇〉：「千丈之隄以螻蟻之穴潰；百尺之室以突隙之烟焚。」陳奇猷校注：《韓非子集釋》（臺北，華正書局有限公司，1982年），頁396。《淮南子》〈人間訓〉亦有：「千里之堤，以螻蟻之穴漏，百尋之屋，以突隙之煙焚。」〔漢〕高誘注：《淮南子》（臺北：世界書局，1995年），頁305。然由鮑照此詩句考察，其出典之處，顯然是傅玄〈口銘〉中之文句，二者之形式結構，及意蘊內涵皆近似。只不過鮑詩將傅玄之文濃縮成一句表達而已。

松柏受命獨。 △ △ △ △	鮑照〈松柏篇〉	《莊子》〈德充符〉： 受命於地，惟松柏獨也在。
爭此錐刀忙。 △ △ △	鮑照〈代邊居行〉	《左傳·昭公六年》： 錐刀之末，將盡爭之。 △ △
悲風斷君腸。 △ △ △	鮑照〈古辭〉	曹丕〈雜詩〉： 向風長歎息，斷絕我中腸。
春山玉抵鵲。 △ △ △ △	鮑照〈蜀四賢詠〉	王充〈論衡〉： 鍾山之上，以玉抵鵲。〔註99〕 △ △ △ △
傷雁有哀音。 △ △ △	鮑照〈和傅大農與僚故別〉	應瑒〈侍五官中郎將建章臺集詩〉： 朝雁鳴雲中，音響一何哀！ △ △ △ △
十五諷詩書。 △ △ △ △	鮑照〈擬古八首〉之二	阮籍〈詠懷詩〉： 昔年十四五，志尚好詩書。 △ △ △ △
輕蓋若飛鴻。 △ △ △	鮑照〈數詩〉	石崇〈還京詩〉： 邊風翼華蓋，飄飄若鴻飛。 △ △

以上所舉大都是同一原典中相鄰之句子（或聯句），合二句為一句之
用法。詩人從字面上截用具代表性或形象性之字詞濃縮而成，於義則
是襲用成辭之原意。這種取古人現成詩文中兩句合縮成一句之用法，
尚見於其他元嘉詩人的作品中。如元嘉詩人王微〈雜詩〉有：

　　　　日暗牛羊下，野雀滿空園。〔註100〕

之句。其中「日闇牛羊下」一句，即是自《詩經》〈王風·君子于役〉
中二句緊縮而來。原詩如下：

　　　　日之夕矣，羊牛下來。〔註101〕

〔註99〕鍾山據《穆天子傳》即作「春山」。見〔晉〕郭璞注：《穆天子傳》（上
　　　　海：上海書局，1989年，據上海涵芬樓景印天一閣范氏刊本重印）。
〔註100〕逯欽立輯校：《宋詩》卷四，《先秦漢魏晉南北朝詩》，頁1199。
〔註101〕〔漢〕毛亨傳，鄭元箋，〔唐〕孔穎達疏：《毛詩正義》，卷四之一，
　　　　頁7a。

詩人將「日之夕矣」縮成「日闇」一詞，而「牛羊下來」則直取「牛羊下」以代表其意，於是原本比較接近於散文語法和完整敘述方式，經過濃縮後則形成意蘊豐富的詩歌語言形式。在謝靈運、鮑照的詩句中，頗多此類將原本質樸自然的古詩語，經過緊縮之手法後，使其呈現出與原本意脈清晰、語序完整的古代詩語截然不同的新奇面貌。除了此種合二為一的緊縮方式外，尚有多句緊縮者，茲置於下一部分討論。

（2）多句緊縮

　　複句緊縮是直接取成辭中部分字面，合二句為一句之法。多句緊縮則是擷取成辭數句中具形象性、代表性之字詞，有時需再配合新加入字詞，以結合緊縮之法。將成辭中原本以四句、甚至四句以上表示的「所指」，以最精鍊簡省的「能指」來表達，故有四句緊縮為二句者，亦有多句緊縮為二句者。亦有取不同原典中之數句，緊縮為一句者。舉例加以說明：

a.　白珪尚可磨，斯言易為緇。（謝靈運〈初發石首城詩〉）〔註102〕

　　緊縮自《詩經》〈大雅・抑〉：

　　　白圭之玷，尚可磨也；斯言之玷，不可為也。〔註103〕

b.　亦如形聲影響陳。（謝靈運〈鞠歌行〉）〔註104〕

　　乃緊縮自《莊子》〈在宥〉：

　　　大人之教，若形之於影，聲之於響，有問而應之。〔註105〕

c.　美人竟不來，陽阿徒晞髮。（謝靈運〈石門岩上宿詩〉）〔註106〕

　　乃緊縮自《楚辭》〈九歌・少司命〉：

　　　與女沐兮咸池，晞女髮兮陽之阿，望美人兮未來，臨風怳

〔註102〕逯欽立輯校：《宋詩》卷三，《先秦漢魏晉南北朝詩》，頁1177。

〔註103〕〔漢〕毛亨傳，鄭元箋，〔唐〕孔穎達疏：《毛詩正義》卷十八之一，頁12a。

〔註104〕逯欽立輯校：《宋詩》卷二，《先秦漢魏晉南北朝詩》，頁1152。

〔註105〕〔清〕王先謙：《莊子集解》，卷3，頁68。

〔註106〕逯欽立輯校：《宋詩》卷二，《先秦漢魏晉南北朝詩》，頁1167。

兮浩歌。〔註107〕

d. 今復河曲遊，鳴葭汎蘭汜。(謝靈運〈擬魏太子鄴中集詩八首‧阮瑀〉)〔註108〕

乃緊縮自曹丕〈與吳質書〉：

時駕而遊，北遵河曲，從者鳴笳呂啟路，文學託乘于後車。
　　　　　△　　　△△　　　　　△△
〔註109〕

e. 膏沐芳餘久不御，蓬首亂鬢不設簪。(鮑照〈擬行路難十八首〉之十二)〔註110〕

緊縮自《詩經》〈衛風‧伯兮〉：

自伯之東，首如飛蓬，豈無膏沐，誰適為容？〔註111〕
　　　　　△△　　　　△△

f. 幽并重騎射，少年好馳逐。(鮑照〈擬古〉八首之一)
〔註112〕

緊縮自曹植〈白馬篇〉：

白馬飾金羈，連翩西北馳，借問誰家子？幽并遊俠兒。
△△　△△　　　　　　　　　　　　　△△
〔註113〕

在 e. 例中，詩人襲用成辭之語意，並取成辭中較具形象及代表性的「膏沐」、「蓬首」二詞，再添入新的字詞，將原本四句敘述性的句式，濃縮成二句以表達，使詩語的形象更為生動。此法若能運用得當，則可造成詩句字詞簡省，意象豐富；從而增加詩歌美的層次和內蘊，收到「辭簡意密」的良好效果。然而要達到此一境地，則必須依靠作者之才力，才力深厚者，始可「字去而意留」，不因在緊縮時簡省字詞

〔註107〕〔宋〕洪興祖：《楚辭補注》，(臺北：長安出版社，1991 年)，頁730
〔註108〕逯欽立輯校：《宋詩》卷三，《先秦漢魏晉南北朝詩》，頁1184。
〔註109〕〔清〕嚴可均校輯：《全上古三代秦漢六朝文》，(北京：中華書局，1995 年)，卷7，頁5b。
〔註110〕逯欽立輯校：《宋詩》卷七，《先秦漢魏晉南北朝詩》，頁1277。
〔註111〕〔漢〕毛亨傳，鄭元箋，〔唐〕孔穎達疏：《毛詩正義》，(臺北：藝文印書館，1982 年)，詩疏三之三，頁13b。
〔註112〕逯欽立輯校：《宋詩》卷九，《先秦漢魏晉南北朝詩》，頁1295。
〔註113〕逯欽立輯校：《魏詩》卷六，《先秦漢魏晉南北朝詩》，頁432～433。

而減失了成辭之原意。因此在重視才學的元嘉社會中，合句緊縮、熔裁前人成辭，無疑也是表現才力的方法之一。

　　綜上所述，不論是「藏詞代稱」、「減字析衍」、或「合句緊縮」皆屬於成辭「結構」上之增損變異。以下即論變化成辭中之「線性變異」。

（二）線性變異

　　語言是一種符號體系，它具有自己的本質特徵，線性即是其中之一。俞建華、葉舒憲於《符號：語言與藝術》一書中提及：

> 語言的結構是一種線性的橫向組合結構；這種結構不僅是受支配于語言材料（聲音）自身，而且也體現了一種概念思維活動──敘述功能的要求。〔註114〕

所謂線性，是由一連串的語言符號依次排列，一個接著一個依序出現，排列在言語的鏈條上。馮廣藝先生研究認爲，由於語言具有此種線性特點，所以在表達語言時，表達者必須遵守下列之特性：

> 一是有序性。即根據組合規則，按照語言的表達順序依次排列單位。其二是連續性。即在語言線條上的各個單位必須連續不斷地出現，不能時常"斷線"。其三是別異性。在語言線條上依次出現的單位是不同的，不可能總是出現某一個單位。其四是完整性。在語言線條上出現某一個單位必須是一個相對完整的單位，如果不是相對完整的單位，在語言線條上就站不住腳。〔註115〕

在語言表達時，人們一方面遵守語言的線性原則，但另一方面又根據此一原則以創造各種變異性的表達方法，以達到修辭的目的。而文學家所追求的乃是語言的新奇美、變異美，因此更重視對語言的變異。本小節所欲探討者即是詩人引用成辭，並加以增損變異時，在線性原則中之「反序」現象，也就是線性之變異。

　　由於成辭是前人經籍中既有的文辭，有的是詞組，有的是語句，

〔註114〕俞建華，葉舒憲合著：《符號：語言與藝術》，頁204。
〔註115〕馮廣異：《變異修辭學》，頁66。

已有較固定的形式。元嘉詩人為了求新好奇，或配合詩中格律所需，在運用之際，即破壞成辭原有的線性原則，顛倒語句，在成辭之語序上求變化。劉勰在《文心雕龍》〈定勢〉篇中云：

> 效奇之法，必顛倒文句，上字而抑下，中辭而出外，回互不常，則新色耳。〔註116〕

孫德謙於《六朝麗指》中曾舉實例解釋六朝詩人之「顛倒文句」云：

> 他如鮑明遠〈石帆銘〉、「君子彼想」，恐是「想彼君子」，類彥和之所謂顛倒文句者。句何以顛倒，以期其新奇也。
> 又庾子山《梁東宮行雨山銘》：「草綠衫同，花紅面似。」其句法本應作「衫同草綠，面似花紅」，今亦顛之倒之者，使之新奇也。〔註117〕

所舉雖是銘文之例，但在詩歌語言之創作中亦然。詩人故意將前人成辭此一習慣固定的詞句，以顛倒語序之方法變異後，再置入新創之詩語中以組合成句。在元嘉詩人的作品中，不乏其例。茲分成「詞匯互易」與「聯句互易」兩大類討論。

1. 詞匯互易

　　所謂「詞匯互易」是指在引用成辭時，詩人在句中將詞匯與詞匯間位置互易，所造成的詞序上的顛倒交錯的情形。舉例以資說明：

詩　　　句	篇　　　名	出　　　處
皎皎明秋月。	謝靈運〈鄰里相送至方山詩〉	《古詩十九首》：明月何皎皎。
莓莓蘭渚急。	謝靈運〈石室山詩〉	左思〈魏都賦〉：蘭渚莓莓。
桂枝徒攀翻。	謝靈運〈石門新營所住四面高山迴溪石瀨茂林脩竹詩〉	《楚辭》〈招隱士〉：攀桂枝兮聊淹留。

〔註116〕〔梁〕劉勰撰，周振甫注：《文心雕龍注釋》，頁586。
〔註117〕孫德謙：《六朝麗指》。

杳杳日西頹。 △△△	謝靈運〈南樓中望所遲客詩〉	劉向〈九歎・遠逝〉： 日杳杳以西頹兮。 △△△
連翩遵渚飛。 　△△△	鮑照〈紹古辭〉七首之四。	《詩經》〈豳風・九罭〉： 鴻飛遵渚。 　△△△
驄馬金絡頭。 △△△	鮑照〈代結客少年場行〉	樂府〈古日出東南行〉： 黃金絡馬頭。 △△△ 〈陌上桑〉： 青絲繫馬尾，黃金絡馬頭。 　　　　　　△△△△△
綿綿夜裁張。 △△△	鮑照〈秋夜二首〉之一	應璩〈百一詩〉： 遙夜邈綿綿。 　△　△△
長松何落落。 △△　△△	鮑照〈代邊居行〉	孫綽〈遊天台山賦〉： 蔭落落之長松。 　△△　△△
淹留徒攀桂，延佇空結蘭。 △△　△△　△△	鮑照〈贈故人馬子喬六首〉之五	《楚辭》〈招隱士〉： 攀桂兮聊淹留。 △△　　△△ 《楚辭》〈離騷〉： 結幽蘭而延佇。 △　△　△△
遵渚有來鴻。 △△　　△	謝瞻〈九日從宋公戲馬台集送孔令詩〉	《詩經》〈豳風・九罭〉： 鴻飛遵渚。 　△△△

以上所舉之例，大都是在一句中的詞彙，相互易位的情形，這種一句之內字詞在詞序上的錯綜，改變了原本可以清晰理解的順序，變化了原本古詩的敘述習慣。如：

　　　驄馬金絡頭（鮑照〈代結客少年場行〉）〔註118〕

乃是自古樂府中變換而來。原詩為：

　　　青絲／繫／馬尾，

　　　黃金／絡／馬頭。（陌上桑）〔註119〕

〔註118〕逯欽立輯校：《宋詩》卷七，《先秦漢魏晉南北朝詩》，頁1267。

〔註119〕〔宋〕郭茂倩編撰：《樂府詩集》（臺北：里仁書局，1984年）第二

在古樂府的敘述方式是Ｓ＋Ｖ＋Ｏ，即主──動──賓的詞序，此爲
上古漢語的主要詞序形式〔註120〕。然鮑照在引用此一成辭時，故意
顛倒其詞序，形成：

　　　　驄馬／金／絡頭。

的詞序。在此原本作賓語的「馬」，變成了「主語」；而作動詞使用的
「絡」字，變成名詞使用──「絡頭」，由於詞序位置的重新排列組
合，使原本依次呈現的直線過程變成了平行呈列的印象，也改變了讀
者原有的閱讀習慣，予人新奇的感受。

2. 聯句互易

　　　聯句互易即是在引用之成辭中將前後二詩（文）句位置互易之
法。詩人在進行聯句互易之際，有時也同時在句中運用變化成辭的技
巧，或易字，或省略，或互易等，避免用辭全同於古人。其例如下：

1.	白芷競新苕， 綠蘋齊初葉。 （謝靈運〈登上戍石鼓山詩〉）	菉蘋齊葉兮， 白芷生。 （《楚辭》〈招魂〉）
2.	萋萋春草生， 王孫遊有情。 （謝靈運〈悲哉行〉）	王孫遊兮不歸， 春草生兮萋萋。 （《楚辭》〈招隱士〉）
3.	方絕縈絃思， 豈見繞梁日。 （鮑照〈登雲陽九里埭〉）	繞梁之音， 實縈絃所思。 （陸機〈演連珠〉）
4.	但使樽酒滿， 朋舊數相過。 （鮑照〈學陶彭澤體〉）	座中客常滿， 樽中酒不空。 （《後漢書·孔融傳》）
5.	棄妾望掩淚， 逐臣對撫心。 （鮑照〈山行見孤桐〉）	放臣爲之屢歎， 棄妻爲之歔欷。 （彌衡〈鸚鵡賦〉）

十八卷，〈相和歌辭三〉，頁411。

〔註120〕參見王力：〈詞序的發展〉，《漢語史稿》，頁357。

在上述詩例中，詩人所引之成辭在原文中，都是上下二句同用一典的
聯句。詩人將此前人已固定的句式做前後位置上之互換，以求新變，
有時其目的也是為了符合一己作品中之格律。如第四例鮑照變「座中
客常滿，樽中酒不空」之語序為「但使樽酒滿，朋舊數相過。」其目
的即是配合詩中的押韻。鮑照之作如下：

> 長憂非生意，短願不須多。但使尊酒滿，朋舊數相過。
> 秋風七八月，清露潤綺羅。提瑟當戶坐，歎息望天河。
> 保此無傾動，寧復滯風波。〔註121〕

此詩偶數句皆押韻，鮑照在第三、四句將《後漢書・孔融傳》中之成
辭，先將「座中客常滿」易字為「朋舊數相過」；「樽中酒不空」易字
為「但使樽酒滿」後，並不按照原來成辭的順序排列，而將前後句子
顛倒放置，應是為了符合鮑照詩中的韻腳而做的安排。「多」、「過」、
「羅」、「河」、「波」押韻。詩人在引用此前人成辭時，並未依原成辭
之語序次句安排而顛倒放置，應與符合詩中句法秩序——格律，而反
序倒置，有密切之關係。〔註122〕

　　不論是詞匯互易，抑聯句互易，都是對「成辭」進行線性原則上
之反序變異，皆出於詩人刻意的經營。有時是為了趁韻而改換，但詩
人欲求奇特而反序，也是主要原因。其後此風變本加厲，齊梁文人在
詩文上以「顛倒文句」求其「新色」的風氣日盛〔註123〕，終於使文
辭陷於阻奧晦澀之地步。

　　以上是對於元嘉詩人「引成辭」式用典技巧的析論，實際上，在
典故的新語言結構替代舊語言結構，重新組合之際，這些技巧常是交
互運用的。由此，也可看出元嘉詩人在提煉前人成辭時，豐富多樣的

〔註121〕逯欽立輯校：《宋詩》卷九，《先秦漢魏晉南北朝詩》，頁1300。
〔註122〕參見王師夢鷗：〈漢魏六朝文體變遷之一考察〉，《傳統文學論衡》，
　　　　頁111。
〔註123〕朱宏達先生研究典故的結構時亦論及：「這一類變換詞序構成方式
　　　　有時顯然受到詩詞格律的影響和制約。」見朱宏達：〈典故簡論〉，
　　　　《杭州大學學報》，第13卷第3期。

語言表現能力。

以上所論爲「引成辭」的用典技巧，茲將其大要以下圖表示：

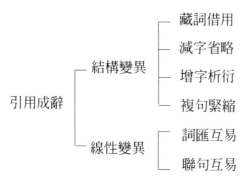

第三節　援用古事之用典技巧

一、對等原理的類似性與對立性

在前節「引用成辭」的論析中，主要藉由詞序關係著手，研究元嘉詩人用典技巧中的詞語結構。在本節「援用古事」的討論中則由聯想關係，論析詩人運用古事之技巧。在研究前，則先論析聯想關係中之「對等原理」，以做爲討論時之基礎。

在索緒爾之語言表義二軸中，聯想軸與毗鄰軸是二種不同型態之運作，前者是指根據「類同原則」的選擇與替代，後者是指根據「毗鄰原則」的組合與指涉範疇的建構。在此一基礎上，語言學家雅克愼（Roman Jakobson）將其運用於詩歌語言的研究。他指出語言訊息座落于選擇軸（聯想軸）和組合軸（詞序軸）的交集〔註124〕。選擇一個字詞實指聯想活動，從其相似或對立的一群字詞中，擇一妥當的代表，但由選出的字詞也暗指其他未被選用的相似語。一旦某字詞經選擇後確立，接下去要考慮的是文辭的延續或毗鄰。因此，他認爲語言

〔註124〕參見古添洪：〈雅克愼的記號詩學〉，《記號詩學》（臺北：東大圖書有限公司，1984年），頁83、84。

的兩種基本運作模式即選擇（Seletion）與組合（Combination），而詩
歌的功能即奠基在此語言二軸上。其言曰：

> 詩歌最重要的特性是什麼呢？要回答這個問題之前，我們
> 要明白語言結構的兩種基本運作的模式：選擇與結合。例
> 如要表達「小孩」時，說話者首先要選擇語言中與「小孩」
> 一詞類似的字彙：小孩、兒童、孩子、嬰兒、未來的主人
> 翁；表述「睡覺」時，說話可以自睡覺、打盹、瞌睡等詞
> 中選擇一個。選擇決定了之後便可以結合成句。而選擇的
> 根據是對等原理：意義相近或不相近；同義或反義；結合
> 的根據是詞與詞之間的結合限制的程度。詩歌的功能在於
> 把對等原理從選擇的層面投射到結合的層面上去。〔註125〕

雅克慎在此強調詩歌語言的功能，即在此種運用於語言的「選詞擇字」
過程中的「對等原理」（Principle of equivalence），轉而施之於「連語
成句」的過程。「對等」於是被提昇為組合語言的構成法則。

　　在眾多的詩歌語言修辭技巧中，用典無疑也是運用了對等原理。
正如高友工先生所論，典故基於經驗，沒有經驗，就沒有歷史，沒有
歷史，就沒有典故。故而高友工先生分析典故論道：

> 典故必須包含兩個基項：詩人當時的現身經驗與過去發生
> 的史實。把這兩事件作一對比，刻劃其類似性並利用對等
> 性就詩人當時發生的事件加以評論。典故所包含的兩個基
> 項，其間的關係可能是類似，也可能是對立。〔註126〕

典故涵攝了「現在」與「過去」兩個基項，其間之關係正是藉對等原
理中的「類似性」或「對立性」而表露出來。劉若愚先生研究「典故」
時亦論及：

> 有時候，除了在詩中引出過去事件與目前情況之間的類似
> 以外，典故也能提供對照。其效果可以是悲劇、喜劇的或

〔註125〕參見梅祖麟、高友工合著，黃宣範譯：〈唐詩的語意研究〉，收入黃
　　　　宣範：《翻譯與語意之間》（臺北：聯經出版事業公司，1976年），
　　　　頁135。
〔註126〕同前註，頁183。

者諷刺的，看情形而有不同。〔註127〕

故詩人在選擇古事時，大多是利用「聯想關係」中之對等原理，或取古事與今情間或類似或對立之特性，去巧妙建立其思想情感與被引用材料間之關係。大體而言，絕大部分援用古事的用典方式，都是透過語言表義二維結構中之聯想結構去完成表意之活動。讓原本有限的語言，得以體現無限的經驗與感受。

二、援用古事之技巧

所謂「援用古事」就是指引用歷史上曾經出現過的古人古事，來輔助一己表達情志的方式。由於歷史故實在典籍中的記載常有一事數見；或事同辭異的情形。故在引用古人古事時，便不像引用成辭時，會受到原典語文結構的限制，因此它的語言結構更為靈活多變。詩人在運用時，常取用故實中某一特定的過程或人物來替代整個史實的發展，其目的並不在敘述歷史，而是抒情言志。孫文賓先生曾論中國敘事詩歌的表現時道：

> 字句的推敲和音韻的斟酌耗去詩人最大心力，付出的代價卻是思維模式向感受傾斜。這使詩人在引史入詩時必然忽略具體發展過程的敘事，而傾心于畫龍點睛的紀事和對社會生活整體畫面的描繪，許多敘事詩因此僅有敘事的構造卻無情節的展現，場面代替了過程，細節掩蓋了故事，抒情淹沒了寫實，事件在這裡只是 “起興” 的媒介，筆墨最終還是落在 “感事抒情” 上。〔註128〕

此處所論雖是敘事詩之特點，但其所論思維模式和語言結構之關係亦可用之於詩中用典之論述。只是典故在詩中所扮演者並不僅於 “起興” 的角色，它更明顯地被詩人用做譬喻或借代，借古喻今，或是託

〔註127〕 參見劉若愚著，杜國清譯：〈典故‧引用‧脫胎〉，《中國詩學》（臺北：幼獅文化事業公司，1985 年），頁 216。

〔註128〕 參見孫文賓：〈語言批評的世界：求索于言意之間〉，《華中師範大學學報》（哲社版），1992 年第 1 期，頁 44。

古諷今，甚至直接以史實故事代替所欲表明之情節，但這些技巧最終目的仍在自我抒論、言志抒情。因爲中國詩歌可說是「一個爲抒情言志而生成的深層語言結構」〔註129〕。

　　然而在元嘉時代重視文藝美與才學的社會中，詩人在引史入詩時，不全然爲了取喻言志，有時也是爲了炫耀才學，增美文辭所需而用典，它是爲了修飾而用的一種技巧。故本節在論析元嘉詩人「援用古事」的技巧時，分爲「取喻言志」及「增美修飾」兩大類探討，以見詩人在此二目下，所展現熔古以鑄今之用典技巧。另外，本節所討論的「援用古事」技巧中，尚包含「古人」於其中，因爲每一個歷史事件中必然有人物的存在，而人物也常因其所從事的事件而爲人所熟知，故一併討論之。元嘉詩人在援用古事時，偶然也會雜入少許成辭，但因其所援用之重點仍在古人古事，故仍歸之於「援用古事」加以論析。

（一）取喻言志

　　所謂取喻，即是取用歷史上一個事件，直接以其中的人物、事跡、或全部、或部分地喻及實際的人事。在所引材料與作者之情感思想間二者關係可能是「類似」──引古以證今，或借古以喻今；也可能是「對立」──藉古人古事以諷今。但取喻之特點是以「言志」爲主要目的。故在「取喻言志」中再析分爲「引證法」、「譬喻法」和「反襯法」三類討論。

1. 引證法

　　所論「引證法」就是援用經籍中古人古事爲例，以與今人今情相印證。此法即是運用古事與今事間性質「類似」之原理，援古事以闡明今人今事之合理與正確。舉例說明如下：

（1）　　周御窮轍跡，夏載歷山川。蓄軫豈明懋，善遊皆聖仙。
　　　　　△△△△△　△△△△△

〔註129〕同前註。

帝暉脣順動，清蹕巡廣廛。樓觀眺豐穎，全駕映松山。
飛奔互流綴，緹毅代迴環。神行埒浮景，爭光溢中天。
開冬眷徂物，殘悴盈化先。陽陸團精氣，陰谷曳寒煙。
攢素既森藹，積翠亦蔥芊。息饗報嘉歲，通急戒無年。
溫渥浹輿隸，和惠屬後筵。觀風久有作，陳詩愧未妍。
疲弱謝陵遽，取累非縕牽。〔註130〕

此為顏延之〈應詔觀北湖田收〉，此詩作于元嘉十年十月，隨侍文帝于北湖觀田收應詔而作。此詩起首前二句：「周御窮轍跡、夏載歷山川。」李善注引《左傳》：「右尹子革對楚王曰：昔周穆王欲肆其心，周行天下，將皆有車轍馬跡焉。」〔註131〕及《尚書》：「禹曰：予乘四載，隨山刊木。」二事〔註132〕。顏延之於詩中引用周穆王巡遊天下，及夏禹巡行天下之古事，其目的即在說明其下二句：

蓄軫豈明懋，善遊皆聖仙。

延之引用周穆王、夏禹行游的古事，說明今日文帝之巡行乃是古代「聖仙」之舉。故在此四句之後即展開一連串之頌美之辭，而周穆、夏禹之行遊此二古事入詩，正是援古證今之用。

（2）　眇默軌路長，憔悴征戍勤。昔邁先祖師，今來後歸軍。
振策睠東路，傾側不及群。息徒顧將夕，極望梁陳分。
故國多喬木，空城凝寒雲。丘壟填郛郭，銘誌滅無文。
木石扃幽閟，黍苗延高墳。惟彼雍門子，吁嗟孟嘗君。
　　　　　　　　　△△△△△　　△△△△△
愚賤同埋滅，尊貴誰獨聞。曷為久游客，憂念坐自殷。

〔註133〕

此為顏延之〈還至梁城作〉寫行旅他鄉之苦，並感古代的名城今非昔比之歎以及貴賤賢愚終至湮沒之悲。詩中「惟彼雍門子，吁嗟孟嘗君。」二句乃用劉向《說苑‧善說》中雍門周鼓琴說孟嘗君事。

〔註130〕逯欽立輯校：《宋詩》卷五，《先秦漢魏晉南北朝詩》，頁1230。
〔註131〕〔梁〕蕭統編，〔唐〕李善注：《文選》，卷二十二，頁16a。
〔註132〕同上註。
〔註133〕逯欽立輯校：《宋詩》卷五，《先秦漢魏晉南北朝詩》，頁12340。

桓譚《新論・琴道》中亦載：

> 雍門周見孟嘗君曰：「臣竊悲千秋萬歲後，墳墓生荊棘，行
> 人見之曰：孟嘗君尊貴乃如是乎？」〔註134〕

顏延之此詩用雍門周說孟嘗君事，言古往今來，賢愚好醜，無不消滅
之理，以印證詩人眼見丘壠填郊、黍苗延墳興發的慨歎，亦是引古證
今之用。

（3）　首夏猶清和，芳草亦未歇。水宿淹晨暮，陰霞屢興沒。
　　　　周覽倦瀛壖，況乃陵窮髮。川后時安流，天吳靜不發。
　　　　揚帆採石華，掛席拾海月。溟漲無端倪，虛舟有超越。
　　　　仲連輕齊組，子牟眷魏闕。矜名道不足，適己物可忽。
　　　　△△△△△　△△△△△　　△△△△△　△△△△△
　　　　請附任公言，終然謝天伐。〔註135〕
　　　　△△△△△　△△△△△

此詩為謝靈運〈遊赤石進帆海〉詩，作于景平元年初夏。詩寫赤石勝
景、揚帆越海之遊，最後以隱居思想做結。在詩中引用「仲連輕齊組」、
「子牟眷魏闕」二古事，來說明「矜名道不足」、「適己物可忽」之道
理。仲連之事見《史記》卷八十三本傳云：

> 田單攻聊城歲餘，士卒多死而不下，魯連乃為書約之矢以
> 射城中，遺燕將。……燕將見魯連書，……乃自殺，聊城
> 亂，田單遂屠聊城。歸而言魯連，欲爵之。魯仲連逃隱於
> 海上曰：吾與富貴而詘於人，寧貧賤而輕世肆志焉。〔註136〕

子牟之事見《莊子・讓王》：

> 中山公子牟謂瞻子曰：身在江海之上，心居乎魏闕之下，
> 奈何？〔註137〕

謝靈運游海而思及二位古人：魯仲連不受爵祿，逃隱於海；而公子牟

〔註134〕〔清〕嚴可均校輯：《全上古三代秦漢三國六朝文》，卷十五，頁
　　　　10a-b。

〔註135〕逯欽立輯校：《宋詩》卷二，《先秦漢魏晉南北朝詩》，頁11620。

〔註136〕〔漢〕司馬遷撰，〔日〕瀧川龜太郎著：《史記會注考證》卷八十
　　　　三，頁1003～1004。

〔註137〕〔清〕王先謙撰：《莊子集解》（臺北：世界書局，1962年），頁192。

卻身在江海之上,心居魏闕之下。謝靈運引此二古事,一正一反,贊揚仲連能眞隱,批卷子牟之假隱,以此二歷史故實喻已不需求功名,隱居以避禍的思想。屬於援古證今的用典技巧。此詩至後以「謝附任公言,終然謝天伐。」做結。再引用《莊子‧山木》寓言中的人物──太任公勸孔子的話──「直木先伐,甘井先竭」〔註138〕等道理,說明不追求功名,即可免殺身之禍的避世思想。在此引古語以說明,也同樣是援古證今的用典技巧。

引古證今之法在經傳典籍中運用已十分普通。劉勰《文心雕龍》〈事類〉篇中即曾舉《易經》、《尚書》中之例說明。在元嘉詩人的筆下,此法之運用亦不乏其例。詩人援引古事古語入詩,以證明其思想行爲之合理與正確。詩人在取用古事時,所利用者即是古人古事與今人今情在意義上類似性而建立二者引證之關係。

2. 譬喻法

所謂「譬喻」的用典方式,即是以歷史上的古人古事之具體形象,或由這些形象變化,組合而構成的狀態、情境,來比況今人古事,以表達作者之情志。在修辭學上,譬喻是一種「借彼喻此」的技巧〔註139〕乃是取三者之間之「類似」之處,以建立二者間譬之關係。此法在古代有以「辟」或「比興」稱之。如《墨子》〈小取〉:

〔註138〕原典見《莊子‧山木》:孔子圍於陳蔡之間,七日不火食。大公任往弔之曰:子幾死乎?曰:然。子惡死乎?曰:然。任曰:「……直木先伐,甘井先竭。子其意者飾知以驚愚,修身以明污,昭昭乎若揭日月而行,故不免也。」昔吾聞之大成之人曰:「自伐者無功,功成者墮,名成者虧。」孰能去功與名而還與眾人?道流而不明居,得行而不名處;純純常常,乃此於狂,削迹捐勢,不爲功名,是故無責於人,人亦無責焉。至人不聞,子何喜哉?」孔子曰:「善哉!」辭其交遊,去其弟子,逃於大澤。衣裘褐,食杼栗,入獸不亂群,入鳥不亂行。〔清〕王先謙撰:《莊子集解》,頁124~125。

〔註139〕參見黃慶萱先生《修辭學》一書第十二章,頁227,有「譬喻」此一辭格。並論道:「譬喻是一種借彼喻此的修辭法,凡二件或二件以上的事物中有類似之點,說話作文時運用,「那」有類似點的事物來比方說明「這」件事物的,就叫譬喻。」

辟也者，舉它物而以明之也。〔註140〕

又如《文心雕龍》〈比興〉：

> 比者，附也；興者，起也。附理者切類以指事，起情者依
> 徵以擬議。……興之託喻，婉而成章，稱名也小，取類也
> 大。……比之爲義，取類不常，或喻於聲，或方於貌，或
> 擬於心，或譬於事。〔註141〕

做法上主要是以某一物類來比況另一物類，其目的乃在指他以明
此。其實在「依徵擬議」或「切類指事」喻寫模式中，並不盡然只
能選取自然物象爲素材，舉凡歷史上的古人古事皆可充分汲取運
用，而此種藉古人古事以應發作者情思的手法，正是用典的技巧。
譬喻在近代學者亦有以「比喻」稱之者。依據黎運、張維耿先生之
定義爲：

> 一個比喻通常由被比喻的事物和用作比喻的事物以及使兩
> 者發生比喻關係的輔助語構成。被比喻的事物叫做本體，
> 用作比喻的事物叫做喻體，聯繫本體和喻體的輔助詞語，
> 叫做喻詞。〔註142〕

由其定義可知，比喻可分爲三要素，即本體、喻體、本體與喻體間之
關係。若此則用典和比喻（譬喻）在性質上有其相通之處，卻是取他
以明此的修辭方式。即取與所欲表達的主體（本體、所指）相類，但
不相等的事物（譬體、能指）來喻示主體。二者皆是建立在語言表義
的二維結構的「聯想」結構上，利用舊經驗引起新經驗的技巧，故而
「譬喻」實爲用典的一項基本修辭功能。在此一部分的析論中，本文
再依運用的形式區分爲「明喻」和「暗喻」兩類。明喻是指事件、人
物交代十分清楚，或是將古人古事與今人今事間關係明白敘述者謂。
「暗喻」則是指用典時並不明白指出清楚的人事，或只採事跡中的一
部分表達者謂之。以下即分類探詩。

〔註140〕張純一：《墨子集解》（臺北：文史哲出版社，1978年），頁544。
〔註141〕〔梁〕劉勰著，周振甫注：《文心雕龍注釋》，頁677～678。
〔註142〕參見二人合著：〈修辭方式〉，《現代漢語修辭學》，頁102。

甲、明　喻

　　明喻法就是徵引典實，直書其人其事爲譬喻，或詩句中在本體（詩人所欲表達的情志）與喻體（古人古事）之間有譬喻詞（猶、如、似等），令讀者讀之目了解，可以做直線聯想，明白地喻示作者之思想情感者謂之。茲舉例說明如下：

（1）　　達人貴自我，高情屬天雲。兼抱濟物性，而不纓垢氛。
　　　　段生藩魏國，展季救魯人。弦高犒晉師，仲連卻秦軍。
　　　　△△△△△　△△△△△　△△△△△　△△△△△
　　　　臨組乍不緤，對珪寧肯分。惠物辭所賞，勵志故絕人。
　　　　苕苕歷千載，遙遙播清塵。清塵竟誰嗣，明哲時經綸。
　　　　委講報道論，改服康世屯。屯難既云康，尊主隆斯民。

　　　　　（謝靈運〈述德詩〉二首之一）〔註143〕

此爲謝靈運〈述祖德詩〉二首之一，旨在敘述祖父謝玄的功德。詩中援引段干木、展季、弦高、魯仲連四位歷史人物爲喻，說明謝玄平日不慕榮利、清談爲務；一旦國家有難，又能挺身爲國、改服征戎的節操。段干木事見《呂氏春秋・期賢》，展季事見《左傳・僖公二六年》及《國語・魯上》，弦高事見《左傳・僖公三三年》，不過弦高據《左傳》記載，應是犒秦師而非晉師，此處靈運或爲了避免文字重覆而強改「秦師」爲「晉師」，頗有引事失實之失〔註144〕，而魯仲連向辛垣衍陳說不可帝秦而終退秦軍之事，則見於《戰國策・趙策》之記載，此四人雖行事不同，卻都是藩衛家國有功之士，靈運在此援用此四位歷史人物，以譬喻其祖之行誼高潔。此用典之法，正是譬喻法中之「明喻」式的運用。此法在靈運詩中其例甚多。又如：

（2）　　糞勝無餘生，季業有窮盡。嵇公理既迫，霍子命亦殞。
　　　　△△△△△　△△△△△　△△△△△　△△△△△
　　　　悽悽後霜柏，納納衝風菌。邂逅竟幾時，修短非所愍。

〔註143〕逯欽立輯校：《宋詩》卷二，《先秦漢魏晉南北朝詩》，頁1157。
〔註144〕〔梁〕劉勰：〈事類〉，《文心雕龍》，篇曾言引事之弊道：「引事乖謬，雖千載而爲瑕。」〔梁〕劉勰撰，周振甫注：《文心雕龍注釋》，頁706。

恨我君子志，不得巖上泯。送心正覺前，斯痛久已忍。

唯願乘來生，怨親同心联。(謝靈運〈臨終詩〉) 〔註145〕

此爲謝靈運〈臨終詩〉。詩中引用「龔勝」、「季業」(李業)、「嵇公」及「霍子」四位古人以明志。龔勝爲王莽篡漢時辭官絕食而死，事見《漢書》卷七十二本傳。李業亦爲王莽當政時隱居不仕，後公孫述據益州稱帝，欲徵李業爲官，李業不就，飲毒酒而死，事見《後漢書》卷八十一本傳。嵇公即嵇紹，司馬越叛辭，嵇紹獨以身護惠帝，爲亂箭射死。事見《晉書》卷八十九本傳。而霍生即霍原，西晉時王浚稱制謀僭，霍生不從，被拘而死，事見《晉書》卷九十四本傳。此四人皆因忠于正統王朝，不屈服新貴強權而導致身亡。謝靈運在臨終時做此詩，引此四古人古事，極明顯是以四位守節之士以自我譬喻，表明一己不屈強權之志節，也流露一己對取代晉室之劉宋王朝不滿之意。故此四句之後，靈運在詩中表露的情緒是「痛」、是「恨」，而此四古事入詩，省卻千言萬語，使詩意更加凝鍊而深沈。靈運明舉其人名行事入典，爲明喻式的用典法、謝靈運運用此法之詩句尚有：

(3) 　　　敢謂荀氏訓，且布蘭陵情。(命學士講書)

(4) 　　　唯開蔣生逕，永懷求羊蹤。(田南樹園激流植援)

(5) 　　　偶與張邴合，久欲還東山。(還舊園作見顏范二中書)

(6) 　　　延州協心許，楚老惜蘭芳。(盧陵王墓下作)

(7) 　　　魯連謝千金，延州權去朝。(入東道詩)

(8) 　　　遠協尚子心，遙得許生計。(初往新安桐廬口)

(9) 　　　韓亡子房奮，秦帝魯連恥。(臨川被收)

(10) 　　　西京誰修政？龔汲稱良史。(遊嶺門山)

〔註145〕逯欽立輯校：《宋詩》卷三，《先秦漢魏晉南北朝詩》，頁1186。

以上皆為直書人事之明喻之例。在此法中亦有將譬喻詞（像、類、似）
等寫出，使二者之間譬喻的關係更為明顯之例者如：

（11）　　臥病同准陽，宰邑曠武城。
　　　　　　△ △ △　　　　 △ △

　　　　　弦歌愧言子，清淨謝汲生。（命學士講書）
　　　　　　　 △ △　　　　　 △ △

（12）　　無庸妨周任，有疾像長卿。
　　　　　　　 △ △　　　　 △ △ △

　　　　　畢娶類尚子，薄遊似邴生。（初去郡）
　　　　　　 △ △ △　　　　 △ △ △

（13）　　曰余亦支離，依方早有慕。（永初三年七月十六日之郡初發都）
　　　　　　　　 △ △

（14）　　愛似莊念昔，久敬曾存故。（永初三年七月十六日之郡初發都）
　　　　　△ △ △ △　　　 △ △ △

在第十二例中，靈運以淮陽太守汲黯臥病治郡自喻〔註 146〕；在十三
例子中，再明舉周任、司馬長卿、尚平子、邴曼容之知足不貪競的歷
史人物，喻示一己不慕官爵、高蹈避世之志。在第十五例中，靈運以
《莊子‧徐無鬼》中越國之流人對家國之思念〔註 147〕，來譬喻一己
對親友之依戀情懷，詩中以「似」字連接古人古事與今人今情，正屬
於明喻之用典方式。下句「久敬曾存故」，雖無譬喻詞連繫，但也屬
明喻之技巧。「曾存故」乃用《韓詩外傳》中所載曾子對故友之敬愛
一事〔註 148〕，以寫自己對越久交的朋友越覺可敬可愛之情懷。凡此

〔註146〕見《史記‧汲黯列傳》：「遷為東海太守。黯學黃老之言，治官理民，
　　　　好清淨，擇丞史而任之。其治，責大指而已，不苛小。黯多病，臥
　　　　閨閤內不出。歲餘，東海大治。……黯居郡如故，治淮陽政清。」。
　　　　〔漢〕司馬遷撰，〔日〕瀧川龜太郎著：《史記會注考證》（臺北：
　　　　洪氏出版社，1981 年），頁 1280。

〔註147〕見《莊子‧徐無鬼》：「子不聞夫越之流人乎？去國數日，見其所知
　　　　而喜，去國旬月，見所嘗見於國中者喜；及期年也，見似人者而喜
　　　　矣。不亦去滋久，思人滋深乎？」〔清〕王先謙撰：《莊子集解》，
　　　　頁 155。

〔註148〕見《韓詩外傳》卷九：「子夏過曾子，曾子曰：入食。子夏曰：不
　　　　為公費乎？曾子曰：君子有三費，飲食不在其中。……子夏曰：敢
　　　　問三費。曾子曰：……久交友而中絕之，此三費也。」見賴炎元註
　　　　釋：《韓詩外傳今註今譯》（臺北：臺灣商務印書館，1972 年），卷

明喻式的用典方式亦可見於其他元嘉詩人之作品中，如：

（15）　戈船榮旣薄，伏波賞亦微。（鮑照〈代苦熱行〉）
　　　　△△　　　　△△

（16）　君平獨寂寞，身世兩相棄。（鮑照〈詠史〉）
　　　　△△

（17）　申黜褒女進，班去趙姬昇。（鮑照〈代白頭吟〉）
　　　　△△△△　　　△△△△
　　　　周王日淪惑，漢帝益嗟稱。
　　　　△△　　　　△△

（18）　棄席思君幄，疲馬戀君軒，
　　　　顧隨晉主惠，不愧田子魂。（鮑照〈代東武吟〉）
　　　　　　△△△　　　△△△

（19）　雖好相如達，不同長卿慢。
　　　　　　△△△　　　△△△
　　　　頗悅鄭生偃，無取白衣宣。（謝惠連〈秋懷〉）
　　　　　　△△△

（20）　長卿冠華陽，仲連擅海陰。（王僧達〈答顏延年〉）
　　　　△△　　　　△△

在第十六例中，鮑照援用西漢名將戈船將軍及伏波將軍二人之事。此二人皆爲西漢名將，但卻功高賞薄，以此喻今日之將士出生入死，卻卻不得恩賞的淒涼。在第二十一例中，此詩爲王僧達〈答顏延年〉之作。在詩中王僧達以司馬相如冠絕華陽的文彩與魯仲連聲震齊國的高名，來譬美顏延之的文章、道德及情操，凡此「取彼喻此」的方法皆屬援用古事中明喻法的技巧。

在明喻式的用典技巧，詩人取用與今人今情性質類似或相同的古人古事爲喻，以表達作者的情志。其中有直書其人名、其事情者；亦有藉譬喻詞明白喻示古今關係者，使讀者可一目了然，進而藉由聯想，去體會詩人所感受、體驗到的類似經驗和想法。此爲一簡明而直接的用典方式，故元嘉詩人運用之情形十分普遍。以下接著論析譬喻法中之「暗喻」的用典技巧。

乙、暗　喻

九，頁394。

　　所謂暗喻即是在援用古事時，並不明白指出其人名事跡，或在句
中只採事跡中的某一具代表性的部分以表達其情者謂之。詩人故意將
所引古人古事隱而不顯，故連繫古事與今情的譬喻詞（如、像、似）
等也隱去不用。令讀者在詩中自行揣摹古今人事的相同處，進而推測
詩人的意旨。茲舉例說明：

（1）　　嗟余怨行役，三陟窮晨暮。
　　　　　　　△　△　△　△　△
　　　　　嚴駕越風寒，解鞍犯霜露。
　　　　　原隰多悲涼，回飆卷高樹。
　　　　　離獸起荒蹊，驚鳥縱橫去。
　　　　　悲哉游宦子，勞此山川路。〔註149〕

以上節錄自顏延之〈秋胡詩〉中第三章。寫游宦之人行役之辛勞。詩
中「三陟窮晨暮」之「三陟」即屬暗喻之用。三陟事見《詩經》〈周
南・卷耳〉：

　　　　　采采卷耳，不盈頃筐。
　　　　　嗟我懷人，寘彼周行。
　　　　　陟彼崔嵬，我馬虺隤。
　　　　　我姑酌彼金罍，維以不永懷。
　　　　　陟彼高岡，我馬玄黃。
　　　　　我姑酌彼兕觥，維以不永傷。
　　　　　陟彼砠矣，我馬瘏矣。
　　　　　我僕痡矣，云何吁矣。〔註150〕

「三陟」即「陟彼崔嵬」、「陟彼高岡」、「陟彼砠矣」。《詩經》〈周南・
卷耳〉此詩為婦人念夫之行役，寫其夫馬疲、僕病、登山望鄉之情。
顏延之以此「三陟」之典故寫秋胡之游宦，不但點出秋胡在外游宦之
苦；也暗示了其妻在家思念之殷。古人古事與今人今情兩相融合，更
增添詩歌豐富之意蘊。

（2）　　辭滿豈多秩，謝病不待年。偶與張邴合，久欲還東山。

─────────────

〔註149〕遠欽立輯校：《宋詩》卷五，《先秦漢魏晉南北朝詩》，頁1229。
〔註150〕〔漢〕毛亨傳，鄭元箋，〔唐〕孔穎達疏：《毛詩正義》，頁33～34。

聖靈昔迴眷，微尚不及宣。何意衝飆激，烈火縱炎煙。
焚玉發崑峰，餘燎遂見遷。投沙理既迫，如邛願亦愆。

長與歡愛別，永絕平生緣。浮舟千仞壑，總轡萬尋巔。
流沫不足險，石林豈為艱。閶中安可處，日夜念歸旋。
事躓兩如直，心愜三避賢。託身青雲上，棲巖挹飛泉。

盛明盪氛昏，貞休康屯邅。殊方感成貸，微物豫采甄。
感深操不固，質弱易扳纏。曾是反昔園，語往實欷然。
曩基即先築，故池不更穿。果木有舊行，壤石無遠延。
雖非休憩地，聊取永日閑。衛生自有經，息陰謝所牽。
夫子照清素，探懷授往篇。(謝靈運〈還舊園作見顏范二中書〉)
〔註151〕

此詩為謝靈運〈還舊園作見顏范二中書〉。詩中自述貶為永嘉太守後，辭官歸鄉之經過，並表明能還鄉舊園為其平生之願望。靈運在詩中數舉古人古事，以寄託己志。其中「投沙理既迫」「如邛願亦愆」二句皆各有所出。「投沙」乃暗用漢代賈誼被貶長沙一事，事見《史記》卷八十四本傳〔註152〕。靈運在此用賈誼之謫居，暗喻自己謫赴永嘉，正如賈誼之忠而見逐，乃出于不得已之舉。而「如邛」則用漢司馬相如困居臨邛之事，事見《史記》卷一○七本傳〔註153〕。此以相如入邛，比喻自

〔註151〕逯欽立輯校：《宋詩》卷三，《先秦漢魏晉南北朝詩》，頁1174。

〔註152〕事見《史記》〈屈原賈生列傳〉：「於是天子議以為賈生任公卿之位。絳。灌、東陽侯、馮敬之屬盡害之，乃短賈生曰：雒陽之人，年少初學，專欲擅權，紛亂諸事。於是天子後亦疏之，不用其議，乃以賈生為長沙王太傅。賈生既辭往行，聞長沙，卑濕，自以壽不得長，又以適去，意不自得。」〔漢〕司馬遷，〔日〕瀧川龜太郎著：《史記會注考證》，頁1014。

〔註153〕事見《史記》〈司馬相如列傳〉：「相如乃使人賜文君侍者通殷勤。文君夜亡奔相如。相如乃與馳歸成都。家居徒四壁立。……文君久之不樂。曰：長卿第俱如臨邛，從昆弟假貸。猶足為生，何至自苦如此。相如與俱之臨邛，盡賣其車騎，買一酒舍酤酒，而令文君當壚。」〔漢〕司馬遷撰，〔日〕瀧川龜太郎著：《史記會注考證》，頁1239。

己有志難伸，謫赴窮鄉僻壤永嘉郡之遭遇。詩人以賈誼、司馬相如自喻，但不明書其名其事，僅以「投沙」、「如邛」二地名來表露其人其事，並抒發一己之情思，此即是暗喻式用典之技巧。又詩中「事蹟兩如矢」「心愜三避賢」二句也是援用古事以表情志之技巧。「事蹟兩如矢」一句，其中「事蹟」指遇困遭貶，而「兩如矢」則用《論語》〈衛靈公〉：

> 子曰：直哉史魚，邦有道如矢，邦無道如矢。〔註154〕

此以史魚之「兩如矢」暗喻一己無論有道無道皆正直如矢之志節。而「心愜三避賢」則用《史記》卷一一九〈循吏傳〉中春秋時楚國賢相孫叔敖之典故。叔敖為相：

> 三得相而不喜，知其材自得之也；三去相而不悔，知非己之罪也。〔註155〕

靈運亦曾三次受宋文帝徵召，故以孫叔敖之典故，暗喻一己對於名位去就不喜不悔的自得心態。同時靈運用孫叔敖的典故，也間接暗示了一己遭貶受黜，實「知非己之罪也」的意圖，暗喻之用，簡短數字，勝過千言萬語。詩中賈誼、司馬相如、史魚、孫叔敖等歷史人物與今人今事相銜接，使古人與詩人相參合，在「合格讀者」的眼中，藉由對典故原型的聯想，進而體會詩人所喻示之情懷，使詩歌的意蘊含蓄深沈，此即暗喻式用典之妙處所在。

（3）　　直如朱絲繩，清如玉壺冰。何慚宿昔意，猜恨坐相仍。
　　　　人情賤恩舊，世議逐衰興。毫髮一為瑕，丘山不可勝。
　　　　食苗實碩鼠，玷白信蒼蠅。鳧鵠遠成美，薪芻前見陵。
　　　　△△△△△
　　　　申黜褒女進，班去趙姬昇。周王日淪惑，漢帝益嗟稱。
　　　　心賞猶難恃，貌恭豈易憑。古來共如此，非君獨撫膺。
　　　　（鮑照〈代白頭吟〉）〔註156〕

此鮑照〈代白頭吟〉為棄婦之詞。鮑照在詩中廣泛運用譬喻技巧，用

〔註154〕〔魏〕何晏注，〔宋〕邢昺疏：《論語注疏》，卷十五，頁3b。
〔註155〕〔漢〕司馬遷撰，〔日〕瀧川龜太郎著：《史記會注考證》，頁1278。
〔註156〕逯欽立輯校：《宋詩》卷七，《先秦漢魏晉南北朝詩》，頁1260～1261。

意深遠。其中「食苗實碩鼠」一句語出《詩經》〈魏風・碩鼠〉中：

　　碩鼠碩鼠！無食我苗！三歲貫女，莫我肯勞。逝將去女，
　　適彼樂郊。〔註157〕

碩鼠一詩原為諷刺執政者如大鼠之貪婪害己之意，鮑照在此用碩鼠則在暗喻讒言害己之小人而言。下句「玷白信蒼蠅」一句也是語出《詩經》〈小雅・青蠅〉：

　　營營青蠅，止于樊。豈弟君子，無信讒言。〔註158〕

此則以蒼蠅暗喻顛倒黑白、變亂善惡之讒佞之徒。鮑照用《詩經》中碩鼠、青蠅之典故，喻寫顛倒黑白，讒佞害人的小人，以古喻今，形象生動。下二句「梟鵠遠成美」、「薪芻前見陵。」則是以歷史故事來譬喻人情喜新厭舊、貪今忘昔。上句用《韓詩外傳》中田饒事，言雞有五德，卻反比不上黃鵠之「食君魚鱉，啄君稻梁」而受到喜愛，正因為雞在眼前而黃鵠遠在天邊之故。下句「薪芻前見陵」則用《史記》卷一二○〈汲黯傳〉：「陛下用群臣如積薪耳，後來者居上。」此二典故原本皆就君臣間而論，但鮑照取君臣間之關係，運用到夫婦間之關係上，以梟鵠、薪芻二事暗喻棄婦因夫君之貴遠賤近，揚後抑前而遭受遺棄。鮑照利用與今人今情性質關係類似的古事以做譬喻，不論是碩鼠、青蠅之比；或梟鵠、薪芻之喻，將棄婦受讒遭棄，人情喜新厭舊等行為表現得具體且深刻。元嘉詩人以暗喻的手法用典的詩例尚多，其例如下：

（4）　　隱玉藏彩疇識真。（謝靈運〈鞠歌行〉）

此用《韓非子》〈和氏〉中卞和得玉璞以獻楚王之事。

（5）　　高揖七州外，拂衣五湖裡。（謝靈運〈述德詩〉）

五湖即太湖，乃暗用范蠡泛舟五湖，以言謝玄之回鄉隱居。

（6）　　遯跡俱浮海，採藥共還山。（鮑照〈和王丞〉）

上句用《三國志》管寧事：「管寧遊學異國，敬善陳仲弓。天下大亂，

〔註157〕〔漢〕毛亨傳，鄭元箋，〔唐〕孔穎達疏：《毛詩正義》，頁 13a～
　　　　13b。
〔註158〕同上註，卷十四之三，頁 1a。

聞公孫度令行於海外，遂與原及平原王烈等至於遼東。」下句則用龐
公事。《後漢書》：「龐公攜妻子登鹿門山，採藥不還。」鮑照藉此二
位退隱避世之歷史人物，寫與王僧綽二人共同歸退山林之期望。

（7）　　　傷禽惡弦驚，倦客惡離聲。(鮑照〈代東門行〉)

此詩首句「傷禽惡弦驚」乃暗用《戰國策》〈楚策〉中更羸虛弓下鳥
之事〔註159〕。以此受傷之飛禽怕聽弦聲的古事來譬喻倦客游子之離
情傷痛。

（8）　　　豈伊白璧賜，將起黃金台。(鮑照〈代放歌行〉)

此「白璧賜」乃用《史記》〈平原君虞卿列傳〉中虞卿「說趙孝成王，
一見賜黃金百鎰，白璧一雙。」〔註160〕的典故。「黃金台」則事見《上
谷郡圖經》中所載：

> 黃金臺，易水東南十八里，燕昭王置千金於台上，以延天
> 下之士。〔註161〕

詩人以「白璧賜」及「黃金台」暗喻朝廷之尊賢愛才。

（9）　　　詠零雨而卒歲，吟秋風以永年。(謝莊〈懷園引〉)

此爲謝莊〈懷園引〉雜言詩中最末二句。此詩寫身在異鄉，懷念故園
之情。詩末結語引用古事以抒愁懷。其中「詠零雨」一句，零雨乃是
暗用《詩經》〈東山〉：「我徂東山，慆慆不歸，我來自東，零雨其濛。」
主要寫久戍在外之士兵，懷念家園之情；而「秋風」則用漢武帝〈秋
風辭〉：「秋風起兮白雲飛，草木黃落兮雁南歸。蘭有秀兮菊有芳，懷
佳人兮不能忘。」謝莊以「零雨」「秋風」之典故，取與原典中相同

〔註159〕《戰國策》〈楚策四〉：更羸與魏王處京台之下，仰見飛鳥。更羸謂魏
　　　　王曰：臣爲王引弓虛發而下鳥。魏王曰：然則射何至此乎？更羸曰：
　　　　可。有間，雁從東方來，更羸以虛發而下之。……王曰：先生何以
　　　　知之？對曰：其飛徐而鳴悲。飛徐者，故瘡痛也；鳴悲者，久失群
　　　　也。故瘡未息而驚心未至也，聞弦音，引而高飛，故瘡隕也。」見
　　　　〔漢〕高誘校注：《戰國策》（臺北：臺灣商務印書館，1967年），
　　　　卷17，頁39。

〔註160〕〔漢〕司馬遷撰，〔日〕瀧川龜太郎著：《史記會注考證》卷七十
　　　　六，頁958。

〔註161〕〔梁〕蕭統編，〔唐〕李善注：《文選》，卷二十八，頁23a。

的思歸情懷，以喻示一己深沈的思鄉愁緒。

　　以上是暗喻式的用典技巧。詩人把某件史實點到即止，因爲這些古事皆各有自己的「規定情景」，詩人借彼喻此，即可省卻千言萬語地陳況描述。但由於在運用時它並不直指古事中其人其事，無疑也是難度較高的一種用典技巧。

　　陳望道先生論「譬喻」時曾言，譬喻和被譬喻的兩個事物必須有一點「極相類似」；但在本質上又「極其不同」〔註162〕。在元嘉詩人借古喻今的用典技巧中，不論是「明喻」或「暗喻」皆是運用古今人事在極其不同的本質上，又有著一點「極相類似」的關係，取彼喻此，以表詩人情志。而「合格讀者」也可由對古事之了解，引發聯想，喚起更豐富且多樣的含義。

3. 反襯法

　　由於在援用古事時，必須包含著詩人當時的經驗與過去的史實兩個基項，詩人在運用時，將此二基項做一對比，其中「引證法」與「譬喻法」乃是利用二者間「類似性」而達成用典之意旨，而「反襯法」則是利用二者間之「對立性」以表達詩人之情志。

　　「反襯」在修辭學中是屬於「映襯」格中的一種。黃慶萱先生曾定義爲：

　　　　對於一種事物，用恰恰與這種事物的現象或本質相反的副
　　　　詞或形容詞加以描寫，叫做「反襯」。〔註163〕

可見它是一種利用與事物本質相反之現象或詞語去描寫物的技。也是利用被描寫物與描寫物間對立的關係來表達。故在元嘉詩人的用典中，凡是取用今人今情相反或對立的古事以表達情志；或是取用原典故事之反面意義而運用者，皆爲「反襯法」的用典方式。宋人嚴有翼曾云：

　　　　文人用故事，有直用其意者，有反其意而用之者。……直用

〔註162〕陳望道：《修辭學發凡》，頁79。
〔註163〕黃慶萱：《修辭學》，頁290。

其事，人皆能之，反其意而用之者，非學業高人，超越尋常
拘攣之見，不規規然蹈襲前人陳跡者，何以臻此！〔註164〕

使事用典，反典意而用之，可收出奇不意之妙，經由與原典故事之對比，
可使詩境開一層，翻出新意。由於古事與今情間，有了差異與轉變，詩
人刻意反用古事之意，利用對比，以表詩人情志。此亦爲本文討論「反
襯」用典技巧之範圍。茲舉例說明元嘉詩人「反襯法」的用典技巧。

（1）　　弱植慕端操，窘步懼先迷。寡立非擇方，刻意藉窮棲。
　　　　伊昔遘多幸，秉筆侍兩閨。雖慚丹膘施，未謂玄素睽。
　　　　徒遭良時詖，王道奄昏霾。人神幽明絕，朋好雲雨乖。
　　　　弔屈汀洲浦，謁帝蒼山蹊。倚巖聽緒風，攀林結留荑。
　　　　跂予間衡嶠，曷月瞻秦稽。皇聖昭天德，豐澤振沉泥。
　　　　惜無爵雉化，何用充海淮。去國還故里，幽門樹蓬藜。
　　　　△△△△△　　△△△△△
　　　　采茨茸昔宇，剪棘開舊畦。物謝時既晏，年往志不偕。
　　　　親仁敷情昵，興賦窮辭棲。芬馥歇蘭若，清越奪琳珪。
　　　　盡言非報章，聊用布所懷。（顏延之〈和謝監靈運詩〉）
　　　　〔註165〕

此爲顏延之〈和謝監靈運詩〉之作。全詩自述在南朝宋武帝、少帝、文
帝三世的宦海浮沈，表達一己對人格理想的追求。詩中「情無爵雉化，
何用充海淮。」一句乃用《國語》〈晉語‧九〉中古事：

　　趙簡子歎曰：雀入于海爲蛤，雉入于淮爲蜃，黿鼉魚鱉，
　　莫不能化，唯人不能，哀夫！〔註166〕

詩人引用雀雉入海淮可化一事，言雀可化，唯獨此身不化！詩人以「雀
雉可化」的古事，來對照一己堅貞之品格，表明雖身受皇澤，但品格
始終不變。顏延之引用與一己情懷相反的古事來對照、形容，雖用「惜
無」二字，但表露出的是其對自我人格的堅持。古事與今情兩相對立，

〔註164〕見〔宋〕嚴有翼：《藝苑雌黃》，引自於魏慶之《詩人玉屑》卷七。
〔註165〕遼欽立輯校：《宋詩》卷五，《先秦漢魏晉南北朝詩》，頁1233。
〔註166〕〔三國吳〕韋昭撰：《國語韋氏解》（臺北：世界書局，1975年），
　　　　頁358。

使詩人所欲表達之意指更為鮮明，此即「反襯法」的用典方式。

（2）　　玉璽戒誠信，黃屋示崇高。事為名教用，道以神理超。
　　　　昔聞汾水遊，今見塵外鑣。鳴笳發春渚，稅鑾登山椒。
　　　　張組眺倒景，列筵矖歸湖。遠巖映蘭薄，白日麗江皋。
　　　　原隰荑綠柳，墟囿散紅桃。皇心美陽澤，萬象咸光昭。
　　　　顧己枉維縶，撫志慚場苗。工拙各所宜，終以反林巢。
　　　　△△△△△　△△△△△
　　　　曾是縈舊想，覽物奏長謠。（謝靈運〈從遊京口北固應詔〉）
　　　〔註167〕

上為謝靈運〈從遊京口北固應詔〉詩。此詩雖為應詔之作，但卻表明一己拙于為官，欲歸隱故鄉之心願。詩中「顧己枉維縶，撫志慚場苗。」乃援用《詩經》〈小雅·白駒〉中典故：

　　皎皎白駒，食我場苗，縶之維之，以永今朝。〔註168〕

此詩原本是比喻招納士之意，但靈運卻在詩中表明「枉」維縶，「慚」場苗，表示被挽留（維縶）於朝庭，領取朝廷俸祿（場苗）實非一己所願。詩人在此以《詩經》中招賢納士之詩與一己之心志相對照，反諷一己在朝，實是尸位素餐，更強烈表達出欲回鄉歸隱之心意。此也是屬於將古事與今情相比，取其「對立性」的用典方式。

（3）　　湮沒雖死悲，貧苦即生劇。長歎至天曉，愁苦窮日夕。
　　　　盛顏當少歇，鬢髮先老白。親友四面絕，朋知斷三益。
　　　　空庭慚樹萱，藥餌愧過客。貧年忘日時，黯顏就人惜。
　　　　△△△△△　△△△△△
　　　　俄傾不相酬，恧怩面已赤。或以一金恨，便成百年隙。
　　　　心為千條計，事未見一獲。運坦津塗塞，遂轉死溝洫。
　　　　以此窮百年，不如還窀穸。（鮑照〈代貧賤苦愁行〉）〔註169〕

此為鮑照〈代貧賤苦愁行〉，實貧賤者之窮苦哀悽之情。詩中鮑照後用「樹萱」、「藥餌過客」二古事來對照今人愁苦之心情。上句語出《詩

〔註167〕逯欽立輯校：《宋詩》卷三，《先秦漢魏晉南北朝詩》，頁1158。
〔註168〕〔漢〕毛亨傳，鄭元箋，〔唐〕孔穎達疏：《毛詩正義》，卷十一之一，頁12b。
〔註169〕逯欽立輯校：《宋詩》卷七，《先秦漢魏晉南北朝詩》，頁1268～1269。

經》〈衛風・伯兮〉：

> 焉得諼草，言樹之背。〔註170〕

毛傳云：「諼草令人忘憂。背、北堂也。」故「樹萱」於庭，可使人消憂解愁。然鮑照於此用「空庭慚樹萱」對照古人之樹萱於堂，以一「慚」字表明無諼可樹，不能如古人般忘憂。在古今對立下，表達一己難消解之愁緒。下句「藥餌愧過客」，乃用《老子》第三十五章：

> 樂與餌，過客止。〔註171〕

錢仲聯補注云：「藥」當作「樂」。故此乃反用《老子》之典。樂（音樂）與餌（美食）原為人所欲，可令過客止步，但鮑照此言「藥餌愧過客」，表達一己無樂餌可令過客止步之窮苦悽涼。鮑照在詩中用「樹萱」「樂餌」二古事為對照，在古今對立下，一「慚」字、「愧」字，反襯出貧苦之悲悽，予人印象深刻。

以上所舉之例，正如梅祖麟、高友工先生研究所論：

> 典故所包含的兩個基項，其間的關係可能是類似，也可能是對立的。大抵過去的史實之所以為詩人引用為對比的對象，往往是這些史實與詩人當時社會所感受的經驗有重要的差異。〔註172〕

詩人利用古今事件的對立性，以達成其意旨，此即「反襯法」的用典方式。由於詩人所引史實已與今人今情有了重要差異，故詩人在利用對立性之古事時，往往用「慚」、「愧」、「空」、「徒」、「豈」、「不」、「無」等否定詞語來點明古今差異所在，或是造成反諷的意味。元嘉詩人之作品中，此例尚多，舉數例如下：

（4）　　疲弱謝凌遽，取累非纏牽。（顏延之〈應詔觀北湖田收〉）
　　　　　　△　　　　　　　　△

〔註170〕〔漢〕毛亨傳，鄭元箋，〔唐〕孔穎達疏：《毛詩正義》，卷三之三，頁14a。

〔註171〕嚴復評點：《評點老子道德經》（臺北：廣文書局，1961年），頁34。

〔註172〕參見梅祖麟、高友工合著，黃宣範譯：〈唐詩的語意研究〉，收入黃宣範：《翻譯與語意之間》（臺北：聯經出版事業公司，1976年），頁183。

（5）　　周南悲昔老，留滯感遺泯。（顏延之〈車駕幸京口侍遊蒜山作〉）
　　　　　　　　△

（6）　　愧彼行露詩，甘之長川汜。（顏延之〈秋胡詩〉）
　　　　　　△

（7）　　空班趙氏璧，徒乖魏王瓠。（謝靈運〈永初三年七月十六日之
　　　　　　△　　　　　△　　　　　　　　　　郡發都〉）

（8）　　既笑沮溺苦，又哂子雲閣。（謝靈運〈齋中讀書〉）
　　　　　　　△

（9）　　既慚臧孫慨，復愧楊子歎。（謝靈運〈長歌行〉）
　　　　　　　△　　　　　△

（10）　鹿苑豈淹滯？兔園不足留。（鮑照〈蒜山被始興王命作〉）
　　　　　　　△　　　　　△

（11）　豈伊藥餌泰，得奪旅人憂。（鮑照〈登黃鶴磯〉）
　　　　　　△

（12）　空費行葦德，採束謝生芻。（鮑照〈從過舊宮〉）
　　　　　　△　　　　　　△

（13）　昆明豈不慘，黍谷寧可吹？（鮑照〈遇雪〉）
　　　　　　△　　　　　　△

（14）　玉琬徒見傳，交友義漸疏。（鮑照〈擬古〉八首之五）
　　　　　　△

在「反襯」的用典方法中，尚有援用原典中之反面意義，以表達今情
者，此種用法，往往帶有嘲諷之意味。舉例說明如下：

（15）　　鑿井北陵隈，百丈不及泉。生事本瀾漫，何用獨精堅？

　　　　　　幼壯重寸陰，衰暮反輕年。放駕息朝歌，提爵止中山。
　　　　　　　　　　　　　　　　　　△△△△△

　　　　　　日夕登城隅，周迴視洛川。街衢積凍草，城郭宿寒煙。

　　　　　　繁華悉何在，宮闕久崩填。空謗齊景非，徒稱夷叔賢。

　　　　（鮑照〈擬古〉八首之四）〔註173〕

此為鮑照〈擬古〉八首之四，寫少壯努力卻無所獲，暮年不如放志行
樂之激憤心情。詩中「放駕息朝歌」一句，則是反用典意以抒憤。朝
歌，為商紂之都城，《漢書》〈鄒陽傳〉云：「邑號朝歌，墨子回車。」
墨子反對音樂，不入朝歌。而「中山」一事則用《搜神記》卷十九中
事：「狄希，中山人也，能造千日酒，飲之千日醉。」鮑照「放駕息

〔註173〕逯欽立輯校：《宋詩》卷九，《先秦漢魏晉南北朝詩》，頁1296。

朝歌」此句反用墨子回車之事。以嘲諷一己之放歌行樂,再以「提爵止中山」暗喻縱酒行樂,表達一己歌酒自娛之行。詩人反用典意,在古今人事之強烈對比下,傾洩出一己憤憤不平之情緒。

　　以上舉例說明「反襯法」的用典方式。在反襯法的用典技巧中,不論是取與今人今事相反的古事以表達情志;或是取用古事的反面意,以翻新出奇,詩人在應用時皆是利用古今事間之「對立性」,藉由強烈的對比,以完成用典之旨意,其目的即在藉古以諷今,達到抒情言志之目的。

(二) 增美修飾

　　元嘉詩人用典,除了舉事援古以抒情言志外,另有一種作用,即是藉古人古事以做渲染,使詩意華美、色澤加深。故此類典故在詩中的作用,主要在於增美修飾。在元嘉時代,詩歌語言日趨求妍求美,再加上誇耀富博之需要,詩人故意不明白直陳,而以古人古事來替代比況,此類用典方式,雖然也是利用古人古事與今人今事間有部分之類同類似之原則以表義,但在讀者的心中它的「效應」只不過是傳達了某種具體而明確的意思,對於詩人的意旨並無多少之補益。詩人之用,無非是藉古人古事以修飾美化文詞及情狀而已。在「增美修辭」之用典中,依表現方式之不同可再析分爲「借代法」與「比況法」兩類。茲分述於後,以見所用。

1. 借代法

　　「借代」在路燈照・成九田之《古詩文修辭例話》中曾獨立爲一辭格,並定義道:

> 作品中故意將被描繪的事物或人物的本體隱藏不表現出來,而是用與之有密切關係的其他事物或人物來代替本體,這種修辭方式即稱之爲「借代」。〔註174〕

〔註174〕路燈照、成九田著:《古詩文修辭例話》(臺北:台灣商務印書館,1987 年),頁 50。

故詩人在創作時，故意不直述其人其事，而借用與之有關或類似的古人古事以代替本體的方式，即是「借代法」的用典技巧。此法可再依借代內容的不同而分為下列「歷史人物」與「事物地名」二項討論。

甲、歷史人物

在借代法中，詩人常舉用古代有名的人物以借代今人同類型的人物。這些被用作指代的人物，常是因擁有高尚的人格，偉大的事功，或某些特殊行為表現的人物。經過民族情感及歷史意識長久的積澱，他們往往以「典型」的姿態存在於詩人的心中。故在以此類歷史人物以為借代時，其用意是以之來借代其他同類型的人物，而不在於對此人物興發感慨或暗示，故在詩中之作用，只是某一種詞義的「替代」。在元嘉詩人之作品中，此法甚多。如：

（1）　　總駕越鍾陵，還顧望京畿。踟躕周名都，遊目倦忘歸。
市纏無阨室，世族有高閭。密親麗華苑，軒甍飾通逵。
孰是金張樂，諒由燕趙詩。長夜恣酣飲，窮年弄音徽。
　△△△　　　△△△
盛往速露墜，衰來疾風飛。餘生不歡娛，何以竟暮歸。
寂寥曲肱子，瓢飲療朝飢。所秉自天性，貧富豈相譏。
△△△△△　△△△△△

（謝靈運〈君子有所思行〉）〔註175〕

此為謝靈運〈君子有所思行〉。詩中揭露富豪生活奢靡，精神空虛，盛贊貧賤之士安貧樂道的高志。詩中有三處用典，即「孰是金張樂」「諒由燕趙詩」及「寂寥曲肱子，瓢飲療朝飢」四句。其「金、張樂」乃指漢代金日磾、張安世及其後代子孫。事見《漢書》卷六八〈金日磾傳〉：

（金）而以篤敬寤主，忠信自著，勒功上將，傳國後嗣，世名忠孝，七世內侍，何其盛也！〔註176〕

───────────

〔註175〕遼欽立輯校：《宋詩》卷九，《先秦漢魏晉南北朝詩》，頁1150。
〔註176〕〔漢〕班固撰，〔唐〕顏師古注：《漢書》（臺北：鼎文書局，1981年），頁2967。

至於張安世爲御史大夫張湯之子，《漢書》卷五九有傳云：

> 安世子孫相繼，自宣元以來爲侍中、中常侍、諸曹散騎、
> 列校尉者凡十餘人。功臣之世，唯有金氏、張氏，親近寵
> 貴，比於外戚。〔註177〕

故知金張爲權貴世家。然而在謝靈運〈君子有所思行〉中之「金張樂」
乃是用「金張」來指代豪族權貴，與典故本身並無太大牽連，僅取金
張二人之名以爲權貴之代稱而已。故「金張樂」在此指豪門權貴之尋
歡作樂。而下句「諒由燕趙詩」，指處「燕趙詩」乃出自《古詩十九
首》之十二：

> 燕趙多佳人，美者顏如玉。被服羅裳衣，當戶理清曲。
> △ △   △

故知「燕趙」在此僅是美麗歌女之代稱，是歌女的美化而已。此種借
代的技巧，也見於鮑照詩中。如：

（2）　　憶昔少年時，馳逐好名晨。結友多貴門，出入富兒鄰。
　　　　綺羅豔華風，車馬自揚塵。歌唱青齊女，彈箏燕趙人。
　　　　　　　　　　　　　　　△△△△△　　△△△△△
　　　　好酒多芳氣，餚味厭時新。今日每相念，此事邈無因。
　　　　寄語後生子，作樂當及春。（鮑照〈代少年時至衰老行〉）

〔註178〕

此爲〈代少年時至衰老行〉。詩中「彈箏燕趙人」之句，「燕趙人」
即同於謝靈運詩中之「燕趙」詩，同樣是美麗歌女之代稱。在謝詩
中尚有「寂寥曲肱子，瓢飲療朝饑」一句用典。乃出自《論語》〈述
而〉篇：

> 飯疏食飲水，曲肱而枕之，樂亦在其中。不義而富且貴，
> 於我如浮雲。〔註179〕

又見於《論語》〈雍也〉篇：

> 賢哉回也！一簞食，一瓢飲，在陋巷，人不堪其憂，回也

〔註177〕同上註，頁2567。
〔註178〕逯欽立輯校：《宋詩》卷七，《先秦漢魏晉南北朝詩》，頁1268。
〔註179〕〔魏〕何晏注，〔宋〕邢昺疏：《論語注疏》（臺北：藝文印書館，
　　　　1982年），頁62。

　　　　　不改其樂。〔註180〕

然而靈運在此並非引用孔子顏回以為譬喻抒懷，在此「曲肱」「瓢飲」
只是用來指代貧賤之士的簡樸生活，故也是屬於增美修飾之用。凡此
都是以古人特質做代稱之用法。

（3）　　　四坐且莫諠，聽我堂上歌。昔仕京洛時，高門臨長河。
　　　　　出入重宮裡，結友曹與何。車馬相馳逐，賓朋好容華。
　　　　　　　　　　△△△△△
　　　　　陽春孟春月，朝光散流霞。輕步逐芳風，言笑弄丹葩。
　　　　　暉暉朱顏酡，紛紛織女梭。滿堂皆美人，目成對湘娥。
　　　　　　　　　　　　　　　　　　　△△△△△
　　　　　雖謝侍君閑，明妝帶綺羅。箏笛更彈吹，高唱好相和。
　　　　　萬曲不關心，一曲動情多。欲知情厚薄，更聽此聲過。
　　　　　（鮑照〈代堂上歌行〉）〔註181〕

此為鮑照〈代堂上歌行〉寫追憶出仕京師，結交權貴，歌酒往來之
事。詩中有二處援用古人古事，皆為「借代」法之用。其中「結友
曹與何」一句，曹與何原指曹爽、何晏，事見《三國志》〈魏志‧曹
爽傳〉云：

　　　南陽何晏、鄧颺、李勝、沛國丁謐，東平畢軌咸有聲名，
　　　進趣於時，明帝以其浮華，皆抑黜之。……爽飲食車服，
　　　擬於乘輿，尚方珍玩，充牣其家。……作窟室，綺疏四周，
　　　數與何晏等會其中，飲酒作樂。〔註182〕

曹爽與何晏為曹魏時代之權貴，相互交游，飲酒作樂。鮑照在此以曹
（爽）與何（晏）二人來借代一切上流社會中之貴戚權貴人物。至於
「目成對湘娥」一句，「湘娥」在張衡〈西京賦〉有：「感河馮，懷湘
娥。」注云：「王逸曰：言堯二女娥皇、女英隨舜不及，墮湘水中，
因為湘夫人。」是知湘娥即湘夫人，為湘水女神。然鮑照詩中之「目
成對湘娥」之「湘娥」，僅是美女之代稱，為增飾之名詞而已。詩人

〔註180〕同上註，頁 53。
〔註181〕逯欽立輯校：《宋詩》卷七，《先秦漢魏晉南北朝詩》，頁 1267。
〔註182〕〔晉〕陳壽撰，〔宋〕裴松之注：〈魏書〉，《三國志》（臺北：鼎文
　　　　書局，1980 年），卷九，頁 283～285。

在引用這些人物時，不再僅僅是專指某一人物本身而已，而變成了由此一人物之特質所滋衍出特殊意義之代稱。此種用法，在元嘉詩人的作品中，尚有不少，舉例如下：

（4）　　娥皇發湘浦，宵明出河洲。（謝靈運〈緩歌行〉）
　　　　　△△　　　　　△△

（5）　　倘遇浮丘公，長絕子徽音。（謝靈運〈登臨海嶠初發疆中作，
　　　　　　△△△　　　　　　　　　　　與從弟惠連，見羊何共和之〉

（6）　　微戎無遠覽，總笄羨升喬。（謝靈運〈石室山詩〉）
　　　　　　　　　　　　　△△

（7）　　始隨張校尉，占募到河源。
　　　　　　△△△

　　　　　後逐李輕車，追虜窮塞垣。（鮑照〈代東武吟〉）
　　　　　　△△△

（8）　　彭韓及廉藺，疇昔已成灰。（鮑照〈代挽歌〉）
　　　　　△△△△

（9）　　鬢奪衛女迅，體絕飛燕先。（鮑照〈代朗月行〉）
　　　　　△　△△　　△　△△

（10）　方躋羽人途，永與煙霧并。（鮑照〈登廬山〉）
　　　　　△△

在以上詩例中，以古代人物做為特殊意義之代稱，其與所指代之意義二者間之關係如下：

金張——豪門權貴

燕趙——美麗歌女

曹何——貴戚權豪

孔子、顏回——安貧樂道之士

娥皇、宵明——女神或仙女

湘娥——美女或仙女

浮丘公、王子喬——仙人

張校尉——出使西域之使臣

李輕車——破敵建功之良將

彭越、韓信、廉頗、藺相如——良將

衛鬢——美女之鬢髮

飛燕——善舞之美人

羽人——道士

以上所列舉之人物名稱之所以能成為借代的對象，皆由於他們在歷史上或古籍傳說中所載的特殊行為表現所致。而這種指代部分已見於魏晉詩人的作品中，有些則首見於元嘉詩人之筆下，後經詩人沿用，逐漸成為約定俗成特殊詞義的指代，不再是含蓄的詞匯了。

乙、事物地名

在借代式的用典方法中，大都是以古代人物中具有特殊意義形象者做指代，但也有部分是藉用古代較著名或具代表性及特殊意義的事物、地名，來借代其他與之相關同類型事物，或抽象事物者。如：

（1）　外物始難畢，搖蕩箕濮情。（謝靈運〈擬魏太子鄴中集詩·徐幹〉）

（2）　中山不知醉，飲德方覺飽。（謝靈運〈擬魏太子鄴中集詩·平原侯植〉）

（3）　秦箏趙瑟挾笙竽，垂瓔散佩盈玉除。（鮑照〈中興歌〉）

（4）　馬金絡頭，錦帶佩吳鈎。（鮑照〈代結客少年場行〉）

在第一例中，謝靈運用「搖蕩箕濮情」一句中，箕濮二字本為地名，傳說許由隱居于箕山，莊子垂釣于濮水。此二地皆為隱士所居。故以「箕濮」借代為隱逸之地，而箕濮情即指詩人隱居之心志。在第二例中，謝詩「中山不知醉」一句，中山人善造酒，故以中山地名指代為「酒」。以上二例皆是以具有特殊意義之古代地名以借代表義的用法。在第三例中，鮑照之「秦箏趙瑟挾笙竽」一句中，「秦箏」本指秦人善彈箏故謂之秦箏；而趙瑟本指趙地婦女善鼓瑟，故稱趙瑟。楊惲〈報孫會宗書〉有云：「婦，趙女也，雅善鼓瑟。」秦人專長彈箏，而趙人擅長鼓瑟。但此處之「秦箏」「趙瑟」之用則僅是箏瑟等樂器的代稱而已，不一定非指秦趙或箏瑟不可，故為借代之用。在第四例中，鮑詩「錦帶佩吳鈎」一句中之「吳鈎」見漢趙曄《吳越春秋》〈闔閭內傳〉：

闔閭既寶莫邪，復命于國中作金鉤。令曰：能爲善鉤者，
賞之百金。吳作鉤者甚眾，而有人貪王之重賞也，殺其二
子，以血畔金，遂成二鉤，獻于闔閭。〔註183〕

但鮑照在此詩中極力刻劃任俠少年之形象，「錦帶佩吳鉤」之「吳鉤」
在詩中已成爲利劍寶刀之代稱，非專指吳地所產之鉤，「吳鉤」只是刀
劍之美化而已。以上二例皆是以該事物在古代具代表性之產地名稱做借
代，以指代其他同類型之事物。凡此之用，皆是增飾文詞之華美藻麗。

　　以上所論借代式的用典方法，不論是以古代人物或以事物地名借
代其共同類型相關之事物，詩人故意將原詞以古代人事代替，由於借
代之古人古事大都爲人所熟知，故在詩歌內涵上並不能增添豐富之意
蘊，但在字面上卻多添了色澤妍麗。此即增美修辭類用典技巧最主要
之功效。

2. 比況法

　　爲了追求文辭之華美，以及誇示胸有點墨之實，元嘉詩人在創作
時，亦喜藉古人古事來增飾美化，藉著典故，以爲渲染裝點。故詩人
在援用時只取用古事中形象生動的情景以爲比況形容，與古事原旨並
無太大之牽連。也就是透過在歷史上已發生過具體的人物、事物之形
象，或由這些形象變化組合而構成之狀態、情境，來描述現今詩人之
情景經驗，其目的僅在增飾描寫及烘托情景，掩蓋了以故實本身取喻
言志，此即本文之「比況法」之用。舉例說明如下：

（1）　　虞風載帝狩，夏諺頌王遊。春方動辰駕，望幸傾五州。
　　　　山祇蹕嶠路，水若警滄流。神御出瑤軫，天儀降藻舟。
　　　　萬軸胤行衛，千翼汎飛浮。彤雲麗琁蓋，祥飆被綵斿。
　　　　江南進荊豔，河激獻趙謳。金練照海浦，笳鼓震溟洲。
　　　　　　△　△　△　△　△
　　　　覘盼觀青崖，衍漾觀綠疇。人靈騫都野，鱗翰聳淵丘。
　　　　德禮既普洽，川嶽徧懷柔。（顏延之〈車駕幸京口三月三日侍

〔註183〕〔漢〕趙曄撰，〔元〕徐天祐音注：《吳越春秋》（臺北：世界書局，
　　　　1979年），卷四，頁78～79。

遊曲阿後湖作〉）〔註184〕

此為顏延之〈車駕幸京口三月三日侍遊曲阿後湖作〉。詩寫文帝巡幸
出遊，人進歌舞，仙靈企望，魚鳥歡動之盛況。詩中「河激獻趙謳」
一句用典。「河激」為古歌曲名。「獻趙謳」一事見《列女傳》〈辯通〉
載：

> 趙津女娟者，趙河津吏之女趙簡子之夫人也。初簡子南擊
> 楚與津吏期，簡子至，津吏醉臥不能渡，簡子欲殺之，娟
> 懼持楫而走，……簡子悅，遂與渡。中流為簡子發河激之
> 歌。……簡子歸，乃納幣於父母，而立以為夫人。〔註185〕

此本為娟女救父為簡子獻唱河激歌一事。但顏延之此詩用之，顯然與
此事毫無關連，僅取趙女獻河激之歌此一形象，來比況形容宋文帝出
遊時，「美女獻唱」之情景。故屬於增美修辭一類的用典技巧。

（2）　　羈心積秋晨，晨積展遊眺。孤客傷逝湍，徒旅苦奔峭。
　　　　石淺水潺湲，日落山照曜。荒林紛沃若，哀禽相叫嘯。
　　　　遭物悼遷斥，存期得要妙。既秉上皇心，豈屑末代誚。
　　　　目觀嚴子瀨，想屬任公釣。誰謂古今殊，異世可同調。
　　　　△△△△△　　△△△△△

（謝靈運〈七里瀨〉）〔註186〕

此〈七里瀨〉為謝靈運赴任永嘉，途經七里瀨之作。在詩中抒發其
孤獨落寞之感，並以老莊隱逸思想為慰藉。詩中「目睹嚴子瀨，想
屬任公釣」二句用古事。上句「嚴子瀨」乃意指嚴光，東漢人，劉
秀稱帝後，隱身不見，垂釣于江濱。其事見《後漢書》卷八三〈逸
民傳〉〔註187〕。詩人此用嚴子瀨乃屬援用古事中「取喻言志」類型

〔註184〕逯欽立輯校：《宋詩》卷七，《先秦漢魏晉南北朝詩》，頁1231。

〔註185〕〔漢〕劉向撰，〔明〕仇十洲繪圖：《繪圖古列女傳》（臺北：廣文
　　　　書局，1978年），頁9～10。

〔註186〕逯欽立輯校：《宋詩》卷三，《先秦漢魏晉南北朝詩》，頁1160。

〔註187〕事見《後漢書・嚴光傳》：「除為諫議大夫，不屈，乃耕於富春山，
　　　　後人名其釣處為"嚴陵瀨"焉。」李賢注引顧野王《輿地志》曰：
　　　　「七里瀨在東陽江下，與嚴陵瀨相接，有嚴山。桐廬縣南有嚴子陵
　　　　漁釣處，今山邊有石，上平，可坐十人，臨水，名為嚴陵釣壇。」

裡，「明喻式」的用典方法。靈運以嚴光之隱逸垂釣不仕，自喻胸懷。但下句「想屬任公釣」的用典方法則不在以任公做為喻示之對象。任公一事見《莊子》〈外物〉篇云：

> 任公子為大鉤巨緇，五十犗為餌，蹲乎會稽，投竿東海，旦旦而釣，期年不得魚。已而大魚食之，牽巨鉤，陷沒而下騖，揚而奮鬐，白波若山，海水震蕩，聲侔鬼神，憚赫千里。任公子得若魚，離而腊之，自制河以東，蒼梧以北，莫不厭若魚者。〔註188〕

此一寓言故事主旨原在說明小儒不能通大道，提醒世人，不可為小道所誤。但謝靈運此詩用「任公釣」之典，其意僅取「釣」即「垂釣」之意，與《莊子》寓言之原旨無關。任公僅是來修飾「釣」而已。詩人欲歸隱垂釣之旨意，已在上句「目睇嚴子瀨」中完足，而下句「想屬任公釣」用「任公」僅是為了形式上取對而用典。靈運用「任公釣」來比況「垂釣」之情景，亦是屬於為增美修飾而用典。

（3）　赤阪橫西阻，火山赫南威。身熱頭且痛，鳥墮魂來歸。
　　　　湯泉發雲潭，焦煙起石圻。日月有恆昏，雨露未嘗晞。
　　　　丹蛇踰百尺，玄蜂盈十圍。含沙射流影，吹蠱病行暉。
　　　　鄣氣晝熏體，菵露夜霑衣。飢猿莫下食，晨禽不敢飛。
　　　　毒涇尚多死，渡瀘寧具腓。生軀蹈死地，昌志登禍機。
　　　　<u>△△△△△</u>　　<u>△△△△△</u>
　　　　戈船榮既薄，伏波賞亦微。爵輕君尚惜，士重安可希？

　　　　　　（鮑照〈代苦熱行〉）〔註189〕

此為鮑照〈代苦熱行〉寫征討異域之艱險軍旅生活。鮑照於詩中極力描寫行軍之困苦，環境之險惡。其中「毒涇尚多死，渡瀘寧具腓」二句用古事。「毒涇」一事見《左傳》襄公十四年：

> 夏，諸侯之大夫從晉侯伐秦，……濟涇而次。秦人毒涇上

〔南朝宋〕范曄：〈逸民列傳〉，《後漢書》，卷八十三，（臺北：鼎文書局，1981年），頁2764。

〔註188〕　〔清〕王先謙撰：《莊子集解》，頁177。

〔註189〕　逯欽立輯校：《宋詩》卷七，《先秦漢魏晉南北朝詩》，頁1266。

流，師人多死。〔註190〕

「渡瀘」一事見諸葛亮〈出師表〉：

故五月渡瀘，深入不毛。〔註191〕

其地苦熱多瘴厲之氣，鮑照此處用秦人毒涇及諸葛亮渡瀘二古事，目
的在於比況形容軍旅深入險境之生活，以增飾出征苦熱之地的艱險。
主旨不在秦人、孔明或真有毒涇、渡瀘之事，故屬於增美修飾之用典
方式。在元嘉詩人中，尤以鮑照最喜用此種技巧，取古事中特殊有其
代表性之形象以比況增飾今事之例甚多。如：

（4）　　涙行感湘別，弄珠懷漢遊。（登黃鶴磯）

（5）　　風餐委松宿，雲臥恣天行。（代昇天行）

（6）　　笛聲謝廣賓，神道不復傳，

　　　　一逐白雲去，千齡猶未還。（白雲）

（7）　　石梁有餘勁，驚雀無全目。（擬古八首之三）

（8）　　乘軺實金羈，當壚信珠服。（觀園人藝植）

（9）　　河伯自矜大，海若沈渺莽。（望水）

（10）　　舟遷莊甚笑，水流孔急歎。（冬至）

在第四、五、六例中，詩人大都用神話傳說為典故，但其主旨並不
在典故本身，而是由這些想像傳說中的故事，營造出高妙絕俗的形
容而已，如第四例中之湘夫人、漢皋臺下之女神，第五例中藐姑射
之山之神人，第六例中之仙人王子喬等皆是。又如第八例中鮑照「當
壚信珠服」一句用四川卓文君當壚賣酒一事，來比況蜀郡卓氏，經
營致富之事，詩人之意不在司馬相如卓文君之事，而僅取當壚營生
之形象來形容卓氏之以術致富。故凡此種比況形容之用，大都是僅
取用古事中部分形象鮮明與具特色的情景以為比況形容，詩人之意
往往與原典之主旨無關。古人古事之用主要在擷取古事中與詩人現
今所欲表達之經驗有關之古事，加以比況形容。藉由古事以渲染增

〔註190〕〔周〕左丘明傳，〔晉〕杜預注，〔唐〕孔穎達疏：《春秋左傳正
　　　　義》（臺北：藝文印書館，1982年）卷三十二，頁11a～12a。
〔註191〕〔梁〕蕭統編，〔唐〕李善注：《文選》，卷二十八，頁21a。

飾，求詩歌語言形式上之華美。

在「增美修飾」的用典方法中，不論是「借代」或「比況」，詩人在援用古事時，雖然也有利用古人古事與今人今情間「類似性」之原則以表達意義，但目的不在於運用此一古人古事以暗示詩人之情懷，僅著重於增飾或美化文詞及意境而用。故此類用典，往往有字面看似用典，而實非用原典之旨意的情形。故古人古事在詩中只是同類型事物或情境境之美化而已，此爲增美修飾用典之技巧之主要特色。

以上是對於元嘉詩人「援用古事」用典技巧的析論。由詩人運用之目的，分爲「取喻言志」及「增美修飾」；兩大類探討。二者皆是利用語言表義二維結構中之聯想關係以表義，其中或是應用對等原理中古人古事與今人今事間的「類似性」；或是應用「對立性」，在援用古事時呈現出豐富多姿之表現技巧，也達到不同之效果。在此二類中，元嘉詩人以「取喻言志」的方法運用較多，或引證、或明比、或暗喻、或反諷詩人藉由典故以表情達意。而「增美修飾」之用典技巧，至元嘉次後，始運用日繁。而一些用做借代的古人古事，也成爲約定俗成的「套語」，爲後代所沿所。逐漸成詞義的另一種表達形式。本節援用古事之分析，其大要可以下圖簡示之：

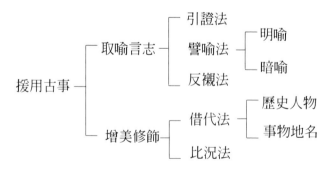

第四節　結語——表達意義與傳遞感受

用典原是語言限制極多的修辭手法，但對於重視文藝美及才學

的元嘉詩人而言，正因用典的諸多局限性，反而爲他們藉以表現才智，創造美感的最佳途徑。不論是引用成辭或援用古事，不論是割裂堆砌或點化妙用，皆可看出在「追新」的風氣下，詩人藉由擷取成辭古事以突破舊規、創新語言。以及刻意藉援用古事，以表義言志所付出的努力。

在引用成辭的論析中，詩人對前人成辭之剪裁方法，有直接援引與增損變化兩種。在直接援引成辭中詩人並不忌諱將前人成詞或成句直接搬入詩歌作品中，因爲這些「成辭」乃是活躍于上層社會的「雅言」。詩人之用，正可誇示博學，對同一文化圈中之讀者也是一種恭維。但在追新的詩風下，詩人一面搬用前人成辭，另一方面更不遺餘力地對成辭刻意加以增損變化，以求符合格律，創新語言。在「結構」與「線性」之變異中，詩人突破原有組辭習慣，或節縮，或析衍，或移位，或顛倒，這些都是利用「詞序」結構之變化，而產生不同之組詞風貌，顏延之運用此法較少，而謝靈運及鮑照二人則爲變化成辭之高手。這也是顏延之用典雕琢痕跡較爲明顯，不似謝靈運及鮑照自的主要原因。

在援用古事的析論中，由詩人援用古事所達成的作用，析分爲「取喻言志」與「增美修飾」兩大類探討。在援用古事時，詩人對於古人古事之擇取，乃是「聯想」的應用，並利用「聯想關係」中之「對等原理」──類似性或對立性，以藉由有限的語言傳達無限的感受。其中在「取喻言志」的類型中，引證法，譬喻法，皆是利用古今人事之「類似性」以表現情志，而反襯法則是利用古今人事之「對立性」構成鮮明之對比，以達到言志之目的，傳達詩人的感受。故這一類的用典技巧，正如劉若愚先生所論：

> 不論典故是用以表現類似或對照，它們在現在情形之上，加上過去經驗的憑據，因此而增強了詩的效果。更且，由於喚起對過去的一連串的聯想，它們能夠建立起別開生面的意思，而且擴大眼前上下的意義内容。因此，典故並不

是用以取代描寫和敍述的一個偷懶辦法，而是導出附加的
含意和聯想的一種手段。〔註192〕

即為「取喻言志」類用典在詩中之作用。但除了取喻言志外，在元嘉
時代之詩人，其用典尚有一個實用的功能即「增美修飾」。在「增美
修飾」的援用古事技巧中，詩人以具有代表性意義或形象鮮明之古人
或古事，用以借代、比況今人今情；或用以營造出特殊的意境。事實
上，「取喻言志」與「增美修飾」二者無法截然劃分，因為詩人在援
用古事以言志的同時，也可能有「增美修飾」的作用。同樣地，在用
古事以增美修飾之際，有時多少也可引發聯想。二者之差別，主要在
偏重各有不同。也就是「取喻言志」類的用典，往往詩人用典之處，
即是詩人主旨情志寄託之處；而「增美修飾」類的用典，並用以借代
或比況之古人古事，卻常常不是詩人全詩重心情志之所寄，而是居於
烘托主旨之地位。此為二者之差異所在。

本章主旨在論析元嘉詩人的用典技巧，大分為「引用成辭」與「援
用古事」二類探討。並由語言表義的二維結構──詞序軸與聯想軸進行
分析。在引成辭之論析中，主要著重於詞彙之組合關係。詩人引用成辭
入詩，不論直接援引或增損變化，皆屬於「表達意義」的用典方式，其
功能是屬於修辭學語言學。而在援用古事之論析中，主要著重於詞意之
選擇關係。其中「增美修飾」一類，雖然也是利用古今人事間的「類似
性」以表義，但其偏重仍在於「指代」或「表達意義」上，故其功能也
是偏重於修辭語言學〔註193〕。但「取喻言志」類之用典則不同，它在
詩中所傳遞的不僅止於具體之意義，更著重詩人內心之感受──尤其是
在譬喻法及反襯法的用典技巧中，詩人藉由古人古事以傳達感受，而這

〔註192〕參見劉若愚著，杜國清譯：〈典故・引用・脫胎〉，《中國詩學》，頁
221～222。

〔註193〕修辭學屬於語言運用的科學，是語言學中的一門分科。故修辭語言
學即是偏重於從語言運用的角度出發，研究語言的表達方式，如鍛
煉詞語，選擇句式，運用修辭方式等。以上乃採自黎運漢、張維耿
二人編著《現代漢語修辭學》一書中之論點。參見該書頁5。

些感受往往是古今人類所共同關心或憂慮的問題。如仕隱之矛盾，情愛之追求，懷才不遇，及年命短促等。故當這一類帶有濃厚情感色彩的典故進入詩中時，詩人所欲傳達的，爲其心靈感。故這類典故入詩，主要在「傳遞感受」，突出的是其「情意功能」，其功能則是屬於詩歌語言學。

　　在元嘉三大家中，顏延之以表達意義的用典方式爲多。也就是僅以典故爲詞句的素材，故讀之較爲生澀無趣，謝、鮑則不然，謝靈運最喜用歷史人物入典，而這些歷史人物，大都是下列類型的人物：一是有忠君濟民的治績功績者（如展季、弦高、龔遂、汲黯）。二是不屈己志，隱身不仕者（如季札、梅福、邴生）。三是功成身退者（如范蠡、張良、魯仲連）〔註 194〕，靈運嚮往如魯仲連功成身退型的人物，卻又因現實政治之不遂而時時在仕隱的矛盾中掙扎，故這一類型典故的入詩，突出的是其「情意功能」。而在鮑照詩中出現的人物，則有窮困之高士（顏回），寂寞窮居之士（嚴君平）、失寵棄婦（班婕妤）、懷才不遇之將士（戈船將軍、伏波將軍）。而這些歷史人物也往往就是出身寒微、仕途不遂的鮑照的心靈寄託與化身。因此典故在此突出的也是「情意功能」，重在傳遞感受。雖然引經據典，但詩人的情感脈動躍然紙上，易於引發讀者之情。其實在元嘉詩人的作品中，此類用典技巧，仍然隨處可尋。只是齊梁以後，用典之風日盛，詩文連篇累牘皆好用古事代語。黃季剛先生曾論此一現象道：

> 爰至齊梁，而後聲律對偶之文大興，其甚者，掇拾細事，爭疏僻典，以一事不知爲恥，以字有來歷爲高，文勝而質漸以漓，學富而才爲之累，此則末流之弊，故宜去甚去奢，以節止之者也。〔註 195〕

於是原本典故所具有傳遞感受的「情意功能」，至此也只剩下簡單的「指代功能」，成爲表達意義的替代詞，難能引發深刻的感受。

〔註 194〕參見李光哲：《謝靈運詩用典考論》（臺北：國立臺灣大學中國文學系碩士論文，民國 76 年 6 月），頁 47～49。

〔註 195〕參見黃侃：《文心雕龍札記》（臺北：新文豐出版公司，1979 年），頁 192。

在南朝，時代越往後，用典的「情意功能」漸漸減弱，而「指代功能」則日益增強。在一連串「藥名詩」、「連句詩」、「詠物詩」的競作之下，用典逐漸成爲遊戲文字的必備技巧，甚至爭用僻典以爲高。所謂的「僻典」即是不見於經傳史籍，不爲文化圈中人所熟知之典故。用典至此，自不必言「傳遞感受」了，甚至連「表達意義」也成困難，此即末流之弊。然在元嘉詩人的用典中，雖有堆砌古事之弊，但卻少爭用「僻典」的情形，故成辭與古事在詩歌中不但可以表達意義，有些尚可引發聯想，傳達詩人的經驗與感受。不論是引用成辭或援用古事，詩人在形式固定的五言詩中藉由典故以表達意義與傳遞感受，也間接促進了鍊字技巧之進步，故雖然其後有流弊發生，但實不能因此而一筆抹殺顏、謝、鮑等元嘉詩人在鎔古鑄今此一用典技巧上的成就。

第肆章 元嘉詩人用典之語言風格與 美感特質

第一節 緒言：語言風格及美感特質之展現

　　在本文第三章「元嘉詩人用典之表現技巧」論析中，詩人對於經傳中既有組詞形式的成辭，及完整情節內涵的古事，或求詞序上之錯綜變化，或利用古今類同或對立的原則，表現出詩人豐富多樣的修辭技巧。但此一修辭技巧，又使詩歌開展出何種的語言風格及美感特質，則是本章所要討論之重心。

　　用典是引用經傳中成辭或古事以表達情志的修辭技巧，屬於「辭格」中的一種，而「辭格」在形成語言的方式中扮演著重要的作用〔註1〕，因為它牽涉到運用語言的方式及表現的方法。因此，本章就在第三章對用典技巧之分析為基礎，進一步討論此種表現方式所創造的語言風格。在析論用典之語言風格後，尚須探究用典之美感特質，因為正如錢中文先生所論：

> 風格是創作中的審美集中表現，有了風格，作品才具有審美意義。在這一意義上說，風格就是審美。〔註2〕

〔註1〕 參見張德明：〈試論語言修辭和語言風格〉收入中國修辭學會編：《修辭學論文集》（福建：福建人民出版社，1984年），頁150。
〔註2〕 參見錢中文著：《文學原理發展論》（北京：社會科學文獻出版社，

元嘉詩人經由「用典」在詩歌語言技巧上之鍛鍊，不但創造出其語言風格，也創造出美感特質。朱光潛先生曾論云：

> 巧妙的文字遊戲，以及技巧的馴熟運用，可以引起一種美感，也是不容諱言的。〔註3〕

元嘉詩人追求詩歌語言之形式美，而此一形式之「美」，必須利用修辭技巧來表現；就「合格讀者」而言，也要藉由此一修辭技巧之刺激，引發審美之感受。正如向昆山先生論云：

> 文學欣賞活動是一種審美活動，審美主體的精神活動是多層次的，步步深入的。由語言文學構成的文學作品的形式，是審美主體最先感知的審美表層。因此，形式美是審美過程中的交通要塞。〔註4〕

由於對元嘉詩人用典之研究，不能離開「合格讀者」之接受，因此本章之重點主要在元嘉詩人「用典」所表現出來之效果，並分為「語言風格」及「美感特質」兩方面討論，並於結語中闡述此用典技巧在元嘉詩人之筆下所開創出新的形貌與風姿。

一、用典與語言風格之形成

「風格」（style）一詞，淵源久遠，運用廣泛〔註5〕。在中、西的學術領域中，均有悠久的歷史傳承，具有多重的指涉意義與實踐範疇。「風格」之研究，尚可以結合文學、語言學、哲學與美學的思維，為研究美學與藝術批評上的重要課題。在古代中國，風格最主要是從

〔註3〕 朱光潛：〈詩與諧隱〉，《詩論》（臺北：漢京文化事業有限公司，1982年），頁48。

〔註4〕 參見氏著：〈論駢體文形式美的心理依據〉，《吉首大學學報》，1986年第3期，頁71。

〔註5〕 此詞在外國源於希臘文，後進入拉丁文。希臘語 style 和拉丁語 Stylus 原辭為一把用以刻字或作畫的刀子。以後其意義引申為「寫字的方法」，「寫字的風度」，「作品的特殊格調」，「藝術作品的氣勢」等。以上所論參見黎運漢、張維耿：《現代漢語修辭學》（臺北：書林出版社，1991年），頁200。

品評人的品格衍化而來。東晉人即用「風格」來概括個人的風度、品格、行為等方面所表現的特點。例如葛洪《抱朴子》〈行品〉：

> 士有行己高簡，風格峻峭。〔註6〕

〈疾謬〉云：

> 以傾倚伸腳者為妖妍標秀，以風格端嚴者為田舍朴騃。〔註7〕

又如《宋書》〈謝弘微傳〉云：

> 混，風格高峻，少所交納。〔註8〕

其中之「峻峭」、「端嚴」、「高峻」等，都是用來概括人的風度和品格。其後這些用以品評人物所用的概念，也移入了文品詩品中。如劉勰即用「風格」一詞來論述作家創作個性和作品的藝術特色。《文心雕龍》〈議對〉云：

> 及陸機斷議，亦有鋒穎，而腴辭弗剪，頗累文骨，亦各有美，風格存焉。〔註9〕

此「風格」即指文學作品之風格。然由於人或事物，或藝術文學的「風格」本身具有抽象的性質，故對「風格」之研究與定義亦頗為紛雜。劉勰在《文心雕龍》之〈體性〉篇及〈風骨〉篇，即論及風格之內容及涵義，廖蔚卿先生闡釋道：

> 風格是貫穿了內容與形式，鎔鑄內在特性與外形所表現的特殊情趣的力。在劉勰，風格的意義大概可以作如是解釋，而風格一辭，即訴諸於風骨之力的「體性」。即作品借語文形式將內容的特殊精神凝鑄為有力的情趣的外現。〔註10〕

此為就劉勰「風格論」之定義。而蔡英俊先生研究六朝「風格論」時，則定義「風格」內容為：

〔註6〕〔晉〕葛洪：《抱朴子·外篇》卷二，收入於《景印文淵閣四庫全書》（臺北：商務印書館，1983年），頁39a。

〔註7〕〔晉〕葛洪：《抱朴子·外傳》，卷二，頁58a-b。

〔註8〕〔梁〕沈約著：《宋書》，（臺北：鼎文書局，1975年），頁1590。

〔註9〕〔梁〕劉勰著，周振甫注：《文心雕龍注釋》（臺北：里仁書局，1984年），頁462。

〔註10〕參見廖蔚卿：《六朝文論》（臺北：聯經出版事業公司，1985年），頁189。

　　　　一是作者個性（才性）所展現的生命之姿，一是作品文辭
　　　　所表現的藝術之姿，兩者相互涵融而表徵一件作品（或一
　　　　系列作品）的完整形象。〔註11〕

凡此皆是將作家內在之才性與外在文辭形式統攝而論，以對文學作品
之風格進行研究。瑞士文藝理論學家沃爾夫岡‧凱塞爾（Wolfgang
Kayser）曾論及「風格研究」時道：

　　　　風格研究最重要的事情，不光是觀察能夠表現自己的東
　　　　西，同時也要觀察它怎樣表現自己。風格研究要認識語言
　　　　能夠達到的成就和它怎樣達到它的成就。〔註12〕

由於作品風格之展現融攝了作家之人個性、才力及作品語言形式的藝
術展現。故近代語言學者亦從語言運用之角度，來研究「語言風格」
的問題，然而由於論析重點不同，故對於「語言風格」之定義也各有
偏重。胡裕樹於《現代漢語》中云：

　　　　語言風格是指由於交際情境、交際目的的不同，選用一些
　　　　適應於該情境和目的的語言手段所形成的某種言語氣氛和
　　　　格調。〔註13〕

張靜先生則論云：

　　　　語言風格，是指運用語言所表現出來的各種特點的總和。
　　　　〔註14〕

張志公先生認為「語言風格」就是：

　　　　語言藝術的綜合表現。〔註15〕

以上定義雖不同，但大多著重在語言風格是運用語言表達手段所形成

〔註11〕參見蔡英俊著：《六朝「風格論」之理論與實踐探究》（臺北：台灣
　　　　大學中文研究所碩士論文，1980 年），頁 14。
〔註12〕（瑞士）沃爾夫岡‧凱賽爾（Wolfgang kayser，1906～1960）：《語言
　　　　的藝術作品》（上海：譯文出版社，1986 年），頁 435。
〔註13〕胡裕樹：《現代漢語》（臺北：新文豐出版社，1992 年），頁 557。
〔註14〕張靜著：《新編現代漢語》（上海：上海教育出版社，1980 年），頁
　　　　648。
〔註15〕參見張志公著：《現代漢語》（北京：人民教育出版社，1982 年），頁
　　　　222。

的諸特點的綜合表現。黎運漢、張維耿先生則進一步分析道：

> 語言風格是在綜合運用語言表達手段中形成的，從調音、
> 遣詞、擇句、設格到謀篇、綜合等反映在一篇文章、一部
> 作品，或一種語體，或一個作家的作品裡，這就形成了它
> 的語言風格特點。〔註16〕

由於語音、詞匯、語法是語言的三要素。這三要素的「表現手法」不
同，也會形成不同的語言風格。張德明先生在〈試論語修辭和語諷格〉
一文中亦論曰：

> 修辭是綜合運用語言三要素（語音、詞匯、語法）所產生
> 的表達技巧和表達效果；而風格則是綜合運用語言要素和
> 語言修辭所產生的一系列特點。〔註17〕

由此可知語言風格之呈現與修辭技巧的關係十分密切。因此在語言風
格中，又可分出「表現風格」，張志公先生主於《語法與修辭》第五
章〈語言風格〉中的「表現風格」論道：

> 語言的表現風格是指人們在語言實踐中，運用語言的方式
> 和表現的方法不同，以及表達的效果不同，從而形成的一
> 種語言風格和格調。〔註18〕

黎運漢、張維耿先生在「語言風格」中也分出「表現風格」一項，論
析語言風格與修辭技巧之關係：

> 語言的表現風格是從綜合運用各種風格表達手段所產生的
> 修辭效果方面來說的。〔註19〕

由於「用典」是寫作時引用前人成辭、或歷史上的古人古事，以表白、
完足一己情志的修辭技巧。故當詩人在引用此種已有固定的組詞形式
及故事內容之成辭古事入詩時，勢必會影響到詩人之遣詞、擇句乃至

〔註16〕見黎運漢，張維耿編著：《現代漢語修辭學》（臺北：書林出版社，
　　　　1991年），頁201。
〔註17〕張德明：〈試論語言修辭和語言風格〉，頁146。
〔註18〕全國外語院系《語法與修辭》編寫組著：《語法與修辭》（南寧：廣
　　　　西教育出版社，1991年），頁386。
〔註19〕黎運漢，張維耿編著：《現代漢語修辭學》，頁216。

謀篇之表現，進而展現出特有的語言風格。故本章主要即在探討元嘉
詩人「用典」此一語言表達手段，展現出何種之語言「表現風格」？
而此一語言風格，主要著重在用典此一技巧之詞彙組合，及構詞方式
所表現出之「修辭效果」上加以論析。

二、用典形式美之心理依據

　　詩歌是語言的藝術〔註 20〕，而藝術則是「創造審美形象的，如
果沒有藝術的形式美，藝術的內容就不可能得到表現。」〔註 21〕故而
詩歌審美形象之創造，以及美感特質之展現，也必須由詩歌語言形式
來表現。因此無法掌握語言形式之美，就無美感經驗的體會。故深刻
美感經驗之體會，必須先藉由語言修辭技巧的認知，進一步去感會其
中的精神內涵始可獲致。朱立元先生於《接受美學》一書中曾論文學
作品內在在結構的「語音語調」、「語義建構」與「修辭格」三個層次，
其言曰：

> 作品的語言文字通過語音語調、語義建構、修辭格等層次，
> 逐層遞進地爲讀者指示著重構意象的路徑，勾劃著再建意
> 象的圖式，使讀者通過閱讀逐漸在自己的感覺經驗層重建
> 起與作者意象輪廓大體相似的意象，然後，進一步領悟、
> 體味作者之「意」，達到與作者之溝通。〔註 22〕

故知「修辭層」爲讀者進行審美活動時，必經的途徑之一。而「用典」
是元嘉詩人追求詩歌語言形式美之重要修辭技巧，屬於「修辭格」此
一層次。詩人透過此一技巧來傳達其經驗感受，而「合格讀者」也透
過此一修辭技巧之刺激，去體會詩人之情志，引發審美感受。戚廷貴
先生在〈審美感受的特質〉中即指出：

> 審美者根據自己的生活經驗，文化教養、審美觀點，在對

〔註 20〕（德）黑格爾（Georg W.F. Hegel, 1776～1831）著，朱孟實譯：《美
　　　　 學》（四）（臺北：里仁書局，1981 年）頁 2。
〔註 21〕參見葉朗：《中國美學史大綱》（臺北：滄浪出版社，1986 年），頁
　　　　 192。
〔註 22〕參見朱立元：《接受美學》（上海：上海人民出版社，1989 年），頁 106。

> 審美客體感性把握的基礎上，通過聯想、想象、情感、思
> 維等心理活動，對審美客體進行再創造，構成腦中的審美
> 意象，補充、豐富審美對象的美。〔註23〕

可足見文學作品的審美效應在很大程度上是靠激發讀者的想象來實現的。然而用典——不論是成辭古事，皆屬於過去歷史積累的凝聚形態。因此，每一個成辭或古事的運用，都是對讀者意識中的文化歷史沈澱的一次「刺激」和「喚醒」，而每一次刺激，讀者都要經歷一次「想象」的過程。因此用典所產生之美感，也是由激發讀者的想象而來。用典既是元嘉詩人在追求形式「美」的詩風下重要的修辭技巧，因此在論述用典所創造之美感特質前，宜先明用典此一修辭技巧形式美的心理依據。

　　詩歌是語言的「藝術」，格式塔心理學家在研究「藝術」發展時之出發點為「形」。「格式塔」為德文字（Gestalt）的譯音，英文或譯為 form（形式）或 shape（形狀）。但在格式塔心理學中，「形式」並非一般所指的外物形狀，也非一般藝術理論中之形式。它所強調的是其「整體性」，也就是「形」是經由知覺活動組織成的經驗中的整體〔註24〕。換言之，格式塔心理學認為，任何「形」，都是知覺進行了積極組織或建構的結果，而非客體本身即有的。在格式塔的試驗中證明，當一種簡單完美的「形」呈現在眼前時，人們會感到舒適和平靜，因為這樣的圖形與知覺追求簡化的原則一致，但若是稍微複雜和不規則的圖形出現時，不但能引出更大的注意力，也同時會造成一種緊張力的呈現。此種緊張力會造成人的心理上的非平衡狀態〔註25〕。由於人的心理需求之一就是動態的平衡。受其影響，

〔註23〕威廷貴主編：《美學：審美理論》（長春：東北師範大學出版社，1989年）。

〔註24〕滕守堯著：〈純粹形式及其意味——格式塔的啟示〉，《審美心理描述》（北京：中國社會科學出版社，1987年），頁98。

〔註25〕滕守堯著：〈純粹形式及其意味——格式塔的啟示〉，《審美心理描述》，頁105～107。

人們的認識、態度、看法都有趨向平衡的傾向。中國傳統的儒家美學就把中和之美做為美學批評的尺度,中和之美就具有平衡的特徵。平衡使人愉悅,不平衡使人痛苦,要解除這種使人痛苦的不平衡,就必須釋放緊張力。緊張力消除,心理獲得平衡,人便得到滿足和愉快。朱光潛先生亦論道:

> 人用他的感覺器官和運動器官去應付審美對象時,如果對象所表現的節奏符合生理的自然節奏,人就感到和諧和愉快,否則就感到「拗」或「失調」,就不愉快。〔註26〕

詩中典故給讀者的刺激,就是一種激發緊張力和釋放緊張力的活動,而這種活動是通過讀者的聯想來實現。當「合格讀者」讀到用典的詩句時,由於典故本身的含蓄委婉,往往促使讀者緊張地尋求記憶中的典故,並在瞬間理解典故的涵義,再與作者、作品整體聯繫,理解作者所欲傳達的情志。如此一來,緊張力得以完全解除,恢復到原有的平衡狀態,就能產生輕鬆愉快的感受。

在格式塔心理學派研究認為,在藝術發展的更高階段上,「形」還經歷著另一種微妙的變化,即不完全的「形」的出現。這是透過「省略」或「扭曲」某些部分,將另一些關鍵的部分突現出來。當這種不完全形呈現在眼前時,如果這種不完全的形所造成的「模糊」適當得宜時,反而會在那些有特定欣賞能力的人——對用典而言即「合格讀者」身上,激起一股探照究竟的潛在力量,意圖將它補充或恢復到應有「完形」的狀態的衝動力,從而提高興奮度,此種不完全的「形」也富有藝術感染力。

由於用典是引用成辭或古事以表達詩人情志的修辭方式,而入詩中的典故,常是經過詩人剪裁濃縮,因其省略了部分情節或敘事之文字,以一濃縮後精簡的語言形式來表達意義,故而造成作品意義的不確定性和增加意義之空白,因此典故是屬於不完全的「形」

〔註26〕朱光潛著:《旅美書簡》,轉引自葛兆光著:《漢字的魔方》(香港:中華書局,1989年),頁157。

〔註27〕。由於典故意義之不確定性及留下空白，故激發讀者去補充的衝動；由於其精練，具有一種張力，故允許讀者去擴張，使讀者由典故的歷史意蘊，引發「聯想」之契機，在腦海中浮現出成辭之出處；或古事之原型故事，以及曾經運用此一典故的種種詩句，如此一來，不但解除了緊張力，尚可使詩的內涵豐富，層次增加。葛兆光先生論道：

> 典故這種詩歌中特殊的詞匯恰恰是有「魔力」的，因爲在「合格」的讀者面前，它已不再包裹著那層生澀堅硬的外殼而呈露了它的內核，它的原型及其使用史又引起了一連串的聯想，使它具有了極大的「張力」，所以，堅硬變成了耐嚼，深藏變成了含蓄，晦澀變成了朦朧。〔註28〕

典故的這種「魔力」，正是來自於它不完全的「形」的形式。故可使讀者藉由聯想，進行審美的再創造，進而產生審美的滿足和愉悅。本章即於第三節中在此一審美心理之基礎下，以探討元嘉詩人用典所造成之美感特質。

第二節　元嘉詩人用典之語言風格

　　劉宋元嘉時代爲中國詩歌發展史上，重要的轉折期。此期之文學，重視對形式美之追求，講究詩文創作之表現技巧，而塑造出華美靡麗的風格。在此唯美文學的發展過程中，顏延之、謝靈運與鮑照都扮演著推波助瀾的角色。他們三人皆博學多識，對於鎔裁遣詞頗費心力，在表現技巧上更是雕飾研鍊。在本論文的第三章，曾對元嘉詩人之用典方法進行論析，以見詩人引用古語古事，熔古鑄今之努力及技巧，本節則進一步探究此一修辭技巧經詩人的研煉後，所呈現出的語言風格。

〔註27〕見向晁山：〈論駢體文形式美的心理依據〉收入中國修辭學會編：《修辭學論文集》第三集（福州：福建人民出版社，1985年）。

〔註28〕參見葛兆光著：《漢字的魔方：中國古典詩歌語言學的札記》，頁162。

　　由於「風格」一詞的定義具有相當大的歧義，且傳統的風格論較偏向於抽象的概念描述，不易對作品內部語言結構進行細微的觀察與解析。故本文主要重點在「語言風格」，也就是語言的「表現風格」。語言之「表現風格」，一般定義為運用各種表現手段之綜合呈現，本文僅著重在「用典」上之分析，即經由用典此一技巧所產生之「修辭效果」加以探究。以下即分為「典雅矜重」、「深采密麗」、「整飭工巧」三方面予以探討。

一、典雅矜重

　　「典雅」一直是中國文人所追求的文學藝術風格，王師夢鷗即論云：

> 我國有著相當豐富的藝術產品，亦有著相當數量的藝術批評著作，產品豐富，評語眾多，故用以形容所有藝術風格的形容詞，即有相當數量。現在要從這多數的形容詞中，找出一個最足代表我國藝術品之獨特風格的，似乎只有一個「雅」字了得。〔註29〕

「雅」之風格，發展至魏晉六朝，此一審美論著漸趨發達的時代，它的範圍更加擴大，容納了更多的內涵，在當時有閒雅、淵雅、博雅等。劉勰《文心雕龍》〈體性〉篇中，論及修辭上之風格，提出「八體」之說，其中有「典雅」一體，並列之為八體之首。足見對此風格之重視。劉勰定義「典雅」為：

> 典雅者，鎔式經誥，方軌儒門者也。〔註30〕

由於經典在思想情感表現上的深邃純正與語言文字表現上的雅懿有則，如果創作上能取法於經典，必可產生典雅的風格。所謂「取法」，乃是在內容上取其典正；在文辭上「辭取雅馴」〔註31〕之謂。

〔註29〕參見王夢鷗著：〈中國藝術風格試論〉，《文藝論談》（臺北：學英文化有限公司，1984年），頁2。
〔註30〕〔梁〕劉勰著，周振甫注：《文心雕龍注釋》（臺北：里仁書局，1983年），頁535。
〔註31〕參見《史記·五帝本紀》：「然《尚書》獨載堯以來，而百家言黃帝，

　　由於用典是「明理引乎成辭，徵義舉乎人事」的修辭技巧，然而在「引成辭」「舉人事」時，最主要之素材之來源，即是經史古籍。正如劉勰於〈事類〉篇所云：

　　　　至於崔班張蔡，遂捃摭經史，華實布濩，因書立功，皆後人之範式也。〔註32〕

班固、張衡等人因其能「捃摭經史」、「因書立功」成爲後人寫作之範式。而二人在詩文中表現出的風格即屬「典雅」一派。劉勰於〈體性〉篇中即以二人爲此類風格之代表：

　　　　孟堅雅懿，故裁密而思靡。平子淹通，故慮周而藻密。〔註33〕

班固博通古籍，以史學見長；張衡「通五經，貫六藝。」足見「捃摭經史」之用典技巧，因其「辭取雅馴」，故可呈現出典雅之風格。

　　元嘉詩人上承兩晉之文學觀，對於經典之態度，乃是由經典的文章本身——語言文字，來肯定其能運用美巧合宜文辭的藝術成就〔註34〕。且元嘉詩人皆爲博學多識之士，故在援筆賦詩之際，皆好「捃摭經史」，其時詩人最喜採擷之素材來源，除了《楚辭》以外，即以經書、史書爲多。詩人捃摭經史中之成辭古事，以明理徵義，因「辭取雅馴」，自然表現出「典雅」之風格。元嘉詩人之作品中，徵引經史中古語古事者，不勝枚舉。其中尤以顏延之之作，最喜引用經史古籍之語，以連綴成篇。如〈應詔讌曲水作詩〉：

　　　　道隱未形，治彰既亂。帝迹懸衡，皇流共貫。
　　　　惟王創物，永錫共算。仁固開周，義高登漢。
　　　　祚融世哲，業光列聖。太上正位，天臨海鏡。
　　　　制以化裁，樹之形性。惠浸萌生，信及翔泳。
　　　　崇盧非徵，積實莫尚。豈伊人和，寔靈所貺。
　　　　日完其朔，月不掩望。航琛越水，輦賮踰嶂。

　　　　其文不雅馴，薦紳先生難言之。」〔漢〕司馬遷著，〔日〕瀧川龜太郎著：《史記會注考證》，卷1，頁39。
〔註32〕〔梁〕劉勰著，周振甫注：《文心雕龍注釋》，頁705。
〔註33〕〔梁〕劉勰著，周振甫注：《文心雕龍注釋》，頁536。
〔註34〕見本書第二章，第四節。

> 帝體麗明，儀辰作貳。君彼束朝，金昭玉粹。
> 德有潤身，禮不愆器。柔中淵映，芳猷蘭秘。
> 昔在文昭，今惟武穆。於赫王宰，方旦居叔。
> 有晬睿蕃，爰履奠牧。寧極和鈞，屏京維服。
> 朏魄雙交，月氣參變。開榮瀧澤，舒虹爍電。
> 化際無間，皇情爰眷。伊思鎬飲，每惟洛宴。
> 郊餞有壇，君舉有禮。幕帷蘭甸，盡流高陛。
> 分庭薦樂，析波浮醴。豫同夏諺，事兼出濟。
> 仰閱豐施，降惟微物。三妨儲隸，五塵朝散。
> 途泰命屯，恩充報屈。有悔可悛，滯瑕難拂。

（顏延之〈應詔讌曲水作詩〉）〔註35〕

此爲延之於元嘉十一年文帝曲水流觴之會的應詔之作。詩中句句有典，字字有來處，據李善〈文選注〉，用典出處以《詩經》、《禮記》、《易經》爲多。顏延之於詩中搬用經典之文辭，極盡雕琢，由於用辭雅馴，呈現出典雅之風。顏延之其時多應詔、侍宴、從遊等題材，故經語古事之用，正可襯托出廟堂典重、宏闊的氣勢。卻也因刻意雕琢，使詩歌頗有拙澀之失。清代黃子雲《野鴻詩的》云：

> 光祿每多盛服矜莊之作，填綴中不乏滯響。〔註36〕

顏延之詩中頗多「盛服矜莊」之作，這類作品創撰嚴整，藻采繁麗，多用故實，呈現出典雅矜重的語言風格。鍾嶸於《詩品》卷中評顏延之詩曰：

> 體裁綺密，情喻淵深，動無虛散，一句一字，皆致意焉。
> 又喜用古事，彌見拘束，雖乖秀逸，是經綸文雅才。〔註37〕

鍾嶸雖批評其「彌見拘束」，但卻也許以「經綸文雅才」。顏延之之作，

〔註35〕逯欽立輯校：《宋詩》卷五，收入《先秦漢魏晉南北朝詩》（臺北：木鐸出版社，1983 年），頁 1225～1226。

〔註36〕〔清〕王夫之等著，丁福保（1874～1952）校訂：《清詩話》（臺北：木鐸出版社，1988 年），頁 862。

〔註37〕張伯傳著：《鍾嶸詩品研究》（南京：南京大學出版社，2000 年），頁 308。

其後更影響及於齊梁詩人。鍾嶸《詩品》卷下評南齊詩人謝超宗，丘靈鞠等七人云：

> 檀謝七君，並祖襲顏延，得士大夫之雅致乎。〔註38〕

後世學顏延之者，所得亦是延之之「雅」，在詩中羅用經籍中古事古語，所呈現出詩歌語言之主要風格即是典雅矜重。

在元嘉文壇，重視「士大夫之雅致」的風氣下，其時詩人皆喜在詩中搬用經語古事，以求詩語之典雅矜重。如謝靈運除了儒家經籍外，也好用「三玄」之語入詩，舉例如下：

> △否桑未易繫，泰茅難重拔。
>
> 　桑茅迭生運，語默寄前哲。(折楊柳行)
>
> △在宥天下理，吹萬群方悅。(九日從宋公戲馬台集送孔令)
>
> △亮乏伯昏分，險過呂梁壑。
>
> 　洊至宜便習，兼山貴止託。(富春渚)
>
> △蠱上貴不事，履二美貞吉。
>
> 　幽人常坦步，高尚邈難匹。
>
> 　頤阿竟何端，寂寂寄抱一。
>
> 　恬知既已交，繕性自此出。(登永嘉綠嶂山)
>
> △萬事難並歡，達生幸可託。(齋中讀書)

詩人引用《周易》、《老子》、《莊子》書中之古事古語入詩，也呈現出典雅之風格。前人對此評論甚多，如清・方東樹《昭昧詹言》卷五：

> 康樂無一字不穩老，無一字不典重，無一字不沉厚深密。
>
> 〔註39〕

曹道衡、沈玉成先生研究元嘉文學時論云：

> 南朝在宋文帝元嘉時期，文學語言開始走向密麗，但仍不脫拙澀典雅。……作家雖然已經在擺脫倫理、玄言，但是

〔註38〕〔梁〕鍾嶸著，汪中注：《詩品注》（臺北：正中書局，1985年），頁254。

〔註39〕〔清〕方東樹著：《昭昧詹言》（臺北：廣文書局，1962年），卷五，頁8b。

傳統的以雅正爲宗的觀念還在有形無形地起作用。〔註40〕
元嘉詩歌之典雅拙澀之風，實與用典技巧之大量運用有關，只是用典
在後人之眼中，以其技巧仍不純熟，認爲是生澀典奧，但對當時之士
大夫而言，用典之「辭取雅馴」卻可呈現典雅矜重之語言風格。

二、深采密麗

文學自曹魏以後，逐漸擺脫了儒家德教政化之羈絆，獲得獨立發
展的生機。余藎先生論魏晉南北朝之文學觀念道：

> 重采尚麗是南北朝文學觀念更新的一個標志，是當時對於
> 文學的特性的一個新認識，體現了由尚質尚實尚文轉化的
> 新趨勢。〔註41〕

在此一時代趨勢下，詩人追求文學語言之華美，日益重視文辭之修飾
技巧。因爲唯有注重文辭的運用，才能有豐美之辭藻、麗澤之文章。
元嘉詩人重視用典技巧，就是此種「重采尚麗」文風下，在創作上的
實踐。由於用典在本質上是援引適當的材料，以「加深」詩文的意旨
和情趣之修辭技巧；再加上本身即具有以少量的語言，表達豐富的內
涵的效果，因此在元嘉詩人刻意地引經據典、擷採經史的結果，展現
出的即是深采密麗的語言風格。

用典原本即可造成詩文語言華麗，而元嘉詩人用典之修辭特色則
是將此種求麗的文采，進一步帶向「深」、「密」的道路。而元嘉詩人
用典所造成詩歌語言上的「深」采「密」麗，首先體現在成辭之省略
濃縮上。詩人對成辭在字面上省略次要詞，擷取主要詞以概括大意；
或取成辭中具代表性及形象性的字詞，包含最豐富之思想內容。不論
省略或濃縮皆造成原本字數固定的詩句中意象增多，含義擴大。元嘉
詩在引用成辭時，有四句緊縮爲二句者如：

〔註40〕參見曹道衡、沈玉成編著：《南北朝文學史》（北京：人民文學出版
社，1991年），頁18。
〔註41〕參見余藎著：〈文學觀念的演進與詩風的變異——魏晉南北朝詩歌現
象辨識〉，《杭州大學學報》第19卷第4期，頁45。

△　　　白珪尚可磨，斯言易爲緇。（謝靈運〈初發石首城詩〉）

緊縮自《詩經》〈大雅・抑〉：

　　白圭之玷，尚可磨也；

　　斯言之玷，不可爲也。〔註42〕

有二句濃縮爲一句者，如：

△　　　星星白髮垂。（謝靈運〈遊南亭〉）〔註43〕

濃縮自左思〈白髮賦〉：

　　星星白髮，生於鬢垂。

△　　　炎樹信冬榮。（鮑照〈登廬山〉）

濃縮自《楚辭》〈遠遊〉：

　　嘉南州之炎德兮，麗桂樹之冬榮。〔註44〕

凡此之例甚多，已詳於第三章「引用成辭」部分之探討，此不重覆舉例。元嘉詩人此種合二句爲一句的引用方法，在運用時，勢必簡省部分虛詞、連接詞；如此改變了古詩平直質樸的敘述句法，在字數有限的詩句中，可以容納更多的意象，使辭意更爲豐富。也就是用典使語言走向精鍊，省略與濃縮某些語言成分，造成「實字」的增多，而多用實字，能使詩意繁富。黃永武先生在〈談詩的密度〉一文中云：

　　將許多實體字密集在一起，句中所寫的事物甚多，極易造成意象的重疊。這些實字間，由於很少應用連接詞來轉折，意象間的關係省脫了連接詞的局限，反而增多其自由衍伸的天地，顯得意義繁富。〔註45〕

由於詩句中容納的實物愈多，詩歌的「密度」就愈大〔註46〕。而元嘉

〔註42〕〔漢〕毛亨傳，鄭元箋，〔唐〕孔穎達疏：《毛詩正義》（臺北：藝文印書館，1982年），卷十八之一，頁12。

〔註43〕顧紹伯校注：《謝靈運校注》（臺北：里仁書局，2004年），頁121。

〔註44〕〔宋〕洪興祖：《楚辭補注》（臺北：長安出版社，1991年），頁168。

〔註45〕參見黃永斌著：《中國詩學・設計篇》（臺北：巨流圖書公司，1978年），頁86。

〔註46〕「密度」一詞，起源於物理學，意謂同一體積中，所含質量越多，則密度越大。密度此一概念用于文學批評，其含義是：「以最簡省的文字，包含盡可能豐富精美的思想內涵，引發讀者多方面的美感。」

詩之多用實字，以加深詩意之用典技巧，使詩歌語言呈現深密之特
色。元嘉詩人尤以顏延之的作品最具此種特色。如其〈車駕幸京口三
月三日侍遊曲阿後湖作〉：

> 虞風載帝狩，夏諺頌王遊。春方動辰駕，望幸傾五州。
> 山祇躍嶠路，水若警滄流。神御出瑤軫，天儀降藻舟。
> 萬軸胤行衛，千翼汎飛浮。彫雲麗璇蓋，祥飆被綵斿。
> 江南進荊豔，河激獻趙謳。金練照海浦，笳鼓震溟洲。
> 覘盼覯青崖，衍漾觀綠疇。民靈騫都野，鱗翰聳淵丘。
> 德禮既普洽，川嶽徧懷柔。（顏延之〈車駕幸京口三月三日侍遊
> 曲阿後湖作〉）〔註47〕

此詩多用成辭、典故組綴成篇。陳祚明評曰：

> 曲阿後湖之篇，誠擅密藻，其他繁扰之作，間多滯響。〔註48〕

而此種「密藻」之形成，與用典繁多自有密切之關係。事實上，顏
延之其他作品也呈現「深密」的風格。前人評論甚多。如鍾嶸〈詩
品序〉：

> 顏延、謝莊，尤爲繁密，於時化之。故大明泰始中，文章
> 殆同書抄。〔註49〕

清、宋徵璧〈抱眞堂詩話〉：

> 顏延之詩密如秋荼，五君詠獨清出。〔註50〕

清、方東樹評云：

參見陳宏碩：〈論唐詩提高語言密度之手段〉，《華中師範大學學報》，
1989 年第 1 期，頁 107。亦可參見黃永武：〈談詩的密度〉，《中國詩
學・設計篇》（臺北，巨流圖書公司，1978 年），頁 87。

〔註47〕逯欽立輯校：《宋詩》卷五，《先秦漢魏晉南北朝詩》（臺北：木鐸出
版社，1983 年），頁 1231。

〔註48〕〔清〕陳祚明輯：《采菽堂古詩選》，收入《續修文淵閣四庫全書》
第 1591 冊（上海：上海古籍出版社，1995 年），卷十六，頁 13b。

〔註49〕〔梁〕鍾嶸著，汪中注：《詩品注》，頁 25。

〔註50〕郭紹虞編選，富壽蓀校點：《清詩話續編》（臺北：木鐸出版社，1983
年），頁 1170。

　　顏詩全在用字密，典則楷式，其實短淺，其所長在此，病
　　亦在此。〔註51〕

清、吳喬〈圍爐詩話〉云：

　　用事之密，始于顏延之。〔註52〕

顏延之「用字密」、「用事密」的結果，使其詩歌語言呈現深采密麗的
語言風格。

　　深采密麗之風格，除了可藉由對前人成辭加以簡省壓縮、煉字
密實以展現外，選擇意蘊豐富的古人古事以表達情志，也可以達到
此種修辭效果。因為典故的本身，即有一種內容及情感色彩，以古
人古事入詩，對於詩境之加深及修美，具有良好之效果。再加上入
詩的古人古事，或限於字數、對仗之要求，也必須加以濃縮，以極
精約的形式表現於詩中，如此又增強其暗示性，而「暗示性的文字，
內涵具有伸縮性和延展性，能在作為信息接收者的讀者的審美活動
中，釋放和產生更多的信息，這樣密度反而較大。」〔註53〕足見用
典不但可以增加語言的色澤之美，尚可加深及豐富詩歌之意蘊。故
深采密麗的「深」與「密」除了形式上用自經史古籍採擷較典雅的
字辭，以及密實的用字外；尚包括了取意上的深廣及內涵上之繁富。
在元嘉詩人的作品中，有時更以連續數句來排比典故，在一連串的
用典下，使詩歌不論在形式或意境上皆呈現深采密麗之特色。如謝
靈運〈初去郡〉：

　　彭薛裁知恥，貢公未遺榮。或可優貪競，豈足稱達生。

　　伊余秉微尚，拙訥謝浮名。盧圍當棲巖，卑位代躬耕。

　　顧己雖自許，心跡猶未并。無庸妨周任，有疾像長卿。

〔註51〕〔清〕方東樹：《昭昧詹言》卷五，頁30。
〔註52〕郭紹虞編選，富壽蓀校點：《清詩話續編》（臺北：木鐸出版社，1983
　　　　年），頁521。
〔註53〕參見李元洛：〈語言的煉金術〉，《詩美學》（臺北：東大圖書公司，
　　　　1990年），頁598。

畢娶類尚子，薄遊似邴生。恭承古人意，促裝返柴荊。
　△△△△　　△△△△　　　　　　　　　　　　　△△

牽絲及元興，解龜在景平。負心二十載，於今廢將迎。
△△　　　　　　△△

理棹遄還期，遵渚騖修坰。遡溪終水涉，登嶺始山行。
　　　　　　　　　　△△

野曠沙岸淨，天高秋月明。憩石挹飛泉，攀林搴落英。
戰勝臞者肥，鑑止流歸停。即是羲唐化，獲我擊壤情。
△△△△　△△　　　△△△　　　　　　△△△　　　　△△△

　　（謝靈運〈初去郡〉）〔註 54〕

此詩除「野曠沙岸淨」以下四句，寫景清麗自然以外，幾乎全用成辭
古事以表達情志。吳淇評道：

> 康樂之詩，非注莫解其詞，非疏莫通其義。此詩言人生大
> 節不過出處，彭薛固是知退，貢公亦不是冒進，俱足優彼
> 貪競，然而不足稱達生者，以名心未絕故也。〔註 55〕

靈運之詩「非注莫解其詞，非疏莫通其義。」正是用典所造成的結果。
此詩首聯用彭宣、薛廣德及貢公三人一生仕宦，後告老歸里之事〔註
56〕。二句之中用三事，容納了豐富的意蘊。而中間再引用「周任」、
「長卿」（司馬相如）、「尚子」（尚長）、「邴生」（邴曼容）四事〔註57〕，
在一連串典故的排比下，層層入裏，將詩人欲辭官歸之心志表現得緊
湊深刻。方東樹曾云：「凡短章，最要層次多，每一二句，即當一大
段。」〔註58〕而用典就有「一二句即當一大段」的效果，因為典故的

〔註54〕逯欽立輯校：《宋詩》卷三，《先秦漢魏晉南北朝詩》，頁 1171。
〔註55〕參見〔南朝·宋〕謝靈運撰，〔清〕黃節注：《謝康樂詩注》（臺北：
　　　　藝文印書館，1975 年），頁 105。
〔註56〕彭宣、薛廣德事見《漢書》卷七十一本傳（臺北：鼎文書局，1981
　　　　年），頁 3046～3053。貢公事見《漢書》卷七十二本傳（臺北：鼎文
　　　　書局，1981 年），頁 3069～3080。
〔註57〕周任事見《論語》〈季氏〉卷十六篇，收入於阮元校勘：《十三經注
　　　　疏》，（臺北：藝文印書館，1982 年），頁 146。長卿事見《漢書》卷
　　　　五十七〈司馬相如傳〉（臺北：鼎文書局，1981 年），頁 2577～2611。
　　　　尚子事見《後漢書》卷八十三〈向長傳〉。邴生事見《漢書》卷七十
　　　　二〈龔勝傳〉（臺北：鼎文書局，1981 年），頁 3080。
〔註58〕〔清〕方東樹：《昭昧詹言》卷十一，頁 5a。

背面，就是一個小小的世界，加上詩人刻意的排比，層層交疊的結果，使詩意濃稠而深密。前人對此評論甚多。如清賀貽孫《詩筏》云：

> 《南史》稱謝靈運「縱橫俊發過顏延之，而深密則不如也。」鮑明遠又稱康樂「如初發芙蓉，自然可愛。」；顏光祿如「鋪錦列繡，雕繪滿眼」。兩君當時聲價，互相優劣如此。然觀康樂集，往往深密有餘，而疏澹不足，專指延之為深密，謬矣。〔註59〕

是認為謝靈運與顏延之其作品同樣呈現出深密的風格。方東樹亦持相同之看法：

> 《南史》本傳云：「縱橫俊發過顏延之，而深密不如。」此非知言。〔註60〕

是皆以「深密」評之。而「深密」的特色，與用典技巧之表現有密切之關係。方東樹又云：

> 康樂無一字不穩老，無一字不典重，無一字不沉厚深密。
> 〔註61〕

故知「深密」實是顏、謝二家除了「典重」之外，另一重要的語言風格。此種「深采密麗」也同樣存在於鮑照的作品中，元嘉時代雕琢用典之詩風，不能不吹到他的身上。故甚至於在其樂府詩篇中，亦不乏羅用典故的詩例。如：

> △棄席思君帷，疲馬戀君軒。
>
> 　願垂晉主惠，不愧田子魂。（〈代東武吟〉）〔註62〕
>
> △蹔遊越萬里，少別數千齡。
>
> 　鳳台無還駕，簫管有遺聲。（〈代昇天行〉）〔註63〕
>
> △戈船榮既薄，伏波賞亦微。
>
> 　爵輕君尚惜，士重安可希。（〈代苦熱行〉）〔註64〕

〔註59〕見郭紹虞編選：《清詩話續編》（臺北：木鐸出版社，1983 年），頁160。

〔註60〕見〔清〕方東樹：《昭昧詹言》卷五，頁 2a。

〔註61〕〔清〕方東樹：《昭昧詹言》卷五，頁 8b。

〔註62〕逯欽立輯校：《宋詩》卷七，《先秦漢魏晉南北朝詩》，頁 1261。

〔註63〕逯欽立輯校：《宋詩》卷七，《先秦漢魏晉南北朝詩》，頁 1264。

　　△器惡含滿欹，物忌厚生沒。

　　　智哉眾多士，服理辨昭昧。（〈代陸平原君子有所思行〉）〔註65〕

凡此之例在五言古詩中，其例更多。鮑照雖然「總四家而擅美，跨兩代而孤出」〔註66〕有「俊逸」之風〔註67〕，但仍不免受時代風氣的影響，鍊字琢句，鈎深索異〔註68〕。又喜用典以增美修飾，故在其詩作中仍展現出「深采密麗」的語言風格。

　　用典原本就是增加文采美麗的修辭技巧〔註69〕，而元嘉詩人在詩作中大量的運用——不論是成辭上之簡省濃縮所造成實字的增多，或古事上的壓縮；詩人在有限的文字中，表現盡可能稠密的內涵深刻的意境，使詩歌語言走向深密。故元嘉詩人經由用典所呈現出深采密麗的語言風格，實是六朝詩歌在重采尚麗的文學觀下，進一步在詩歌語言形式上追求「深度」與「密度」，所表現出來的語言風格。

三、整飭工巧

　　用典之風，並非始於元嘉，早在正始、太康之後，已逐漸興盛，在詩文中運用日繁。從文學發展之角度上觀察，此又與駢儷文風的盛行有密切之關係〔註70〕。因為使事用典有助於駢偶之工整精切，故自漢代以來，用典與對偶二者一直是相互依存，並行不悖。劉勰《文心雕龍》〈麗辭〉篇曾論此一現象云：

〔註64〕逯欽立輯校：《宋詩》卷七，《先秦漢魏晉南北朝詩》，頁 1266。
〔註65〕逯欽立輯校：《宋詩》卷七，《先秦漢魏晉南北朝詩》，頁 1262～1263。
〔註66〕〔梁〕鍾嶸著，汪中選注：《詩品注》（臺北：正中書局，1985 年），頁 1840。其中四家乃指晉代的張協、張華和宋代的謝湛、顏延之。
〔註67〕見杜甫〈春日憶李白〉一詩。
〔註68〕參見劉文忠：《鮑照和庾信》（臺北：群玉堂出版事業公司，1991 年），頁 55。
〔註69〕黃永武先生在《字句鍛鍊法》一書中，即將「用典」此一修辭技巧，列入〈怎樣使文句華美〉一章。（臺北：洪範出版社，1990 年），頁 82。
〔註70〕參見本書第二章第四節「踵事增華之文學發展」之探討。

> 自揚、馬、張、蔡，崇盛麗辭，如宋畫吳冶，刻形鏤法，
> 麗句與深采並流，偶意共逸韻俱發。〔註71〕

此說明兩漢以來，文學語言即朝向文采與聲律兩方面發展，其中文采之發展即是「麗句與深采並流」。在追求「深采」的形式美中，用典為主要之表現技巧。此一文學發展趨勢，至劉宋時期，更為興盛。劉勰《文心雕龍》〈明詩〉論劉宋文學云：

> 儷采百字之偶，爭價一句之奇，情必極貌以寫物，辭必窮
> 力而追新。〔註72〕

在「爭價一句之奇」、「窮力追新」之同時，又要與「儷采百字之偶」相結合，因此元嘉詩人用典大都安排在對偶句中。柴春華、李之亮在〈引用典故的修辭藝術〉一文中論云：

> 列用典故，從形式上講，其修辭特點主要體現在排比和對
> 偶上。〔註73〕

詩中用典，原本就可誇耀博學，若將壓縮後之典故置在對偶句中，再加上對仗上之限制，更可顯示詩人之才高學富。元嘉詩人顏延之「其詩歌最主要之特徵是文字和用典上之對偶」〔註74〕，此一特色正是當時文學風氣之在創作上之實踐。馮定遠曾論云：

> 士衡對偶已繁；用事之密，始于顏延之，後世對偶之祖也。
> 〔註75〕

除顏延之外，用典與對偶同樣也是謝靈運詩歌在形式上最主要之特徵，林師文月曾探討謝靈運詩歌中對偶句之藝術表現，其中即立「典故對」一節做深入之分析，其言曰：

> 康樂詩篇，無論山水詩與否，典故之嵌入，均極普遍豐多，

〔註71〕〔梁〕劉勰著，周振甫注：《文心雕龍注釋》，頁 661。
〔註72〕〔梁〕劉勰著，周振甫注：《文心雕龍注釋》，頁 85。
〔註73〕該文收入中國修辭學會編：《修辭學論文集》（福建：福建人民出版社，1984 年）（第二集），頁 352～364。
〔註74〕語出陳書祿：〈論顏延之對偶詩對初唐律詩的影響〉，《南京師大學報》1992 年第 2 期，頁 86～90。
〔註75〕見《圍爐詩話》卷二引馮定遠之語。收入郭紹虞編選，富壽蓀校點：《清詩話續編》（臺北：木鐸出版社，1983 年），頁 521。

而在上、下兩句，或成對的多句同部位處，安排或正或反
的典故，便構成了「典故對」。〔註76〕

由於元嘉詩人好用「典故對」之表現手法，因此使詩歌呈現出整飭工
巧之語言風格。

元嘉詩人以典故嵌入對偶句的用法，其例甚多。大體言之，可分
為引用成辭，引用人物及引用事物三方面。茲各舉例以說明之：

（一）引用成辭

成辭為經傳中既有之文辭，詩人加以剪裁入詩，頗多刻意安排於
儷句中，以示詩人之技巧工力，舉例如下：

1. 日完其朔，月不掩望。（顏延之〈應詔讌曲水作詩〉）〔註77〕
   △△△△　　△△△△

2. 德有潤身，禮不愆器。（顏延之〈應詔讌曲水作詩〉）〔註78〕
   △　△△　　△　△△

3. 都莊雲動，野馗風馳。（顏延之〈皇太子釋奠會作詩〉）〔註79〕

4. 束紳入西寢，伏軫出東坰。（顏延之〈拜陵廟作〉）〔註80〕
   △△　　　△△

5. 九逝非空思，七襄無成文。（顏延之〈夏夜呈從兄散騎車長沙詩〉）
   △△　　　△△　　　　〔註81〕

6. 弔屈汀洲浦，謁帝蒼山蹊。顏延之〈〈和謝監靈運詩〉〕〔註82〕
   △△△△　　△△△△

7. 倚巖聽緒風，攀林結留荑。（顏延之〈和謝監靈運詩〉）
   △△　△△　　△△　△△　　〔註83〕

8. 跂予間衡嶠，曷月瞻秦稽。（顏延之〈和謝監靈運詩〉）〔註84〕
   △△　　　△△

〔註76〕見林文月著：〈康樂詩的藝術均衡美——以對偶句偶為例〉，《台大中文學報》1991 年第四期，頁 1～28。

〔註77〕逯欽立輯校：《宋詩》卷五，《先秦漢魏晉南北朝詩》，頁 1225。

〔註78〕逯欽立輯校：《宋詩》卷五，《先秦漢魏晉南北朝詩》，頁 1225。

〔註79〕逯欽立輯校：《宋詩》卷五，《先秦漢魏晉南北朝詩》，頁 1227。

〔註80〕逯欽立輯校：《宋詩》卷五，《先秦漢魏晉南北朝詩》，頁 1231。

〔註81〕逯欽立輯校：《宋詩》卷五，《先秦漢魏晉南北朝詩》，頁 1232。

〔註82〕逯欽立輯校：《宋詩》卷五，《先秦漢魏晉南北朝詩》，頁 1233。

〔註83〕逯欽立輯校：《宋詩》卷五，《先秦漢魏晉南北朝詩》，頁 1233。

〔註84〕逯欽立輯校：《宋詩》卷五，《先秦漢魏晉南北朝詩》，頁 1233。

9. 差池鷰始飛，天裊桃始榮。(謝靈運〈悲哉行〉)〔註85〕
　　△△△　　　△△△

10. 騷屑出穴風，揮霍見日雪。(謝靈運〈折楊柳行〉)〔註86〕
　　△△　△△　　△△

11. 否桑未易繫，泰茅難重拔。(謝靈運〈折楊柳行〉)〔註87〕
　　△△　　　　△△

12. 在宥天下理，吹萬群方悅。(謝靈運〈九日從宋公戲馬台集送
　　△△△△　　△△　　　　　　孔令〉)〔註88〕

13. 緇磷謝清曠，疲薾慚貞堅。(謝靈運〈過始寧墅〉)〔註89〕
　　△△　　　　△△

14. 洊至宜便習，兼山貴止託。(謝靈運〈富春渚〉)〔註90〕
　　△△　　　　△△

15. 澤蘭漸被徑，芙蓉始發池。(謝靈運〈遊南亭〉)〔註91〕
　　△△　　　　△△△

16. 交交止栩黃，呦呦食萍鹿。(謝靈運〈過白岸亭〉)〔註92〕
　　△△△△　　△△△△

17. 白芷競新苕，綠蘋齊初葉。(謝靈運〈登上戍石鼓山〉)
　　△△　　△　　△△△△△　〔註93〕

18. 蠱上貴不事，履二美貞吉。(謝靈運〈登永嘉綠嶂山〉)
　　△△　△△　　△△　△△　〔註94〕

19. 別時花灼灼，別後葉蓁蓁。(謝靈運〈答謝惠連〉)〔註95〕
　　　　　△△　　　　△△

20. 祁祁傷豳歌，萋萋感楚吟。(謝靈運〈登池上樓〉)〔註96〕
　　△△△△△　△△△△△

21. 器惡含滿欹，物忌厚生沒。(鮑照〈代陸平原君子有所思行〉)
　　△△△△△　　　△△　　　〔註97〕

〔註85〕逯欽立輯校：《宋詩》卷二，《先秦漢魏晉南北朝詩》，頁1151。

〔註86〕逯欽立輯校：《宋詩》卷二，《先秦漢魏晉南北朝詩》，頁1150。

〔註87〕逯欽立輯校：《宋詩》卷二，《先秦漢魏晉南北朝詩》，頁1150。

〔註88〕逯欽立輯校：《宋詩》卷二，《先秦漢魏晉南北朝詩》，頁1157～
　　　 1158。

〔註89〕逯欽立輯校：《宋詩》卷二，《先秦漢魏晉南北朝詩》，頁1159。

〔註90〕逯欽立輯校：《宋詩》卷二，《先秦漢魏晉南北朝詩》，頁1160。

〔註91〕逯欽立輯校：《宋詩》卷二，《先秦漢魏晉南北朝詩》，頁1161。

〔註92〕逯欽立輯校：《宋詩》卷二，《先秦漢魏晉南北朝詩》，頁1167。

〔註93〕逯欽立輯校：《宋詩》卷二，《先秦漢魏晉南北朝詩》，頁1164。

〔註94〕逯欽立輯校：《宋詩》卷二，《先秦漢魏晉南北朝詩》，頁1162～
　　　 1163。

〔註95〕逯欽立輯校：《宋詩》卷三，《先秦漢魏晉南北朝詩》，頁1176。

〔註96〕逯欽立輯校：《宋詩》卷二，《先秦漢魏晉南北朝詩》，頁1161。

22. 日月有恆昏，雨露未嘗晞。(鮑照〈代苦熱行〉)〔註98〕
    △△　△△　△△△　△

23. 飢猿莫下食，晨禽不敢飛。(鮑照〈代苦熱行〉)〔註99〕
    　　　△△　　△△

24. 空庭懸樹萱，藥餌愧過客。(鮑照〈代貧賤苦愁行〉)
    　　△△　　　△　△　　　〔註100〕

25. 三五容色滿，四五妙華歌。(鮑照〈中興歌十首之五〉)
    △△　△　　△△　△　　　〔註101〕

26. 丈夫四十彊而仕，余當二十弱冠辰。(鮑照〈擬行路難〉之
    △△△△　△　　　　△△　△△　　　　　十八)〔註102〕

27. 適郢無東轅，還夏有西浮。(鮑照〈登黃鶴磯〉)〔註103〕
    △△　　　　△△

28. 淹留徒攀桂，延佇空結蘭。(鮑照〈贈故人馬子喬六首之五〉)
    △△　　△△　△△　　△△　　〔註104〕

29. 子無金石質，吾有犬馬病。(鮑照〈與伍侍郎別〉)〔註105〕

30. 思君吟涉洧，撫己謠渡江。(鮑照〈與荀中書別〉)〔註106〕
    　　△△　　　　△△

以上為引成辭相對之儷句，其中頗多工整精妙之對，可以看出詩人剪裁成辭之巧思。如第五例中，顏延之以「九逝」與「七襄」相對，十分工巧。原詩如下：

　　炎天方埃鬱，暑晏闃塵紛。獨靜闕偶坐，臨堂對星分。
　　側聽風薄木，遙睇月開雲。夜蟬當夏急，陰蟲先秋聞。
　　歲候初過半，荃蕙豈久芬。屏居惻物變，慕類抱情殷。
　　九逝非空思，七襄無成文。〔註107〕

〔註97〕逯欽立輯校：《宋詩》卷七，《先秦漢魏晉南北朝詩》，頁1262～
　　　　1263。
〔註98〕逯欽立輯校：《宋詩》卷七，《先秦漢魏晉南北朝詩》，頁1266。
〔註99〕逯欽立輯校：《宋詩》卷七，《先秦漢魏晉南北朝詩》，頁1266。
〔註100〕逯欽立輯校：《宋詩》卷七，《先秦漢魏晉南北朝詩》，頁1268。
〔註101〕逯欽立輯校：《宋詩》卷七，《先秦漢魏晉南北朝詩》，頁1271。
〔註102〕逯欽立輯校：《宋詩》卷七，《先秦漢魏晉南北朝詩》，頁1278。
〔註103〕逯欽立輯校：《宋詩》卷八，《先秦漢魏晉南北朝詩》，頁1284。
〔註104〕逯欽立輯校：《宋詩》卷八，《先秦漢魏晉南北朝詩》，頁1285。
〔註105〕逯欽立輯校：《宋詩》卷八，《先秦漢魏晉南北朝詩》，頁1288。
〔註106〕逯欽立輯校：《宋詩》卷八，《先秦漢魏晉南北朝詩》，頁1289～
　　　　1290。

此為夏夜思友之作。其中「九逝」一詞，語出《楚辭》〈九章‧抽思〉：

惟郢路之遼遠兮，魂一夕而九逝。〔註108〕

延之用「九逝」此一成辭，以表思念殷切之情。而「七襄」一詞則用
《詩經》〈小雅‧大東〉：

跂彼織女，終日七襄。雖則七襄，不成報章。〔註109〕

意謂織女星，日則七襄，但卻織不出錦帛。顏延之此詩乃送從兄顏敬
宗、車仲遠之贈詩。以「九逝」寫對從兄之思念情殷；以「七襄」寫
己作之「不成文」，不但道出一己思友心切，終日不寧，難成文章之情，
又可扣住夏夜獨坐觀星之景。二句用典，運之於儷句中，精巧工整，
剪裁之妙，令人歎服！才高詞富的謝靈運也擅剪裁經史古籍，並以儷
句形式呈現，如第十八例中「**蠱上貴不事，履二美貞吉。**」引用《易
經》中〈蠱〉卦與〈履〉卦相對，對仗巧妙，用意深刻。原詩如下：

裹糧杖輕策，懷遲上幽室。行源逕轉遠，距陸情未畢。

澹瀲結寒姿，團欒潤霜質。澗委水屢迷，林迥巖逾密。

眷西謂初月，顧東疑落日。踐夕奄昏曙，蔽翳皆周悉。

蠱上貴不事，履二美貞吉。幽人常坦步，高尚邈難匹。
　　　　　△△　　　　　　△△

頤阿竟何端，寂寂寄抱一。恬知既已交，繕性自此出。

〔註110〕

此詩作於永初三年，靈運遊永嘉綠嶂山，並抒發一己追求道家清靜無
為，恬知交養的主張，寄託一己棄職歸山，做高尚隱者之志。此為山
水之作，但詩末八句皆引用「三玄」中之典故，以寫因景悟道之思，
呈現出靈運山水之作中一貫寫山水而苞名理之作風。其中「**蠱上貴不**

〔註107〕顏延之：《夏夜從兄散騎車長沙詩》，逯欽立輯校：《宋詩》卷五，
　　　　《先秦漢魏晉南北朝詩》，頁1232。

〔註108〕〔宋〕洪興祖著：《楚辭補注》（臺北：長安出版社，1991年），頁
　　　　140。

〔註109〕〔漢〕毛亨傳，鄭元箋，〔唐〕孔穎達疏：《毛詩正義》（臺北：藝
　　　　文印書館，1982年），卷十三之一，頁11b-12b。

〔註110〕謝靈運：〈登永嘉綠嶂山詩〉，收入逯欽立輯校：《宋詩》卷二，《先
　　　　秦漢魏晉南北朝詩》，頁1162～1163。

事，履二美貞吉」。上句用《易經》〈蠱〉卦：

> 上九，不事王侯，高尚其事。〔註111〕
> △   △ △

下句用《易經》〈履卦〉：

> 九二，履道坦坦，幽人貞吉。〔註112〕
> △   △ △

一以〈蠱〉卦說明以不做官爲貴之理；一以〈履〉卦闡述要做幽人隱士，以胸懷坦蕩爲美。詩人將此二卦濃縮於對偶句中，成爲「蠱上貴不事，履二美貞吉。」之句，不但在形式上對仗工整，卦義上亦兩相輝映，此非學富才高者，實不能有此妙思。至於鮑照擅用字詞，以成辭入儷句時，亦常能變化既有成辭，或增添新詞以爲之對，雖不似顏、謝二家取對之成辭幾乎字字皆有來處，但也呈現出詩人化用成辭，力求工巧之語言風貌。

（二）引用古人

元嘉詩歌以五言詩爲主，故詩人在引用古人入詩時，爲求對偶工整，或取其姓，或取其名，視詩意需要而有不同之變化。典故置於上下兩句中，或用相近之平行對法；或用相反之正反對法，可見出詩人求工求巧之刻意經營。舉例如下：

1. 郭奕已心醉，山公非虛覯。(顏延之〈五君詠·阮始平〉)
   △ △   △ △   〔註113〕
2. 交呂既鴻軒，攀嵇亦鳳舉。(顏延之〈五君詠·向常侍〉)
   △   △   〔註114〕
3. 惟彼雍門子，吁嗟孟嘗君。(顏延之〈還至梁城作〉) 〔註115〕
   △ △ △   △ △ △
4. 既慚臧孫慨，復愧楊子歎。(謝靈運〈長歌行〉) 〔註116〕
   △ △   △ △

〔註111〕〔魏〕王弼，〔晉〕韓康伯注，〔唐〕孔穎達疏：《周易正義》(臺北：藝文印書館，1982年)，卷三，頁6a。
〔註112〕《周易正義》(臺北：藝文印書館，1982年)，卷二，頁18b～19a。
〔註113〕逯欽立輯校：《宋詩》卷五，《先秦漢魏晉南北朝詩》，頁1235。
〔註114〕逯欽立輯校：《宋詩》卷五，《先秦漢魏晉南北朝詩》，頁1011。
〔註115〕逯欽立輯校：《宋詩》卷五，《先秦漢魏晉南北朝詩》，頁1234。
〔註116〕逯欽立輯校：《宋詩》卷二，《先秦漢魏晉南北朝詩》，頁1148。

5. 句踐善廢興，越叟識行止。
　　△△　　　　　△△

范蠡出江湖，梅福入城市。
△△　　　　　△△

東方就旅逸，梁鴻去桑梓。(謝靈運〈會吟行〉)〔註117〕
△△　　　　　△△

6. 娥皇發湘浦，宵明出河洲。(謝靈運〈緩歌行〉)〔註118〕
　　△△　　　　　△△

7. 段生藩魏國，展季救魯人。
　　△△　　　　　△△

弦高犒晉師，仲連卻秦軍。(謝靈運〈述祖德詩〉)〔註119〕

8. 愛似莊念昔，久敬曾存故。(謝靈運〈永初三年七月十六日之
　　　△　　　　　△　　　　　郡初發都〉)〔註120〕

9. 李牧愧長袖，郤克慙躍步。(謝靈運〈永初三年七月十六日之
　　△△　　　　　△△　　　　郡初發都〉)〔註121〕

10. 仲連輕齊組，子牟眷魏闕。(謝靈運〈遊赤石進帆海〉)
　　△△　　　　　△△　　　　〔註122〕

11. 弦歌愧言子，清淨謝伏生。(謝靈運〈命學士講書〉)
　　　　△△　　　　　△△　　〔註123〕

12. 彭薛裁知恥，貢公未遺榮。(謝靈運〈初去郡〉)〔註124〕
　　△△　　　　　△△

13. 無庸方周任，有疾像長卿。
　　　　△△　　　　　△△

畢娶類尚子，薄遊似邴生。(謝靈運〈初去郡〉)〔註125〕
△△　　　　　△△

14. 延州協心許，楚老惜蘭芳。(謝靈運〈廬陵王墓下作〉)
　　△△　　　　　△△　　　　〔註126〕

〔註117〕逯欽立輯校：《宋詩》卷二，《先秦漢魏晉南北朝詩》，頁1151。
〔註118〕逯欽立輯校：《宋詩》卷二，《先秦漢魏晉南北朝詩》，頁1152。
〔註119〕逯欽立輯校：《宋詩》卷二，《先秦漢魏晉南北朝詩》，頁1157。
〔註120〕逯欽立輯校：《宋詩》卷二，《先秦漢魏晉南北朝詩》，頁1159。
〔註121〕逯欽立輯校：《宋詩》卷二，《先秦漢魏晉南北朝詩》，頁1159。
〔註122〕逯欽立輯校：《宋詩》卷二，《先秦漢魏晉南北朝詩》，頁1162。
〔註123〕逯欽立輯校：《宋詩》卷二，《先秦漢魏晉南北朝詩》，頁1169。
〔註124〕逯欽立輯校：《宋詩》卷三，《先秦漢魏晉南北朝詩》，頁1171。
〔註125〕逯欽立輯校：《宋詩》卷三，《先秦漢魏晉南北朝詩》，頁1171。
〔註126〕逯欽立輯校：《宋詩》卷三，《先秦漢魏晉南北朝詩》，頁1173。

15. 魯連謝千金，延州權去朝。(謝靈運〈入東道路詩〉)
　　△△　　　　　△△　　　　　　〔註127〕

16. 遠協尚子心，遙得許生計。(謝靈運〈初往新安至桐廬口〉)
　　　　△△　　　　　△△　　　　　〔註128〕

17. 目覯嚴子瀨，想屬任公釣。(謝靈運〈七里瀨〉)〔註129〕
　　　△△△　　　△△△

18. 韓亡子房奮，秦帝魯連恥。(謝靈運〈詩〉)〔註130〕
　　　△△　　　　△△

19. 龔勝無遺生，李業有窮盡。
　　△△　　　　△△

　　嵇公理既迫，霍生命亦殞。(謝靈運〈臨終詩〉)〔註131〕
　　△△　　　　△△

20. 既笑沮溺苦，又晒子雲閣。(謝靈運〈齋中讀書〉)〔註132〕
　　　△△　　　　△△

21. 申黜褒女進，班去趙姬昇。
　　△　△△　　　△　△△

　　周王日淪惑，漢帝益嗟稱。(鮑照〈代白頭吟〉)〔註133〕
　　△△　　　　△△

22. 棄席思君幄，疲馬戀君軒。
　　願垂晉主惠，不愧田子魂。(鮑照〈代東武吟〉)〔註134〕
　　　　　　　　　　△△

23. 戈船榮既薄，伏波賞亦微。(鮑照〈代苦熱行〉)〔註135〕
　　△△　　　　△△

24. 鬢奪衛女迅，體絕飛燕先。(鮑照〈代朗月行〉)〔註136〕
　　　△△　　　　△△

25. 簫史愛長年，嬴女玄童顏。(鮑照〈簫史曲〉)〔註137〕
　　△△　　　　△△

〔註127〕逯欽立輯校：《宋詩》卷三，《先秦漢魏晉南北朝詩》，頁1174～
　　　　1175。
〔註128〕逯欽立輯校：《宋詩》卷三，《先秦漢魏晉南北朝詩》，頁1179。
〔註129〕逯欽立輯校：《宋詩》卷二，《先秦漢魏晉南北朝詩》，頁1160。
〔註130〕逯欽立輯校：《宋詩》卷三，《先秦漢魏晉南北朝詩》，頁1185。
〔註131〕逯欽立輯校：《宋詩》卷三，《先秦漢魏晉南北朝詩》，頁1186。
〔註132〕逯欽立輯校：《宋詩》卷二，《先秦漢魏晉南北朝詩》，頁1168。
〔註133〕逯欽立輯校：《宋詩》卷七，《先秦漢魏晉南北朝詩》，頁1260～
　　　　1261。
〔註134〕逯欽立輯校：《宋詩》卷七，《先秦漢魏晉南北朝詩》，頁1261。
〔註135〕逯欽立輯校：《宋詩》卷七，《先秦漢魏晉南北朝詩》，頁1266。
〔註136〕逯欽立輯校：《宋詩》卷七，《先秦漢魏晉南北朝詩》，頁1266。
〔註137〕逯欽立輯校：《宋詩》卷七，《先秦漢魏晉南北朝詩》，頁1269。

26. 御風親列涂，乘山窮禹跡。(鮑照〈從登香爐峰〉)〔註138〕
　　　　 △　　　　　　 △

27. 空謗齊景非，徒稱夷叔賢。(鮑照〈擬古〉之四)〔註139〕
　　　 △ △　　　　　 △ △

28. 舟遷莊甚笑，水流孔急歎。(鮑照〈冬至〉)〔註140〕
　　　 △　　　　　　 △

以上為引用古人入詩，並安排於對偶句中的用法。由於五言詩歌字數之限制，故當人名入詩時，常不能全引姓名，必先加以剪裁，其中有僅取姓或名中一字，以指代其人者，如第二、八、二十一、二十八例，皆僅取一字（或姓或名），在第十二、二十例中，靈運更以二個字的空間置入二個人名「彭薛裁知恥」其中「彭薛」乃用西漢彭宣、薛廣德二人一生任宦，後告老歸里事〔註141〕，而二十例中之「沮溺」乃用長沮、桀溺二人逃隱務農之事〔註142〕。鮑照詩中亦有相同之用法，如第二十七例中「夷叔」即指伯夷、叔齊二人，詩人為符合格律，並求對仗往往將人名簡省以求工整。不過大部分在引用古人時，仍取二字為多，但或為求對仗，表現方式亦有不同。有用全名者，如第一例中之郭奕，第五例中之「勾踐」、「范蠡」、「梁鴻」，七例中之「展季」、「弦高」，九例中之「李牧」、「卻克」，十九例中之「龔勝」、「李業」，二十五例中之簫史；有用職稱者，如三例中之孟嘗君，二十三例中之戈船（戈船將軍）、伏波（伏波將

〔註138〕逯欽立輯校：《宋詩》卷八，《先秦漢魏晉南北朝詩》，頁1283。

〔註139〕逯欽立輯校：《宋詩》卷九，《先秦漢魏晉南北朝詩》，頁1296。

〔註140〕逯欽立輯校：《宋詩》卷九，《先秦漢魏晉南北朝詩》，頁1309。

〔註141〕彭宣、薛廣德二人事見《漢書》卷七十一本傳（臺北：鼎文書局，1981年），頁3046～3053。

〔註142〕事見《論語》〈微子〉篇：「長沮、桀溺耦而耕。孔子過之，使子路問津焉。長沮曰：夫執輿者為誰？子路曰：為孔丘。曰：是魯孔丘與？曰：是也。曰：是知津矣。問于桀溺，桀溺曰：子為誰？曰：為仲由。曰：是魯孔丘之徒與？對曰：然。曰：滔滔者天下皆是也，而誰以易之？且而與其從辟人之士也，豈若從辟世之士哉？耰而不輟。子路行以告，夫子憮然曰：鳥獸不可與同群，吾非斯人之徒與誰與？天下有道，丘不與易也。」（臺北：藝文印書館，1982年），卷十八，頁3b～4a。

軍），二十七例中之仲連，十例中之仲連、子车，十三例中之長卿，十八例中之子房，二十例中之子雲，二十四例中之飛燕。其中為詩人應用最為頻繁的方法是先取用古人之姓氏或國名，再加上對其身分之稱呼如「子」、「公」、「生」等，此法在三大家的作品中其例甚多。如第一例中之山公，第四例中之楊子，第五例中之越叟，第七例中之段生，十一例中之言子，十二例中之貢公，十三例中之尚子、邴生，十四例中之楚老，十六例中之尚子、許生，十七例中之嚴子、任公，十九例中之嵇叟、霍子，二十一例中之衛女，二十五例中之嬴女等皆是。此種用法不但免去濃縮古人姓名之麻煩，又可以求對仗之工整。其中如第四例：

　　　　既慚臧孫慨，復愧楊子歎。（謝靈運〈長歌行〉）〔註143〕

「臧孫」乃指臧武仲，姓臧孫，名紇。靈運為求形式上之工整，不用臧武仲，而僅取其姓「臧孫」代之，下句「楊子」乃指楊朱，但靈運用「楊子」以上對「臧孫」，十分巧妙工整，這些都是詩人對字詞刻意經營，雕削取巧之結果。

（三）引用古事

　　元嘉詩人在「據事以類事，援古以證今」之時，由於歷史故事中必包含人物之存在，而歷史人物也常因其所從事的事件而為人熟知，故古人古事實難截然劃分，此處為求研究之便，將直書古人之名字者列入「引古人」一類；而在詩句中未直書古人名姓，僅取歷史故實中之關鍵性行為或事物、地名者為「引古事」一類。舉例如下：

　　1. 椅梧傾高鳳，寒谷待鳴律。（顏延之〈秋胡行〉）〔註144〕
　　　　△△△△△　　△△△△△

　　2. 周御窮轍跡，夏載歷山川。（顏延之〈應詔觀北湖田收〉）
　　　　△△△△△　　△△△△△　　　　〔註145〕

〔註143〕逯欽立輯校：《宋詩》卷二，《先秦漢魏晉南北朝詩》，頁1148。
〔註144〕逯欽立輯校：《宋詩》卷五，《先秦漢魏晉南北朝詩》，頁1228。
〔註145〕逯欽立輯校：《宋詩》卷五，《先秦漢魏晉南北朝詩》，頁1230。

3. 周南悲昔老，留滯感遺氓。（顏延之〈車駕幸京口侍遊蒜山
　　△△　　△△　　　△△　　　　作〉）〔註146〕

4. 虞風載帝狩，夏諺頌王遊。（顏延之〈車駕幸京口侍遊曲阿
　　△△△　　△△△　　　　　　後湖作〉）〔註147〕

5. 江南進荊豔，河激獻趙謳。（顏延之〈車駕幸京口侍遊曲阿
　　　△△△　　　　△△　　　　後湖作〉）〔註148〕

6. 聆龍睇九淵，聞鳳窺丹穴。（顏延之〈贈王太常僧達詩〉）
　　△△　　△△　　△△　　　　　　〔註149〕

7. 臥病同淮陽，宰邑曠武城。（謝靈運〈命學士講書〉）〔註150〕
　　　　△△

8. 敢謂荀氏訓，且布蘭陵情。（謝靈運〈命學士講書〉）〔註151〕
　　　　△△△

9. 投沙理既迫，如印願亦愆。（謝靈運〈還舊園作見顏范二中
　　△△　　　△△　　　　　　書〉）〔註152〕

10. 事躓兩如矢，心愜三避賢。（謝靈運〈還舊園作見顏范二中
　　　　△△△　　△△△　　　書〉）〔註153〕

11. 悽悽明月吹，惻惻廣陵散。（謝靈運〈道路憶山中〉）〔註154〕
　　△△△　　　△△△

12. 顧己枉維縶，撫志慚場苗。（謝靈運〈從遊京口北固應詔〉）
　　　　△△　　　△△　　　　〔註155〕

13. 豈伊白璧賜，將起黃金臺。（鮑照〈代放歌行〉）〔註156〕
　　　△△△　　△△△

14. 食苗實碩鼠，點白信蒼蠅。
　　△△　△△　　△△　△△

〔註146〕逯欽立輯校：《宋詩》卷五，《先秦漢魏晉南北朝詩》，頁1230～
　　　　1231。
〔註147〕逯欽立輯校：《宋詩》卷五，《先秦漢魏晉南北朝詩》，頁1231。
〔註148〕逯欽立輯校：《宋詩》卷五，《先秦漢魏晉南北朝詩》，頁1231。
〔註149〕逯欽立輯校：《宋詩》卷五，《先秦漢魏晉南北朝詩》，頁1232。
〔註150〕逯欽立輯校：《宋詩》卷二，《先秦漢魏晉南北朝詩》，頁1169。
〔註151〕逯欽立輯校：《宋詩》卷二，《先秦漢魏晉南北朝詩》，頁1169。
〔註152〕逯欽立輯校：《宋詩》卷三，《先秦漢魏晉南北朝詩》，頁1174。
〔註153〕逯欽立輯校：《宋詩》卷三，《先秦漢魏晉南北朝詩》，頁1174。
〔註154〕逯欽立輯校：《宋詩》卷二，《先秦漢魏晉南北朝詩》，頁1177。
〔註155〕逯欽立輯校：《宋詩》卷二，《先秦漢魏晉南北朝詩》，頁1158。
〔註156〕逯欽立輯校：《宋詩》卷七，《先秦漢魏晉南北朝詩》，頁1259。

　　　　　鳧鵠遠成美，薪芻前見陵。(鮑照〈代白頭吟〉)　〔註157〕
　　　　　△△△△

15. 風餐委松宿，雲臥恣天行。(鮑照〈代昇天行〉)　〔註158〕
　　　　△△　　　　　△△

16. 蹔遊越萬里，少別數千齡。
　　　　△△△　　　　△△△

　　　　鳳台無還駕，蕭管有遺聲。(鮑照〈代昇天行〉)　〔註159〕
　　　　△△

17. 毒淫尚多死……度瀘寧具腓。
　　　△△　　　　　　△△

　　　　爵輕君尚惜，士重安可希。(鮑照〈代苦熱行〉)　〔註160〕

18. 結佩徒分明，抱梁輒乖忤。(鮑照〈幽蘭之三〉)　〔註161〕
　　　△△　　　　△△

19. 鹿苑豈淹睞，兔園不足留。(鮑照〈蒜山被始興王命作〉)
　　　△△　　　△△
　　　　　　　　　　　　　　　　　　　　〔註162〕

20. 傾聽鳳管賓，緬望釣龍子。(鮑照〈登廬山〉)　〔註163〕
　　　　△△△　　　　△△△

21. 淚竹感湘別，弄珠懷漢遊。(鮑照〈登黃鶴磯〉)　〔註164〕

22. 遯跡俱浮海，採藥共還山。(鮑照〈和王丞〉)　〔註165〕
　　　△△　△△　　　△△　△△

23. 昆明豈不慘，黍谷寧可吹？(鮑照〈發長松遇雪〉)
　　　△△　　　　△△
　　　　　　　　　　　　　　　　〔註166〕

24. 羞當白璧貺，恥受聊城功。(鮑照〈擬古〉之二)　〔註167〕
　　　△△△　　　△△△

〔註157〕逯欽立輯校：《宋詩》卷七，《先秦漢魏晉南北朝詩》，頁1260～
　　　　1261。
〔註158〕逯欽立輯校：《宋詩》卷七，《先秦漢魏晉南北朝詩》，頁1264。
〔註159〕逯欽立輯校：《宋詩》卷七，《先秦漢魏晉南北朝詩》，頁1264。
〔註160〕逯欽立輯校：《宋詩》卷七，《先秦漢魏晉南北朝詩》，頁1266。
〔註161〕逯欽立輯校：《宋詩》卷七，《先秦漢魏晉南北朝詩》，頁1271。
〔註162〕逯欽立輯校：《宋詩》卷八，《先秦漢魏晉南北朝詩》，頁1282。
〔註163〕逯欽立輯校：《宋詩》卷八，《先秦漢魏晉南北朝詩》，頁1283。
〔註164〕逯欽立輯校：《宋詩》卷八，《先秦漢魏晉南北朝詩》，頁1284。
〔註165〕逯欽立輯校：《宋詩》卷八，《先秦漢魏晉南北朝詩》，頁1286。
〔註166〕逯欽立輯校：《宋詩》卷八，《先秦漢魏晉南北朝詩》，頁1293。
〔註167〕逯欽立輯校：《宋詩》卷九，《先秦漢魏晉南北朝詩》，頁1295。

25. 石梁有餘勁，驚雀無全目。(鮑照〈擬古〉之三) 〔註168〕
　　△△△△△　　△△△△△

26. 放駕息朝歌，提爵止中山。(鮑照〈擬古〉之四) 〔註169〕
　　　△△　　　　　△△

27. 蜀琴抽白雪，郢曲發陽春。(鮑照〈翫月城西門廨中〉)
　　△△　　　　△△　　〔註170〕

以上為引用古事入儷句之用法。由於古事大都具有完整的情節內涵，詩人要先將之壓縮融鑄在五言詩句中，再求形式、意境上與上、下句相兩對仗，這中間須要極大的功力。故劉勰於《文心雕龍》〈麗辭〉篇中云：

> 故麗辭之體，凡有四對：言對為易，事對為難，反對為優，
> 正對為劣。言對者，雙比空辭者也；事對者，並舉人驗者也；
> 反對者，理殊趣合者也；正對者，事異義同者也。〔註171〕

由於「事對」要「並舉人驗」故技巧較高，在三大家中，謝靈運與鮑照較多引用古人古事之儷句，而顏延之則多成辭相對之對偶句，以此亦可見三家技巧之高低。在謝、鮑二家中，謝靈運好用古人姓名相對之儷句，鮑照則好用古事相對之句。尤其鮑照在運古事於儷句中時，已與全詩融合而不見生吞活剝之跡，如第二十二例中之「遯跡俱浮海，採藥共還山」用管寧避世事；第十五例中之「風餐委松宿、雲臥恣天行。」用《莊子》藐姑射山神人之事等；凡此詩句，「合格讀者」見之便解其中尚有玄機；一般文人即使不辨用典所在，也可望文生義。鮑照在鍊字琢句之工力上，可與謝靈運相媲美。故在明清人詩論中，時有以謝、鮑二相提並論者。

　　由以上之分析可知，不論是引用成辭，古人或古事，元嘉詩人之用典其修辭上之特點是體現在對偶形式之表現上。但元嘉詩人用典，除了形式上之工整外，在取意上，也同樣求工求巧，在上下對句中，以成辭或古事兩兩相對，求意義的相互映襯，而引發一種「意合」的

〔註168〕逯欽立輯校：《宋詩》卷九，《先秦漢魏晉南北朝詩》，頁1295。
〔註169〕逯欽立輯校：《宋詩》卷九，《先秦漢魏晉南北朝詩》，頁1296。
〔註170〕逯欽立輯校：《宋詩》卷九，《先秦漢魏晉南北朝詩》，頁1305。
〔註171〕〔梁〕劉勰著，周振甫注：《文心雕龍注釋》，頁661。

作用。例如在引成辭中第十二例：「在宥天下理，吹萬群方悅」一聯。出自謝靈運〈九日從宋公戲馬臺集送孔令〉〔註172〕詩。上句用《莊子》〈在宥〉篇：

> 聞在宥天下，不聞治天下也。〔註173〕

意謂施政寬鬆，便能達到天下大治的目的。下句「吹萬」用《莊子》〈齊物論〉：

> 南郭子綦曰：夫吹萬不同而使其自已也。〔註174〕

意謂和風吹煦，生養萬物，雖其形氣不同，也各得其自然之性。兩句皆引用《莊子》中既有之成辭，不但在形式上十分工巧，就意境上而言，一句著重在君王施政之寬，一句著重在百姓承澤之樂，兩相映襯，靈運以此稱頌老莊，無為而治之政策，使詩歌呈現出豐美之意境及宏闊之氣象。在引用古人之用法中，也同樣表現出意境上之對仗工巧，如第二十例中之「既笑沮溺苦，又哂子雲閣」一聯，出自謝靈運〈齋中讀書〉〔註175〕。上句「沮溺苦」乃用長沮、桀溺二人耦耕不仕之事〔註176〕，下句「子雲閣」則用揚雄於王莽朝任官，因受牽連，投閣幾死事〔註177〕。上下兩句中，一隱一仕，正反相對，再以「笑」、「哂」兩字表明自己的態度，不但對仗工整，就意境上而言，在上下兩句的對比、映襯中，將謝靈運欲仕欲隱間之矛盾心態，表現極為深刻，巧妙無比。

　　元嘉詩人，在鎔古鑄今時，所呈現出整飭工巧的語言風格，正是

〔註172〕逯欽立輯校：《宋詩》卷二，《先秦漢魏晉南北朝詩》，頁1157～1158。

〔註173〕〔清〕王先謙撰：《莊子集解》（臺北：世界書局，1962年），頁62。

〔註174〕〔清〕王先謙撰：《莊子集解》，頁6。

〔註175〕逯欽立輯校：《宋詩》卷二，《先秦漢魏晉南北朝詩》，頁1168。

〔註176〕〔魏〕何晏注，〔宋〕邢昺疏：〈微子〉，《論語注疏》（臺北，藝文印書館，1982年），卷十八，頁3b～4a。

〔註177〕事見《漢書》卷八十七〈揚雄傳〉：「莽誅豐父子，投棻四裔，辭所連及，便收不請。時雄校書天祿閣上，治獄使者來，欲收雄。雄恐不能自免，乃從閣上自投下，幾死。」見〔漢〕班固：《漢書》（臺北：鼎文書局，1981年），頁3584。

他們極力展現富博的學問，高妙的詩才的最好證明。除了以上三大家之詩例外，其他元嘉詩人，亦有相同之表現。如謝惠連：

> 雖好相如達，不同長卿慢。
> △△
>
> 頗悅鄭生偃，無取白衣宦。(〈秋懷〉)〔註178〕

此用司馬相如及鄭均之事，亦安排於儷句中。又如謝莊〈懷園引〉之作，亦是羅用典故，全以對偶句式來安排：

> 念衛風于河廣，懷邶詩于𣵀泉。
>
> 漢女悲而歌飛鵠，楚客傷而奏南絃。
>
> 或巢陽而望越，亦依陰而慕燕。
>
> 詠零雨而卒歲，吟秋風以永年。(謝莊〈懷園引〉)〔註179〕

謝莊此詩屬《楚辭》調之形式，但仍不免在詩中羅列典故，且多兩兩相對，以儷句表現。足見用典與儷句之結合，實是元嘉詩歌形式上一大特色。由於此時之對偶尚無聲律之限制，故詩人之對仗十分工整嚴密。

　　一個作家的風格，往往是多方面的。元嘉詩人經由用典技巧，所產生之修辭效果，可分為「典雅矜重」、「深采密麗」、「整飭工巧」三種語言風格。而此三種語言風格，共同存在於詩人之作品中，也各有偏重，表現出詩人在逞才耀學、深心曲寫雕削所達到之修辭成效。

第三節　元嘉詩人用典之美感特質

　　在第三章元嘉詩人用典技巧之論析中，可以看出，詩人不論是

〔註178〕謝靈運：〈秋懷〉，收入於逯欽立輯校：《宋詩》卷四，《先秦魏晉南北朝詩》，頁194。

〔註179〕〔清〕嚴可均校輯：〈全宋文〉《全上古三代秦漢三國六朝文》，卷三十四，頁8a-b。

引用成辭，或援用古事，其運用之妙，已不再局限於傳統經傳中「明理」與「徵義」之目的。詩人之用，變化多端，也呈現出「典雅矜重」、「深采密麗」及「整飭工巧」等語言風格。但正如沃爾夫岡・伊澤爾所云：

> 文學作品有藝術和審美兩種：藝術一極是作者的文本，審美一極則通過讀者的閱讀而實現。〔註180〕

故本節要進一步考察的，就是經由「用典」而創造出來的美感特質之所在。

　　在本章之第一節中，曾藉由格式塔心理學之理論分析，典故具有「不完全」形之特質，因此可使讀者藉由「聯想」，進行審美之再創造。所以「用典」在基本上雖屬於修辭技巧中的一種，但由於它性質的特殊，乃得以在技巧的層面之外，另以其別具一格的美感特質，成為引人激賞的語言藝術。而其美感特質，即是「含蓄蘊藉」、「亦即亦離」與「美贍可玩」三種。茲分述於後。

一、含蓄蘊藉

　　詩歌是詩人生活和情感的寫照，但詩人面對的社會生活和心中湧動之情感，是包羅萬象，豐富多姿的。詩人創造的意境，不論多麼完整，總是一個有限的局部與片斷，為突破此一局限，詩人在創造上力求以有限表現無限，企望在「言外」建立起一個無限豐富的藝術世界。事實上，一切文藝作品都要求通過有限的文字去表達豐富之內涵，此則有賴于修辭技巧來達成。「用典」能節縮文字，增加作品之容量，可使詩歌達到「以有限表現無限」的效果。就「合格讀者」而言，也可藉由聯想，在有限的文字中體會詩人無限豐富的生活經驗與感受。用典所展現之美感特質，正是以少總多的含蓄蘊藉之美。

〔註180〕參見〔德〕沃爾夫岡・伊澤爾（Wolfgang Iser）著，程介未譯：〈文本與讀者的相互作用〉，收入張廷琛著：《接受理論》（成都：四川文藝出版社，1989年），頁44。

　　用典是較特殊的修辭技巧，以其引用之成辭與古事，或具有固定之組詞形式；或本身有完整之情節內涵，詩人在引用入詩時，受到詩歌格律字數之限制，勢必先加以熔裁壓縮。故有僅取人名，有取特殊意義之地名，或以具特殊意義的關鍵性行為指代其事者；再以此去間接指涉今人今情。如此一來，就形成語符與語義之間有了空白與不確定性。而此種意義上之空白與不確定性，即可激發讀者品味思索，想像補充之衝動。此空白與不確定來自於「以少總多」所帶來的效果，是詩歌含蓄美重要的表現形態。童慶炳研究中國心理詩學與美學時有云：

　　　　含蓄作為一種美的形態，又是讀者鑒賞再創造的需要，其
　　　　心理機制就是讀者對詩中空白的填充與投射。〔註181〕

由於元嘉詩人大都是「貴遊文學集團」中的一分子，他們也互為彼此文學作品之讀者，故用典造成語言之精鍊，及語義之空白，對他們而言，正可引發他們對作品進行再創造，並由對作品的補充和投射中，充分把握住詩歌字面以外的主旨和意蘊，而得到再創造之滿足和愉悅。

　　另外，用典尚包涵有強烈的暗示性，而此暗示性也可造成詩歌之含蓄蘊藉美。劉若愚先生論用典時云：

　　　　它們可以含蓄地在目前的情形之間找出相同或相異，從而
　　　　暗示一種言外之意。〔註182〕

此種特質在「援用古事」之用典中，表現尤為顯著。在第三章「援用古事」中，曾分析詩人在選擇古事時乃是利用「聯想關係」中之對等原理，取古事與今情間或類似或對立之特性，去巧妙建立其思想情感與被引用材料間之關係。而此二者間之關係則是藉由暗示來完成。詩中之典故，提供了聯想之線索，暗示了指涉之範圍，讓讀者由此三分而聯想其餘的七分。元嘉詩人中謝靈運、鮑照二家頗擅此道。茲舉謝

〔註181〕參見童慶炳著：《中國古代心理詩學與美學》（北京：中華書局，1992年），頁98。

〔註182〕參見〔美〕劉若愚著、王鎮遠譯：《中國文學藝術精華》（合肥：黃山書社，1989年），頁30。

靈運〈田南樹園激流植援〉以明之：

> 樵隱俱在山，由來事不同。不同非一事，養痾亦園中。
> 中園屏氣雜，清曠招遠風。卜室倚北阜，啓扉面南江。
> 激澗代汲井，插槿當列墉。群木既羅戶，眾山亦對窗。
> 靡迤趨下田，迢遞瞰高峰。寡欲不期勞，即事罕人功。
> 唯開蔣生逕，永懷求羊蹤。賞心不可忘，妙善冀能同。
>
> （謝靈運〈田南樹園激流植援〉）〔註183〕

此詩約於景平二年（公元 424 年），靈運辭永嘉太守後，返回故鄉始
寧所作。詩中寫他闢園插籬、幽栖養病，盡山水之樂，摒塵世之情景。
末四句表明一己之志向，其中「唯開蔣生逕，永懷求羊蹤」二句用典。
蔣生乃指西漢蔣詡，求羊則是西漢隱士求仲與羊仲二人。其事見《漢
書》卷七十二〈鮑宣傳〉：

> 杜陵蔣詡元卿爲兗州刺史，亦以廉直爲名。王莽居攝，欽、
> 詡皆以病免官，歸鄉里，臥不出戶，卒于家。〔註184〕

又《文選》陶淵明〈歸去來辭〉李善注引《三輔決錄》：

> 蔣詡字元卿，舍中三逕，唯羊仲、求仲從之游，皆挫廉逃
> 名不出。〔註185〕

靈運運用蔣詡開三徑與羊、求二人交游之事，以寫一己辭官隱居之心
志。靈運用此典有其深刻之涵義，據《宋書》卷六十七〈謝靈運〉傳載：

> 少帝即位，權在大臣，靈運構扇異同，非毀執政，司徒徐
> 羨之等患之，出爲永嘉太守。郡有名山水，靈運素所愛好，
> 出守既不得志，遂肆意游遨，遍歷諸縣，動踰旬朔，民間
> 聽訟，不復關懷。所至輒爲詩詠，以致其意焉。在郡一周，
> 稱疾去職，從弟晦、曜、弘微並與書止之，不從。靈運父
> 祖並葬始寧縣，并有故宅及墅，遂移籍會稽，修營別業，
> 傍山帶江，盡幽居之美。與隱士王弘之、孔淳之等縱放爲

〔註183〕 逯欽立輯校：《宋詩》卷五，收入《先秦漢魏晉南北朝詩》，頁1172。

〔註184〕 〔漢〕班固：《漢書》（臺北：鼎文書局，1981年），頁3096。

〔註185〕 〔宋〕蕭統編，〔唐〕李善注：《文選》（臺北：華正書局，1982年），
頁63b。

娛，有終焉之志。〔註186〕

史傳記載正與此詩之敘述相合。由史載可知，靈運因爲遭受朝廷權臣徐羨之、傅亮之排擠，出任永嘉太守，心懷怫鬱，故自免去職。而其辭官之理由則是託病稱疾。歸鄉後則修營別業，與隱士王弘之、孔淳之等交游。此與兩漢蔣詡開三徑與隱士相遊之事，雖一古一今，有其相同之處。靈運在詩中明舉「唯開蔣生徑，永懷求羊蹤。」，在「合格讀者」的眼中，此正好提供聯想之線索，在腦海中浮現此一古事之原型故事，進而得合詩人在詞面外另有深層之暗示意蘊——即蔣詡之託病辭官乃因王莽之居攝亂權；而靈運之稱病辭官，實也因朝廷中徐羨之、傅亮等人之擅權亂政。在典故之背面暗藏了對當權者之嚴厲抨擊。而這些卻是隱而未顯，有賴讀者經由暗示去聯想補充。普麗華先生研究暗示的審美意蘊時道：

> 在詩歌創作中，聯想並引徵神話傳說、歷史故事、事件人物或他人著作是一種修辭方法。在這裡，聯想和引徵則作爲暗示手段的具體表現方式。聯想和被引的內容疊加于主體內容之上，形成多重涵義，增強詩歌的表現力。……而含蓄的暗示，尤其是通過神話和典故，則可達到古今對比的效果，而發人深思。〔註187〕

用典是「引徵」成辭古事，藉由聯想以表達詩人豐富之情志內涵。此種修辭技巧，由於是以少總多，強化了暗示的功效，往往能曲折地傳達出詩人多層次的情感意念，使詩歌具有含蓄蘊藉之美感，李元洛先生云：

> 含蓄，使人產生藝術的聯想，加深對於生活的認識和理解，獲得多方面的豐富的美的享受。〔註188〕

用典以少總多的修辭特色，此種由典型的局部以推見全體的方法，實

〔註186〕〔梁〕沈約：《宋書》（臺北：鼎文書局，1975 年），頁 1753～1754。

〔註187〕參見曾麗華著：〈論暗示的審美意蘊與功能——詩歌象徵藝術叢談〉，《華中師範大學學報》1992 年第二期，頁 52～56。

〔註188〕李元洛著：〈尊重讀者是一門藝術〉，《詩美學》（臺北：東大圖書公司，1990 年），頁 475。

是導發其詩歌美感活動的重要特質。

二、亦即亦離

由於用典是引用經傳中既有的文辭或古人古事，以加深詩文的意旨和情趣的修辭技巧。故在本質上必然包括了作者本身所欲呈現之思想情感（即「所指」）、被引用的材料（即「能指」）、以及思想情感與被引用材料間的關係此三項要素。在這三項要素中，作者所欲表達之思想情感是「現在」的、「當下」的；而被引用的材料——成辭或古事，皆屬於「過去」的範疇，由於此一特殊性，故使「所指」和「能指」之間，產生了具有美感的語義關係——亦即亦離。

徐復觀先生曾論詩詞「用典」之表現效果云：

> 第一，每一典故的本身，總要或幾字甚至幾百字幾千字的說明；而用在詩詞裡面，便常簡縮成幾個字；這一點，已經給與讀者一道障壁。第二，典故是屬於過去的，與詩人詞人當下所要表達的情景，如何能一般無二？這便又可能增加一層障礙。〔註189〕

徐先生所云之兩層「障礙」，正是用典所造成「所指」和「能指」之間——「離」的關係。因為二者間本質之不同，故用典之結果，使「所指」和「能指」間，仍充滿了可供填補的語意空隙，有待讀者藉由「聯想」去補充完足，這就是用典所造成之「離」。但在實質上，詩人用典（尤其是引用古事時），不論是引證法、譬喻法或反襯法之用，大都是利用「聯想關係」中之「對等原理」，選取古事與今情間「類似」或「對立」的特點，去巧妙建立二者之關係，以表達思想情感。這些古人古事，其所指涉的意蘊內涵與今人今情間必有其相通相感之處，才會為詩人取用以表達情志，也就是二者在精神、內容上有可相接合之處，這就是「即」。故用典可造成「亦即亦離」的語義關係，而此一特色，也是讀者在欣賞閱讀時，引發美感活動的重要因素。

〔註189〕參見氏著：〈詩詞的創作過程及其表現效果——有關詩詞的隔與不隔及其他〉一文。

　　朱光潛先生曾以「心理距離」分析「美感經驗」論道：

　　藝術家和詩人的長處就在能夠把事物擺在某種「距離」以
　　外去看。〔註190〕

足見適度的「距離」有引發美感經驗的效果，而「用典」所引發的美
感活動中，也是此種心理距離美的巧妙運用。茲舉謝靈運〈廬陵王墓
下作〉以說明之：

　　曉月發雲陽，落日次朱方。含悽泛廣川，灑淚眺連岡。
　　眷言懷君子，沈痛切中腸。道消結憤懣，運開申悲涼。
　　神期恆若存，德音初不忘。徂謝易永久，松柏森已行。
　　延州協心許，楚老惜蘭芳。解劍竟何及，撫墳徒自傷。
　　平生疑若人，通蔽互相妨。理感深情慟，定非識所將。
　　脆促良可哀，夭枉特兼常。一隨往化滅，安用空名揚。
　　舉聲泣已灑，長歎不成章。（謝靈運〈廬陵王墓下作〉）〔註191〕

此詩為謝靈運哀悼廬陵王之死而作。全詩情景交融，情韻纏綿。其中
插入二個典故——「延州協心許，楚老惜蘭芳。解劍竟何及？撫墳徒
自傷。」寫一己與廬陵王之友情深厚，以及廬陵王因權臣亂政而死的
悲痛之情。其中「延州協心許」及「解劍竟何及」之句用春秋延陵季
子心許寶劍與徐君，後徐君已死，只有掛劍墳前一事（事見《史記》
〈吳太伯世家〉、劉向《新序》〈節士〉），而「楚老惜蘭芳」、「撫墳徒
自傷」二句則用西漢老父弔龔勝之事（事見《漢書》〈龔勝〉傳）。此
二典故之入詩，若是讀者不具備此一歷史知識，則此二典故便造成了
讀者閱讀時之障礙；但在「合格讀者」的眼中，卻可喚起豐富的意蘊。
「合格讀者」藉由對典故的了解，引發聯想的契機，在腦海中浮現出
兩種境況：一是謝靈運的現身經驗——途經廬陵王墓，賦詩哀悼；一
是因「季札掛劍」及「楚老弔龔勝」所引發的境況。詩人引用此二古
事以託寓己懷，「季札掛劍」之重點在哀悼亡友，信守承諾；而「楚

〔註190〕朱光潛著：〈美感經驗的分析（二）心理的距離〉，《文藝心理學》（臺
　　　　北：台灣開明書店，1985年），頁19。
〔註191〕逯欽立輯校：《宋詩》卷三，收入《先秦漢魏晉南北朝詩》，頁1173。

—189—

老弔襲勝」一事之主旨在對守節高士，不屈而死的悲慟，此二古事與靈運之悼廬陵王之間有相合之處：一事暗指靈運與廬陵王之深厚友情；一事喻指廬陵王為高潔之士，卻遭受權臣迫害而死之悲慟。二者境況相合這就是「即」。然此二境況，由於時空不同，及人物情節之不同，又使「季札掛劍」與「楚老弔襲勝」二事與靈運對廬陵王之哀悼間，必然存在著差異，無法全然吻合，這就是「離」。在此亦即亦離中，讀者感受到的是淒涼、孤獨悲傷、痛恨難消的複雜心境，以及對人生無常禍福難料的哲理。典故之運，正是同中有異，異中有同。而古事與今情間之「同」就導致了「即」，而古事與今情間在本質上之「異」則導致了「離」。〔註192〕就在此「亦即亦離」中，引發讀者美感經驗之體會。朱光潛先生於《文藝心理學》中云：

> 凡是藝術作品都是舊材料的新綜合，惟其是舊材料，所以旁人可以了解；惟其是新綜合，所以見出藝術家的創作和實用世界有距離。〔註193〕

用典不論是引用成辭或古事，皆是舊材料的新綜合，對合格讀者而言，因為是「舊材料」故可以心領神會詩人之意旨所在；又因其是「新綜合」，經過詩人的剪裁取捨，其所指涉的意義已有特定之範疇，並非古事之全部，故與詩人實際情感間又有了距離。尤其是元嘉詩人在用典時，典故大都已成為經過高度壓縮的詞彙，在詩中突顯的部分往往只是關鍵的人、事部分。這種不完全的形的呈現，也造成了「所指」和「能指」間語意間隙的出現，形成了語義和語符間的「偏離效應」，但「偏離效應」之產生卻可以激發讀者，去補充創造，品味思索。朱立元先生論「偏離效應」云：

> 一方面滿足讀者潛在深層心理的創新求奇視界，另一方面則常常打破讀者浮在表層心理的走向習慣視界，使之初看「出其不意」，繼而一想，又在「意料之中」。文學作品一

〔註192〕參見梅家玲：《世說新語的語言藝術》（臺北：台灣大學中文研究所博士論文，1990 年），頁 190。

〔註193〕朱光潛：《文藝心理學》（臺北：台灣開明書店，1985 年），頁 20。

旦產生這種心理效果，實際上就在打破讀者習慣視界的同
時調動了他的想象與思索，使之不得不局部改變，重建視
界以適應這「意外」與「奇特」，而他產生「意料之中」的
想法時，他的閱讀視界已調整完畢。〔註194〕

就在此種「出其不意」及「意料之中」。的心理感受中，讀者自然跌
宕、游移於今昔之映照對比之間，此種「亦即亦離」的語義關係也是
引發美感活動的重要特質。

　　用典因其是語言限制較多的修辭手法，反而成爲追求文學形式
美的詩人們，創造美感的原動力。而「含蓄蘊藉」、「亦即亦離」也
正是元嘉詩人在追求文學形式美時，藉由「用典」所展現創作出的
美感特質。

三、美贍可玩

　　元嘉詩人藉由用典對詩歌語言藝術刻意講究的結果，除了創造出
「含蓄蘊藉」、「亦即亦離」的美感特質外，尚有「美贍可玩」一項可
論。蕭統於《文選序》中抽取概括各體各類文學作品的共性，他設喻
取譬地說：

譬陶匏異器，並爲入耳之娛，黼黻不同，俱爲悅目之玩。
〔註195〕

蕭統以此說明文學的體制、類別雖各有不同，但它們所產生的娛悅功
效，卻是共有的。然而做爲語言藝術的文學，不同於音樂、色彩可以
直接訴諸於人的視聽官能。它只能通過語言，激發人的想像，喚起人
的感受經驗，在心理上去感受和體驗的一種藝術美。在此種「文學美」
的創造過程中，最爲直接可以觀察到的，顯然是文字之美的追求。柯
慶明先生論云：

〔註194〕參見朱立元著：《文學美綜論》（上海：上海人民出版社，1989年），
　　　　頁229。
〔註195〕〔梁〕蕭統編，〔唐〕李善注：《文選》（臺北：華正書局，1982年），
　　　　頁2。

> 所謂作家，往往或者自覺的尋求，或者被目為必須，在「語
> 言」的運用上表現出一種過人的技巧。但深切的掌握該一
> 語文的特質，巧妙的加以運用，使它們更具一種常人所未
> 能經常到達的豐富的表現力，卻是一件眾所公認的要求。
> 這種文字之美，通常意指著語言表達上的精確、豐富與生
> 動，但在文學創作的實際踐履中，則是一種「美」的語言
> 形構的終於完成。〔註196〕

因此語言「形式」的「美」，實是文學創作過程中的一種重要的追求。
元嘉詩人在重視「文學聲譽」的社會中，無不自覺地追求過人的技巧
以炫耀才學，而「用典」在此時不但成為追求語言形式美之技巧，也
成為逞才競技的文學遊戲。元嘉詩人對於在詩篇中引經據典，摭拾鴻
采樂此不疲；而「合格讀者」也以能玩味品賞用典之妙，從中獲得心
靈上的滿足與娛悅。用典，在詩人的巧妙運用下，創造出「美贍可玩」
的美感特質。

　　由於語言本來即是有限的符號系統，而用典的成規，更增加了它
的局限性。因為典故大都包涵古老的歷史與複雜的內涵，詩人藉由用
典以追求「形式」之美時，實際上，也是對「內容」更精微奧妙的掌
握與呈現。例如在前節語言風格中「整飭工巧」的修辭特色的表現，
就是最好的證明。柯慶明先生論語言「形式」的構作對文學內容之影
響時曾云：

> 一方面它反映了作者在駕馭語言上一種遊刃有餘的自由；
> 另一方面則更顯示了作者將這種駕馭語言的自由，加諸「題
> 材」而處理成為作品的「內容」之際，作者的超越於「題
> 材」所代表的「情境」的作品，正意謂著在自己的心靈上，
> 以美感的玩味將它征服。〔註197〕

用典對於元嘉詩人而言，正是一種「以美感的玩味」的態度來征服語

〔註196〕參見柯慶明著：《文學美綜論》（臺北：長安出版社，1983 年），頁
　　　　30。
〔註197〕參見柯慶明著：《文學美綜論》，頁 30。

言、駕馭語言。因為唯有在恣意的「玩弄」語言，改造語言中，人才會感受到主體心靈的自由自主，才會自現實人生的牢籠中超拔而出，趨向於無垠無限的精神世界。

藝術就是克服困難，文學創作也是要克服困難，在創作過程中也因此提高了藝術技巧，豐富了文學的表現手法。就讀者而言，欣賞文學作品也是克服困難，無困難就缺乏悠長的意味。劉勰論文即云：「深文隱蔚，餘味曲包。」〔註 198〕越是微婉幽深的詩文，越有藝術的魅力，元嘉詩人之用典技巧，使詩歌呈現出深采密麗的語言風格，此種因用典造成的深密，對「合格的讀者」而言，可以藉由對典故的心領神會以逞才、炫學，可以馳騁推理與想象的能力，在再三玩味中，洞悉作者技巧上的苦心經營，也獲得與作者心靈交感的快樂。而典故本身所具有內涵的豐富性和暗示性，在讀者的審美活動中，釋放和產生出更多的信息，使讀者在有限中體驗無限，感受到豐富的意蘊，與再創造的樂趣。方東樹評謝靈運詩時論云：

> 謝詩看似有滯晦，不能快亮緊健，非也；乃正其用意深曲，
> 沉厚不佻，不可及處，須細意紬繹玩索乃知。〔註 199〕

故而元嘉詩人用典之美，也是要靠「合格讀者」之「細意紬繹玩索」中去體悟品賞。

而美感經驗之萌生，就在於消除了「看似有滯晦」的「緊張力」，進行審美的再創造，所得到的滿足和愉悅。因為質直淺顯的作品，雖然可以免除讀者深鑽細揣的麻煩，卻也剝奪了他們，特別是「合格讀者」再創造的權利。明白清晰的作品，會讓具備文學鑑賞能力的讀者覺得「不過如此」，就如同兒童玩膩了的玩具般令人厭煩，掃人興致。故用典對於元嘉詩代文化圈中的士人而言，是一種巧妙的「語言遊戲」。正如何新先生所論：

> 在藝術中，構造一種獨特的符號形式，這種活動本身就是

〔註 198〕〔梁〕劉勰著，周振甫注：《文心雕龍注釋》，頁 74。
〔註 199〕〔清〕方東樹著：《昭昧詹言》卷五，頁 5a。

目的，創作藝術作品好像編制一種謎語，欣賞藝術作品則
是把隱藏著的「信息」譯解出來，而猜謎的樂趣也正在這
種被揭破和發現中。在這個意義上，藝術的確如維特斯根
坦所說是一種「語言遊戲」。〔註200〕

對於用典而言，當讀者「細意紬繹玩索」後，得到破譯「隱藏著的信息」
的快樂，還可以更進一步由典故本身豐富的意蘊，引發爲聯想的契機，
在層層古今交疊中，使詩歌在讀者的再創造中，展現出豐美的詩情。

　　由於用典技巧的引發，造成讀者心力更爲專注，也使得這種豐美
的感受在細賞玩味中，更爲鮮明深刻，餘味蕩漾。因此元嘉詩人之用
典，對詩人而言，是一種超越語言限制，征服玩弄語言，從中獲取成
就與快樂，然而這種技巧上的鍛鍊，也可以引起美感。朱光潛先生云：

巧妙的文字遊戲，以及技巧的馴熟的運用，可以引起一種
美感，也是不容諱言的。〔註201〕

對於元嘉時代「合格的讀者」而言，典故這種帶有遮蔽性、深沉的語
言符號反而可以造成良好的審美信息傳送，引發他們深刻美感經驗的
體會。對詩人或文化圈中的讀者而言，製作典故和破譯典故，都是一
種逞才較技的「遊戲」。而「美贍可玩」正是此種語言藝術所創造出
的美感特質。

第四節　結語——「用舊合機」與體舊趣新

　　本章論述元嘉詩人用典之語言風格與美感特質，主在討論元嘉詩
人用典所表現出來之效果。在語言風格方面，尤重修辭所表現的語言
風格，分爲「典雅矜重」、「深采密麗」、與「整飭工巧」三方面。而
「美感特質」則有「含蓄蘊藉」、「亦即亦離」與「美贍可玩」此三大

〔註200〕見何新著：《藝術現象的符號——文化學闡釋》（北京：人民文學出
　　　　版社，1987年），頁64。
〔註201〕參見朱光潛著：〈詩與諧隱〉，《詩論》（臺北：漢京文化事業有限公
　　　　司，1982年），頁48。

特色。這些用典所展現的多姿風貌，都是建立在「用舊合機」的基礎
之上。劉勰《文心雕龍》〈事類〉篇云：

> 凡用舊合機，不啻自其口出；引事乖謬，雖千載而為瑕。
> 〔註202〕

因為若「用舊」不「合機」，則用典徒然成為古語古事之堆砌；而「引
事」乖謬失實，也使「合格讀者」難以接受，遑論語言風格及美感特
質之展現？故為用典而用典，只會使詩文成為「殆同書抄」的「蠹文」，
這正是用典末流之弊。但在元嘉三大家的詩作中，「典雅矜重」、「深
采密麗」及「整飭工巧」為其用典所展現出之共同風格。但因詩人技
巧之高下有別，三種風格各有所重，正如劉勰於〈體性〉篇中論風格
所云：

> 若夫八體屢遷，功以學成，才力居中，肇自血氣；氣以實
> 志，志以定言，吐納英華，莫非情性。〔註203〕

又云：

> 夫才有天資，學慎始習，斲梓染絲，功在初化，器成綵定，
> 難可翻移。〔註204〕

故知才、氣、學、習對於風格的表現有決定作用。如顏延之較多羅用
成辭、刻意求工整之作，故「典雅矜重」、「整飭工巧」為其主要特色；
而謝靈運、鮑照則能兼三種風格之長，此皆與詩人之學殖、才情有密
切之關連。王世貞《藝苑巵言》卷三評道：

> 延之創撰整嚴，而斧鑿時露，其才大不勝學。〔註205〕

因其「才大不勝學」故有「斧鑿時露」之痕跡；鍾嶸《詩品》亦評延
之「彌見拘束」。足見在「用舊合機」的基本原則上，要展現鎔裁成
辭古事的技巧，甚至美感特質的創造，皆有賴於才學的配合。因為生
硬割裂，堆砌強湊的用典，只會使詩歌晦澀難解，無法引起美感經驗

〔註202〕〔梁〕劉勰著，周振甫注：《文心雕龍注釋》，頁706。
〔註203〕同上註，頁536。
〔註204〕同上註。
〔註205〕丁福保輯：《歷代詩話續編》（臺北：木鐸出版社，1988年），頁994。

的體會。

「用舊合機」是表現元嘉詩人語言風格與美感特質之基礎。但就元嘉詩人用典整體之表現效果而言，更明顯呈現出體「舊」趣「新」的風貌。劉勰於〈事類〉篇論云：

> 明理引乎成辭，徵義舉乎人事，乃聖賢之鴻謨，經籍之通矩也。〔註206〕

然而魏晉以來，文學日益注重形式上華美，用典技巧已漸在詩人的運用下，超越了傳統經傳中「明理」、「徵義」的範疇，呈現出更多樣的表現技巧。此風到劉宋元嘉時期，在貴遊文學興盛的推波助瀾下，詩人頗多「應詔」、「侍宴」、「從游」；乃至同僚間相互贈答之作。在炫耀才學的風氣下，「用典」又扮演著綜合文藝美及才學表現的重要標誌。因此用典務博，成爲元嘉詩人在創作上必備的基本技巧，而且技巧的講求自是精益求精。不僅要「用舊合機」，還要在既有的傳統規範下——體舊，進一步求新求變——趣新，這才算達到「表裡相資」才學俱備的目的。

在「引用成辭」的部分，元嘉詩人較少直引經傳中既有的文辭，大都先在詞序上加以變異——或省略、或替換、或增添、或簡縮後，再放入詩中以連綴成文，使詩歌語言展現出不同於前代的風貌。尤其是先秦以來的古詩文語言，其敘述方式是語序與人們的思維意脈十分吻合，元嘉詩人刻意對此種既清晰又習慣的語言形式進行改造，虛詞減少，意象密集，形成「深采密麗」、「整飭工巧」的語言風格。又因以古語剪裁入詩，辭取雅馴也使詩歌趨向「典雅矜重」的風格。這些都是在當代「辭必窮力而追新」的風氣下詩人求新求變的結果。

至於在「援用古事」方面，元嘉詩人在運用時，傳統的「引證法」雖然仍爲詩人所運用，但顯然此法的引用已不如「譬喻法」及「反襯法」更受詩人的喜好。另一方面，「增美修飾」性的用典增加，使用典已不再局限於「據事以類義，援古以證今」的目的，而呈現

〔註206〕〔梁〕劉勰著，周振甫注：《文心雕龍注釋》，頁705。

出新的風貌。

　　事實上，對於追求文學語言形式美的元嘉詩人而言，「用典」的封閉與局限性，反而是他們在舊有語言成規中，創造新意趣的藝術美感的原動力。所以「用典」在元嘉詩人之筆下，不但有其特有的語言風格，更創造出「含蓄蘊藉」、「亦即亦離」與「美贍可玩」的美感。李元洛先生論云：

> 美的含蓄，是對讀者的理解和尊重，是詩人對讀者發出的
> 請求共同創造的邀請書。〔註207〕

在元嘉時期同一文化圈中的「合格讀者」而言，用典不但不會形成障礙，反而更能引起審美經驗的交流。正如詹姆斯 R 濤兒論「用典」時所云：

> 它是對讀者的博學的一種恭維，而博學必也就是它自身的
> 報酬了。〔註208〕

正因用典所具有的特殊性質，它成為元嘉詩人突破傳統桎梏，求新求變，以展現才學，創造美感的最佳方法。朱光潛先生論云：

> 每種藝術都用一種媒介，都有一個規範。駕馭媒介和牽就
> 規範在起始時，都有若干困難，但藝術的樂趣在於征服這
> 種困難外，還有餘裕，還能帶幾分遊戲態度任意縱橫揮掃，
> 使作品顯得逸趣橫生。這是由限制中爭得的自由規範中溢
> 出的生氣。藝術使人留戀的地方也就在此。〔註209〕

「用典」是有諸多限制及「規範」的修辭技巧，也正因如此，它才在當時重視才學的士族社會中，備受青睞。因為元嘉詩人所追求的正是此種「駕馭」、「征服」語言的成就感與滿足感。

〔註207〕李元洛：〈尊重讀者是一門藝術〉，《詩美學》（臺北：東大圖書公司，1990年），頁513。

〔註208〕參見氏著，李銘珠譯：〈陶潛詩中的引喻〉一文，收入鄭騫、方瑜等著：《中國古典詩歌論集》（臺北：幼獅文化事業公司，1985年），頁88。

〔註209〕參見氏著：〈詩與諧隱〉，《詩論》（臺北：漢京文化事業有限公司，1982年），頁45。

第伍章　結　論

　　詩人批評家艾略特在〈傳統和個人的才能〉一文中提到：「任何詩人，任何藝術的藝術家都不能獨自具備完整的意義。」〔註1〕因此對於詩人及其作品之論述，必須將其放在整個文學傳統裡加以衡量，才能看出它的價值及歷史意義。元嘉詩人居上承魏晉餘風，下啓南朝文學之重要關鍵地位，沈德潛《說詩晬語》云：

　　　　詩至於宋，性情漸隱，聲色大開，詩運一轉關也。〔註2〕

此「詩運轉關」主要表現在詩歌創作手法上，而在元嘉詩歌之創作技巧中，用典尤具有重要意義。故本論文已於前幾章，從不同角度，不同層次對元嘉詩人之用典現象做分析，勾勒出其基本之風貌。在此一論析之後，本章再根據前文之探索，分別從元嘉詩人用典之特色及其對後世之影響，來考察在詩歌發展史上之地位與價值，以做為本論文之結論。

第一節　元嘉詩人用典之特色

　　用典，在劉宋元嘉時期，無疑是一個特殊且重要的文學表現技

〔註 1〕參見艾略特著，杜國清譯：《艾略特文學評論選集》（臺北：田園出版社，1969 年），頁 5。

〔註 2〕〔清〕沈德潛：《說詩晬語》卷上，收入王夫之等撰，丁福保編：《清詩話》，頁 352。

巧。不僅運用於詩歌創作，在駢賦寫作中也是不可或缺的表現手法。元嘉三大家——顏延之、謝靈運及鮑照三人皆是能詩善賦的高手。但由於詩歌體裁之限制，詩歌用典比賦中用典要更為精約凝鍊，為詩人炫耀才學的最佳途徑。在對元嘉詩人之用典論析中，可歸納以下特色：

一、用典是文藝美及才學觀的綜合體現

　　文學是一種審美過程，其中包含著作家、作品與讀者三大因素。這三者又與社會、歷史、文化有錯綜複雜的聯繫。故用典之所以成為元嘉詩人重要之表現技巧，同樣與三大因素在當代社會、文化之發展有關。劉宋為一重視文學聲譽的士族社會，元嘉詩人所追求者乃在個人的才學聲價；而他們的文藝觀又受到時代文風的制約。因此文藝的審美價值和個人才學的有效體現，以及才學美與文藝美的有機結合，最佳之法就是在詩歌作品中隸事用典。因此，對於元嘉詩人而言，經由用典技巧在詩歌語言形式美上之鍛鍊，最終仍在於個人天賦才學的體現。劉勰在《文心雕龍》〈事類〉篇中，討論運用事類之歷史、原則及方法後，仍要歸結到「才學」之基礎上，乃是最佳之說明。

二、就用典的素材區分而言，《詩經》、《楚辭》、《史記》、《漢書》、《莊子》及曹植、陸機之詩文，為元嘉詩人選取素材最主要之來源。

　　在三大家中，顏延之字字皆有來處，其中尤為對儒家經籍之選取為多。至於謝靈運則喜《詩經》《楚辭》及「三玄」之典故，在運用《楚辭》之典故時，常以連續多句襲用，形義皆取，為其運用《楚辭》典故之特色。至於「三玄」之典故，靈運運用亦多，尤其多見於全篇後段之說理部分，足見其對道家思想浸染之深。至於鮑照，不同於顏、謝者，是其對於古詩及樂府之引用較為頻繁，以詩歌語言之吸收運用而言，鮑照是元嘉詩人中，用典素材選用最廣泛之詩人，這也是鮑照

詩歌語言不同於顏謝二家矜莊盛服之處。

三、就用典的方法區分，有「引用成辭」與「援用古事」兩大類

　　對於用典方法研究，是藉由語言表義的二維結構——詞序軸及聯想軸為基礎進行分析。詩人對於成辭之引用，較少全部直引襲用，主要對既有成辭在詞序上之增損變化。可分「結構變異」與「線性變異」二種方式。前者運用技巧包括「藏詞替代」、「減字省略」、「增字析衍」、「複句壓縮」四類。後者，則有「詞匯互易」與「聯句互易」二類。其中以「減字省略」與「複句壓縮」為引用成辭之大宗，足見元嘉詩人對成辭之變異，主要在對其進行簡縮，使詩歌語言更形精鍊。在對人事的徵引中，利用「聯想關係」中之對等原理，依其運用目的之不同可分為「取喻言志」與「增美修飾」二類。前者包括「引證法」、「譬喻法」與「反諷法」，其中以包括「明喻」、「暗喻」兩類型的「譬喻法」運用最為廣泛。後者則有「借代法」與「比況法」二種，其中又以「借代法」的運用較為頻繁。不論是「引用成辭」或「援用古事」，元嘉詩人用典的主要功能乃在「表達意義」與「傳遞感受」，已不再局限於傳統經傳中的用典——「明理」與「徵義」的功能，於是先秦以來原本性質較為嚴肅的論事說理式用典，在元嘉詩人的運用中，除了「引證法」較為接近傳統用法外，其他運用方式，在詩歌中已不再居於「輔佐」地位，而具有「獨立」表情達意的功能。

四、就用典之表現效果而言，表現出「典雅矜重」、「深采密麗」與「整飭工巧」三種特色

　　由於用典性質的改變與原始功能的擴大，用典表現出超越了僅僅訴諸引證以明理、徵義的語言風格及美感特質。其中「整飭工巧」尤其表現出元嘉詩人用典與對偶結合之特色。元嘉詩人雖然有不少工巧之儷句，但也有一些為求形式取對而用典者，即有上下二句一意「合掌」對之情形。如：

　　△虞風載帝狩，夏諺頌王遊。(顏延之〈車駕幸京口侍遊曲阿
　　　後湖作詩〉)〔註3〕
　　△周南悲昔老，留滯感遺甿。(顏延之〈車駕幸京口侍遊蒜山
　　　作〉)〔註4〕
　　△敢謂荀氏訓，且布蘭陵情。(謝靈運〈命學士講書〉)〔註5〕
　　△適郢無東轅，還夏有西浮。(鮑照〈登黃鶴磯〉)〔註6〕
　　△雖好相如達，不同長卿慢。(謝惠連〈秋懷〉)〔註7〕

此種刻意追求形式精巧的結果，其後造成「緝事比類，非對不發」的
齊梁詩風。但若由審美角度而言，儷句能使讀者產生一種由此及彼而
又由彼及此的聯想過程，從上下兩句的古人古事中，或相合，或相對
的關係中，去品味其中深刻的涵義，元嘉詩人以儷句安排典故，除了
展現形式上之精巧外，在兩句之間古人古事之相互映襯中包容了豐富
的內容，產生令人回味無窮之意境之美。

　　其次，元嘉詩人常用典以傳遞感受，詩人之思想情感往往被隱藏
在古人古事之後，若顯若現，使人捉摸不定，如謝靈運「投沙理既迫，
如邛願亦愆。」之無奈；鮑照「鳧鵠遠成美，薪芻前見陵。」之不平；
若用典巧妙，在「用舊合機」之基礎上，還可流露出引人激賞之美感。
此一特質之展現則有「含蓄蘊藉」、「亦即亦離」與「美贍可玩」三種。
對元嘉詩人而言，用典是他們在舊有語言成規中，創造新意趣的藝術
美感的原動力。

　　由以上之論析，正可看出，元嘉詩人藉由「用典」在鍛鍊詩歌語
言方面的匠心與成效。在口語中用典，於魏晉清談之言語中已見其
例；在賦文的寫作中也可見典故羅列之表現；但在詩歌中廣泛地運用
並追求形義皆美的用典，則是元嘉詩人所開展的新途徑。

〔註3〕逯欽立：《宋詩》卷五，《先秦漢魏晉南北朝詩》，頁1231。
〔註4〕同上註。
〔註5〕逯欽立：《宋詩》卷二，《先秦漢魏晉南北朝詩》，頁1169。
〔註6〕逯欽立：《宋詩》卷八，《先秦漢魏晉南北朝詩》，頁1284。
〔註7〕逯欽立：《宋詩》卷四，《先秦漢魏晉南北朝詩》，頁1194。

第二節 元嘉詩人用典之影響

　　元嘉詩人上承兩晉文風，將當時士族社會中普遍重視才學與文藝美之風尚，在文學作品的創作中予以具體之實踐，因而呈現出元嘉詩歌大量用典的獨特風貌。雖然在表現技巧上、語言風格上有其藝術上之成就，也開創出新的辭趣與美感。但在另一方面，卻也帶領齊梁文壇走向以隸事用典為尚的道路，王鍾陵先生論道：「整個宋代的詩風，可以說都是處在顏、謝、鮑三大家的牢籠之中的。」〔註8〕；呂正惠先生亦云：「整個南朝文學都是對太康──元嘉詩風的繼承與發展。」〔註9〕足見三大家對當代影響之深遠，本節就「用典」此一技巧所造成之影響加以討論，並由用典之性質與技巧兩方面之轉變加以論述。

一、用典性質之轉變──遊戲意味轉濃

　　元嘉三大家中顏延之、謝靈運為當代文壇之領袖，時人並稱「顏、謝」，文學聲譽甚高，故其於詩歌創作上之表現方法，必成為時人效法學習之對象，甚至蔚為風氣。鍾嶸《詩品·序》云：

> 顏延、謝莊，尤為繁密，於時化之。故大明泰始中，文章殆同書抄。近任昉、王元長等，詞不貴奇，競須新事。爾來作者，寖以成俗。遂乃句無虛語，語無虛字，拘攣補衲，蠹文已甚。〔註10〕

此風自顏延之開始，「於時化之」下及齊梁，越演越烈。再加上用典可以炫耀博學，於是造成「捃拾細事，爭疏僻典，以一事不知為恥，以字有來歷為高。文勝而質漸以漓，學富而才為之累。」〔註11〕的現

〔註 8〕參見王鍾陵：《四百年民族心靈的展示──中國中古詩歌史》（北京：人民出版社，2005 年），頁 395。

〔註 9〕參見呂正惠：《杜甫與六朝詩人》（臺北，大安出版社，1989 年），頁 281。

〔註10〕〔梁〕鍾嶸著，汪中注：《詩品注》（臺北：正中書局，1985 年），頁 25。

〔註11〕參見黃侃：《文心雕龍札記》（臺北：新文豐出版公司，1978 年），頁 192。

象。《南史》〈任昉傳〉云：

> （任昉）晚節轉好著詩，……用事過多，屬辭不得流便，
> 自爾都下士子慕之，轉爲穿鑿。〔註12〕

任昉用「競須新事」、「用事過多」的結果，造成「屬辭不得流便」，但此種造成文辭晦澀不流暢之用典，卻仍受到「都下士子慕之」的禮遇，足見當時競相用典之盛況。競相用典至此，不但原本傳統徵義、明理之功能已不復見，就連取喻言志的表情達意功能也受到忽視，文人爭相以運用新事爲高。此風之盛，齊梁貴游文學集團也扮演著重要推動的角色。齊代文惠太子集團、竟陵王集團、梁代武帝集團對此風推展都不遺餘力。甚至視爲一種「文學遊戲」，並稱之爲「隸事」。《南史》〈王摛傳〉云：

> 尚書令王儉嘗集才學之士，總校虛實，類物隸之，謂之隸事，自此始也。儉嘗使賓客隸事，多者賞之，事皆窮，唯盧江何憲爲勝，乃賞以五花簟、白團扇。坐簟執扇，容氣甚自得。摛後至，儉以所隸示之，曰：「卿能奪之乎？」摛操筆便成，文章既奧，詞亦華美，舉坐擊賞。摛乃命左右抽憲簟，手自掣取扇，登車而去。儉笑曰：「所謂大力者負之而趨。」竟陵王子良校試諸學士，唯摛問無不對。〔註13〕

《南齊書》〈陸澄傳〉云：

> 儉自以博聞多識，讀書過澄。澄曰：「僕年少無事，唯以讀書爲業。且已倍令君，令君少便鞅掌王務，雖復一覽便諳，然見卷軸未必多僕。」儉集學士何憲等盛自商略，澄待儉語畢，然後談所遺漏數百千條，皆儉所未睹，儉乃歎服。儉在尚書省，出巾箱機案雜服飾，令學士隸事，事多者與之，人人各得一兩物，澄後來，更出諸人所不知事復各數條，并奪物將去。〔註14〕

〔註12〕〔唐〕李延壽：《南史》（臺北：鼎文書局，1976 年），卷五十九，頁 1455。

〔註13〕同上註，卷四十九，頁 1213。

〔註14〕〔梁〕蕭子顯：《南齊書》（臺北：鼎文書局，1975 年），卷三十九，

在隸事競賽下，用典不但要繁密，更要避免陳舊爛熟，旁搜人所未見
的冷僻典故。用典在此不僅是詩文之表現技巧，更成爲創作之目的
了。美國學者法爾布（P. Farb）曾論「語言遊戲」時道：

> 心智愚鈍的人無法玩語言遊戲，因爲玩語言遊戲需要智慧
> 和創發力，才知道如何從完整而正確的文句中斷章取義，
> 如何巧妙地破壞語言規則。〔註15〕

用典之所以能成爲南朝文人之隸事遊戲，就是因爲它是「心智愚鈍的
人」所不能玩的遊戲，它必須由受過專業訓練，有豐富學養的文人來
駕馭，而這也正是它對南朝士族文人別具吸引力的地方，以至蔚然成
風。梁代裴子野於《雕蟲論》中批評道：

> 爰及江左，稱彼顏、謝，箴繡鞶帨，無取廟堂。宋初迄於
> 元嘉，多爲經史；大明之代，實好斯文，高才逸韻，頗謝
> 前哲，波流相尚，滋有篤焉。自是閭閻年少，貴游總角，
> 罔不擯落六藝，吟詠情性。學者以博依爲急務，謂章句爲
> 專魯，淫文破典，斐爾爲功。無被於管絃，非止乎禮義。
> 深心主卉木，遠致極風雲，其興浮，其志弱。巧而不要，
> 隱而不深。討其宗途，亦有宋之風也。〔註16〕

足見齊梁文風主要承自於劉宋。與裴子野時代相近之蕭子顯，看法亦
相同，在《南齊書》〈文學傳論〉中並直接將「書抄」式的文學，列
爲齊梁文學中之一體：

> 今之文章作者雖眾總而爲論，略有三體。一則啓心閑繹，
> 托辭華曠，雖存巧綺，終致迂迴，宜登公宴，本非准的，
> 而疏慢闡緩，膏肓之病，典正可採，酷不入情。此體之源，
> 出靈運而成也。次則緝事比類，非對不發，博物可嘉，職
> 成拘制。或全借古語，用申今情，崎嶇牽引，直爲偶說。

頁685。

〔註15〕參見〔美〕法爾布（P. Farb），龔淑芳譯：《語言遊戲》（臺北：遠流
出版事業股份有限公司，1989年），頁87。

〔註16〕〔梁〕裴子野：〈雕蟲論序〉，收入〔宋〕李昉等編：《文苑英華》（北
京：中華書局，1990年）（第5冊），卷七四二，頁1b～2a。

> 唯覩事例，頓失清采。此則傳咸五經，應璩指事，雖不全
> 似，可以類從。次則發唱驚挺，操調險急，雕藻淫艷，傾
> 炫心魂，亦猶五色之有紅、紫，八音之有鄭、衛，斯鮑照
> 之遺烈也。〔註17〕

蕭子顯所謂"今之文章"，即齊梁時代的文學，可分三派，一體源出
謝靈運，一體源出鮑照；還有一派未舉代表者之姓名，但此派之特色
「緝事比類，非對不發，博物可嘉，職成拘制。或全借古語，用申今
情，崎嶇牽引，直爲偶說。唯覩事例，頓失清采。」此處情況與鍾嶸
《詩品‧序》中所論「句無虛語，語無虛字，拘攣補衲，蠹文已甚。」
是同一傾向。可見蕭子顯所論正是以顏延之、謝莊爲代表的書抄式的
詩風。此風至梁陳之代，猶盛行不衰，在徐陵、庾信的手中，用典更
已達出神入化之境界。用典之風，在南朝文學中，已成爲文人的一種
「語言遊戲」，一種「在語言規則的範圍內靈活運用語言的特殊技巧。」
〔註18〕逞才耀學，表現巧思才是時人用典最重要的目的。

在其時用典已成爲文學遊戲中的重要項目，齊梁文人或爲了要應
付賦詩場合〔註19〕；或爲了要在隸事競賽中爭勝；只有博極群書，以
利旁徵博引之需。如《梁書》〈王僧孺傳〉云：

> 僧孺好墳籍，聚書至萬卷，率多異本，與沈約、任昉家書
> 相埒。少篤志精力，於書無所不睹。其文麗逸，多用新事，
> 人所未見，世重其富。〔註20〕

〔註17〕見〔梁〕蕭子顯：《南齊書》，卷五十二，頁 908。

〔註18〕〔美〕法爾布著，龔淑芳譯：《語言遊戲》，頁 87。

〔註19〕裴子野〈雕蟲論並序〉云：「宋明帝博好文章，……每有禎祥及幸讌
集，輒陳詩展義，且以命朝臣，其戎士武夫，則託請不暇，因於課
限，或買以應詔焉。」此讌集賦詩之情形，至齊梁之世更爲興盛，
南朝帝王皆樂此不疲。又如《南史》〈文學傳序〉云：「自中原沸騰，
五馬南渡，綴文之士，無乏於時。降及梁朝，其流彌盛。蓋由時主
儒雅，篤好文章，故才秀之士，煥乎俱集。于時武帝每所臨幸，輒
命群臣賦詩，其文之善者賜以金帛。是以縉紳之士，咸知自勵。」
見〔梁〕裴子野：〈雕蟲論序〉，收入〔宋〕李昉等編：《文苑英華》
（第 5 冊）卷七四二，頁 1a。

〔註20〕〔唐〕姚思廉撰：〈生僧孺列傳〉，《梁書》（臺北：鼎文書局，1975

由於其用典重在「富博」，重在翻陳出新，就算使詩歌「屬辭不得流便」亦無傷大雅，於是典故成爲文人搜集獵取的對象。王瑤先生論云：

> 因爲當知識被當作囤積對象的時侯，一條條的典故正像貨品一樣，是文人們企圖佔有和累積的目標。〔註21〕

在此種實用的需求下，也使編纂總籍類書的風氣益爲興盛。前者可說是有關「辭類」的資料彙編，後者則是有關「事類」的資料彙編，此二者都與「引成辭」、「據人事」的用典之風息息相關。總集一類的書，《隋書》〈經籍志〉云：

> 總集者，以建安之後，辭賦轉繁，眾家之集，日以滋廣，晉代摯虞，苦覽者之勞倦，於是採摘孔翠，芟剪繁蕪，自詩賦下，各爲條貫，合而編之，謂爲流別。是後文集總鈔，作者繼軌，屬辭之士，以爲龕奧，而取則焉。〔註22〕

足見這一類文集之編纂，在「屬辭之士」的眼中，正可做爲獵取豔詞，汲取創作靈感的泉源。元嘉詩人謝靈運「逢詩輒取」〔註23〕，隋志著錄編纂有詩集五十卷；詩集鈔十卷、賦集鈔九十卷，凡此皆是爲「獵其豔詞」所做資料蒐集的工夫。齊梁以後，張际有《摘句》、王微及張纘有《鴻寶》、沈約有《珠叢》、庾肩吾有《采壁》以及朱澹遠有《語麗》等等。皆是劉取前人詩文集中美麗「成辭」而纂輯的〔註24〕。在類書方面，最早有曹丕發動文士所編纂的《皇覽》，但晉宋時期並無類似的撰述，至齊乃有竟陵王蕭子的《四部要略》一千卷，此後編纂類書之風大盛，劉孝標的《類苑》、徐勉等人的《華

年），卷三十三，頁 474。

〔註21〕參見王瑤：〈中古文學風貌〉，《中古文學史論》（臺北：長安出版社，1986 年），頁 889。

〔註22〕見〔唐〕魏徵等：〈經籍志四〉，《隋書》（臺北：鼎文書局，1975 年），頁 1089～1090。

〔註23〕見〔梁〕鍾嶸，汪中選注：《詩品》，頁 116。

〔註24〕參見王師夢鷗：《傳統文學論衡》（臺北：時報文化出版社，1987 年），頁 118。

林遍略》、劉杳的《壽光書苑》等。這些類書編纂的目的，正如王師夢鷗所云：

> 魏晉以來，文章以「隸事」為工，這是共見的事實，而隸
> 事之盛行又與類書的編纂有相當關係，這也是共知的理
> 由。不過，從類書之出現來考察，這無寧說是文人必須隸
> 事為文所造成的結果，而不是先有類書而後才引起文人隸
> 事為文的興趣。〔註25〕

由於用典主要有「引用成辭」與「援用古事」兩種方法，故為因應實際需要，供人獵其豔詞的文集與檢索事類的類書，在齊梁之世的編纂更為興盛；而此與用典性質之轉變互為因果，因為當文人具備了這些工具之後，在進行隸事用典時更為方便，也就間接促使了此風之熾烈。用典在齊梁已由修辭技巧轉為隸事競賽之文學遊戲，文人無不沈緬於書袋中，檢索文集類書，以示淵博，引短爭長以為炫耀，遂成為齊梁詩壇的主流。而此種風氣，實在導源自元嘉詩人。劉勰《文心雕龍》〈通變〉篇云：

> 今才穎之士，刻意學文，多略漢篇，師範宋集，雖古今備
> 閱，然近附而遠疏矣。〔註26〕

齊梁文人刻意師法劉宋文人之作，尤其是元嘉三大家——顏延之、謝靈運與鮑照，而三大家詩歌創作中共同且重要的表現技巧即是——用典，尤其是顏延之的「得士大夫之雅致」〔註27〕，謝靈運的「學者之詩」〔註28〕皆得力於在詩歌中引經據典，緝事比類。在南朝士族社會中，用典正代表「學者」與「士大夫」之雅致，在齊梁貴遊文學興盛下，士人或是在詩文作品中力求工巧，或是在隸事競賽中爭用新事取勝，其「遊戲」的意味日益濃厚。凡此皆是在元嘉詩人廣泛用典下對

〔註25〕同上註，頁114。

〔註26〕〔梁〕劉勰著，周振甫注：《文心雕龍注釋》，頁569～570。

〔註27〕參見〔梁〕鍾嶸著，汪中注：《詩品注》，頁256。

〔註28〕見〔清〕方東樹：《昭昧詹言》（臺北：廣文書局，1962年），卷五，頁2。

文學風氣所造成的影響。

二、用典技巧之成熟——永明「三易說」之提出

　　永明文學秉承元嘉文學遺風餘緒〔註29〕，在遺詞、煉意及聲律方面有更深入的探討。其時主要之作家有沈約、王融、謝朓等人，主要成就在永明聲律理論之建立。《梁書》卷四十九庾肩吾傳所云：

　　　　齊永明中，文士王融、謝朓、沈約文章始用四聲，以爲新
　　　　變，至是轉拘聲韻，彌尚麗靡，復踰於往時。〔註30〕

永明詩歌在聲律方面之成就，爲近體詩的成熟，在聲韻方面鋪平了道路。但永明文學除了聲律理論之建立外，對其時詩歌創作特色具有關鍵性影響的尚有——三易說之提出。

　　「三易說」在《顏氏家訓》〈文章〉篇有詳細的記載：

　　　　沈隱侯曰：「文章當從三易：易見事，一也；易識字，二也，
　　　　易誦讀，三也。」邢才子常曰：「沈侯文章，用事不使人覺，
　　　　若胸臆語也。」深以此服之，祖孝徵亦嘗謂吾曰：沈詩云：
　　　　「崖傾護石髓」〔註31〕。此豈似用事邪？〔註32〕

在「三易」之中，據《顏氏家訓》中之討論內容及排列次序而言，「易見事」當爲最重要的一項。「易見事」之提出即是在隸事用典詩風大盛下，詩人力矯時弊的結果。永明詩人上承元嘉詩風，在創作上延續著搬弄事典，追求辭藻，當時詩人在詩中用典主要有兩方面之傾向，一爲廣搜前人未曾用過的僻典，如任昉、王元長之「競須新事」；一爲用典之深化，也就是「易見事」之追求。但此「易」非簡單膚淺，

〔註29〕參見劉躍進：《永明文學研究》（臺北：文津出版社，1992 年），頁
　　　　77。
〔註30〕〔唐〕姚思廉：〈庾於陵列傳〉，《梁書》，卷四十九，頁 690。
〔註31〕沈約此詩句，據王利器《顏氏家訓集解》注曰，此詩今不見沈集。見
　　　　〔北齊〕顏之推撰，王利器集解：《顏氏家訓集解》，頁 253。沈約〈游
　　　　沈道士館〉中則有：「朋友握石髓」一句，見〔梁〕蕭統編，〔唐〕
　　　　李善注：《文選》（臺北：華正書局，1982 年），卷二十二，頁 24a。
〔註32〕〔梁〕劉勰著，周振甫注：《文心雕龍注釋》，頁 85。

而是要能變「積典」爲「化典」〔註33〕，才是「易見事」的宗旨。故如能在用典時，又不露痕跡，令人有「此豈似用事」的驚歎！才是用典最高之境界。「三易說」之提出使永明詩歌能在此的基礎上，走出書抄堆砌的用典方式，追求「圓美流轉」之詩歌語言風格〔註34〕。由「三易說」之提出可知，「用典」在永明詩歌的創作中，仍扮演著重要的角色；對永明文學之影響，自不待言。

永明詩人提出「易見事」的要求，使用典技巧經過詩人的鍛鍊，不但要「用舊合機」，尚要達到「不啻自其口出」的要求，使用典技巧之鍛鍊，更上一層樓。江淹即於〈銅劍贊序〉中云：

余以爲古者語質而難解，今者語文而易了。〔註35〕

「語文」是指語言的修飾。是指當代語言經過雕琢修飾，其意義卻明白的易解。當代之文飾，除了聲色駢偶外，自然也包括用典在內。「語文而易了」正是由三易發展下來，其中「用典」也走向深入淺出、精緻化的表現方式。例如在詩賦中以用典爲長的庾信，頗多全篇句句用典，但自然流暢之作。如其〈擬詠懷二十七首〉其十一：

搖落秋爲氣，淒涼多怨情。
啼枯湘水竹，哭壞杞梁城。
天亡遭憤戰，日蹙值愁兵。
直虹朝映壘，長星落夜營。
楚歌饒恨曲，南風多死聲。
眼前一杯酒，誰論身後名。〔註36〕

〔註33〕 參見徐復觀：〈詩詞的創造過程及其表現效果——有關詩詞的隔與不隔及其他〉收入徐復觀：《中國文學論集》（臺北：學生書局，1976年），頁 128。

〔註34〕 見《南史》〈王曇首傳〉：「（沈）約嘗啓上，言晚來名家無先筠者，又於御筵謂王志曰：賢弟子文章之美，可謂後來獨步，謝朓常見語云：好詩圓美流轉如彈丸，近見其數首，方知此言爲實。」見〔唐〕李延壽：《南史》，卷二二，頁 609～610。

〔註35〕 〔清〕嚴可均校輯：《全梁文》，卷三十九，《全上古三代秦漢三國六朝文》（北京：中華書局，1995 年），頁 2a。

〔註36〕 〔梁〕劉勰著，周振甫注：《文心雕龍注釋》，頁 2368。

此詩在追念梁元帝江陵之敗。首聯用宋玉〈九辯〉之典：「悲哉秋之爲氣也，瑟兮草木搖落而變衰。」〔註 37〕點出梁朝亡於秋冬之際的淒涼之情。第三句「啼枯湘水竹」則用舜死蒼梧，湘妃淚灑于竹，點點成斑事，事見西晉張華《博物志》〔註 38〕。第四句「哭壞杞梁城」則用齊大夫杞梁殖戰死，其妻哭之，十日城爲之崩一事，事見《左傳‧襄公二十三年》〔註 39〕、劉向《列女傳》〈貞順〉〔註 40〕。庾信以此二典寫梁元帝江陵城敗、君臣被戮，夫妻死別之苦。第五句「天亡」典用《史記》〈項羽本紀〉：「項羽曰：天之亡我，我何渡爲。」〔註 41〕第六句「日蹙」用《詩經》〈大雅‧召旻〉：「今也，日蹙國百里。」〔註 42〕以此二句寫戰爭失利，士兵愁怨。第七句「直虹」事見《晉書》〈天文志〉：「虹頭尾至地，流血之象。」〔註 43〕第八句「長星」也是用《晉書》〈天文志〉中對蜀漢伐曹魏之占卜：「兩軍相當，有大流星來走軍上及墜軍中者，皆破敗之徵也。九月，亮卒于軍，焚營而退。」〔註 44〕此二句則用「直虹」「長星」以寫江陵之敗已有徵兆。第九句「楚歌」用項羽四面楚歌事，第十句「南風」則南風不競，軍隊士氣低落之事，見《左傳‧襄公二十八年》：「晉人聞有楚師。師曠曰：不害。吾驟歌北風，又歌南風，南風不

〔註 37〕〔清〕嚴可均校輯：《全上古三代文》，卷十，收入《全上古三代秦漢三國六朝文》，頁 99。

〔註 38〕〔晉〕張華撰，范寧校證：《博物志校證》（臺北：明文書局，1981年），卷八，頁 83。

〔註 39〕〔周〕左丘明傳，〔晉〕杜預注，〔唐〕孔穎達疏：《春秋左傳正義》，卷三十五，頁 20a。

〔註 40〕〔明〕仇英繪圖，汪氏增輯：《繪圖列女傳》（上冊）（臺北：正中書局，1971 年）卷一，頁 50a。

〔註 41〕〔漢〕司馬遷撰，〔日〕瀧川龜太郎著：《史記會注考證》（臺北：洪氏出版社，1981 年）卷七，頁 72。

〔註 42〕〔漢〕毛亨傳，鄭玄箋，〔唐〕孔穎達疏：《毛詩正義》，卷十八之五，頁 18b。

〔註 43〕〔唐〕房玄齡等撰：〈天文志〉，《晉書》（臺北：鼎文書局，1987 年），卷十二，頁 335。

〔註 44〕同上註，卷十三，頁 396。

竟，多死聲，楚必無功。」〔註45〕庾信以此二典寫梁軍士氣低落，終至兵敗亡國。最後一聯「眼前一杯酒，誰論身後名。」則用《世說新語》〈任誕〉篇第二十則：

> 張季鷹縱任不拘，時人號爲「江東步兵」。或謂之曰：「卿乃可縱適一時，獨不爲身後名邪？」答曰：「使我有身後名，不如即時一杯酒。」〔註46〕

以此典故說明梁朝君王縱適一時之享樂，無後顧之憂終至滅亡，總括出梁亡之原因。此詩共十二句，用典多至十個，但卻能深入淺出，在字面上無艱澀之詞語，情感深刻動人。其中如「搖落秋爲氣，淒涼多怨情。」、「天亡遭憤戰，日蹙值愁兵。」、「眼前一杯酒，誰論身後名。」等句，正是「用事不使人覺，若胸臆語」，其自然流暢之用典技巧已臻至「使事無跡」之境地〔註47〕。此種流美自然的用典技巧，當然不可能憑空自來，它的成熟必須建立在前人創作的經驗上——不論是成功的或失敗的，對於後世文人都是有意義的啓發。元嘉詩人在詩歌中廣泛運用「用典」之技巧，自有其正面的意義。下及於有唐，用典更成爲詩人必備之技能之一，在文學發展史上實有深遠之影響。

第三節　元嘉詩人用典之歷史評價

文學好比一畝語言縱橫的園地，要想在此以深耕的犁耙，開展出一方方的花圃，搖曳一程程殊異的景觀，若不具獨特的審美感受，新穎的藝術本質，就難以締造文學的勝景，競豔爭美於萬世百代。元嘉詩人在「窮力追新」的文風下，藉由用典對語言形式美之鍛鍊，努力扮演著「詩運轉關」期承先啓後的角色。但也由於其後帶給齊

〔註45〕〔周〕左丘明傳，〔晉〕杜預注，〔唐〕孔穎達疏：《春秋左傳正義》，卷三十三，頁15b。
〔註46〕徐震堮著：《世說新語校箋》（香港：中華書局，1987年），頁396。
〔註47〕見〔清〕沈德潛編選，司馬翰校點：《古詩源》（長沙：岳麓書社，1998年），卷十四，頁223。

梁文壇書抄之風氣，因此歷代對其評價不高。但文學語言之現象與
其時的政治、社會背景，以及當代的文藝思潮間，本是互爲表裡的
關係。因此對用典之考察，也應置於整個文化及詩歌語言發展史上
予以評價，才不失之偏頗。故本論文就從文化及詩歌語言之發展上
給予其歷史地位與評價。

一、文化發展中積累加深的必然過程

　　在文化發展上而言，人類的整個進程就是一個文化的累積、加
深、革新的過程，包括審美情趣在內的民族文化的心理結構，皆是在
此種累積、加深和革新的過程中形成和發展的。由於用典是以前人經
傳中既有的文辭或古事爲材料以加深情志的表現技巧，因此必須建立
在豐富的文化傳統上。同樣，讀者之接受也必須藉著對傳統共通的了
解加以體認，才能掌握詩人之用意。梅祖麟、高友工先生云：

> 「傳統」簡單的說是詩人創造過程中所汲取利用的文化遺
> 產；也是讀者爲了理解作品必須掌握的那一套歷史累積下
> 來的知識。〔註48〕

因此，在詩文中用典，不但是傳統的承繼，也是文化積累的表現。而
在詩文中表現文化的積累，也是歷史發展中必然的趨勢。王鍾陵先生
論文化的積累與文學形式發展時云：

> 文化的累積既在人之內，又在人之外。一方面人是文化累
> 積的產物，另一方面文化的累積又表現爲人之外的一種客
> 觀存在（如書籍、歷史知識、生產工具及工藝等）和一種
> 具體的形式（如詩文的體裁、格律等），因此掌握它有相當
> 的困難，需要一個逐步摸索、熟練的過程。〔註49〕

元嘉詩人用典之文學現象，即是承襲了先秦、漢魏、兩晉以來豐富

〔註48〕參見高友工、梅祖麟著，黃宣範譯：〈唐詩的語意研究〉，《翻譯與語
　　　　意之間》（臺北：聯經出版社，1976年），頁208。
〔註49〕參見王鍾陵：《四百年民族心靈的展示──中國中古詩歌史》（北京：
　　　　人民出版社，2005年），頁593。

的文化遺產後，詩人在詩歌形式技巧上摸索、熟練的階段。李嘉言亦論云：

> 這一時期抄書模擬的盛行，就文學史上看，可說是搜集資料、模擬學習、推究形式、鍛鍊技巧的階段。它對於唐詩的出現有一定的作用。它實是一種時代潮流。〔註50〕

在六朝詩文走向書卷化的發展中，元嘉詩人之用典乃是時勢所**趨**，在文化發展上有承先啟後的意義。尤其詩人對傳統用典性質之改變與擴充，也是一種在「推究形式」、「鍛鍊技巧」上的努力。雖然在此一集中追求掌握表達方式的階段中，也會有淹沒情性、甚至抄書模擬的現象，但卻不能因此抹殺其努力與成就。因為沒有元嘉詩人努力之創作嘗試，也無永明詩人「三易說」之覺醒。唐詩語言之精鍊，不是就在六朝人之基礎上發榮滋長？這一切唯有放在整個文化發展史上才會有其意義與價值。

二、詩歌語言走向精緻工巧的標誌

其次，就詩歌語言的發展上而言，元嘉詩人用典之結果，使詩歌語言開始走向密麗的道路。元嘉詩人用典之技巧有引用成辭與古事兩大類。在引用成辭的技巧中，詩人刻意對既定的組詞形式加以變異，造成詞序上的省略與錯綜。在引用古事時，詩人藉由「聯想」選取古事，但在實際運作時，因受到格律之限制，必須加以鎔裁壓縮，故在詩中之典故往往以極精簡的形貌來表現。此二者皆造成詩歌語言之精鍊，意象之密集，虛詞逐漸自詩歌中退出之現象，這一切使詩歌之風貌與先秦、漢魏之詩歌有顯著之不同。

在先秦《詩經》的作品中，詩人敘述之方式與詩人的思維流動是相互吻合的。如〈鄭風·子衿〉：

> 青青子衿，悠悠我心，縱我不往，子寧不嗣音。
> 青青子佩，悠悠我思，縱我不往，子寧不來？

〔註50〕參見李嘉言著：〈漢魏六朝文學與書抄〉，《李嘉言古典文學論文集》（上海：上海古籍出版社，1987年），頁520。

挑兮達兮，在城闕兮，一日不見，如三月兮。〔註51〕

在這樣的表達方式中，除了少卻句與句間的連繫詞外，詩歌與散文在
語言上幾乎沒有什麼變化。此種敘述方式，在漢魏古詩中仍不乏其
例。如《古詩十九首》中〈生年不滿百〉：

生年不滿百，常懷千歲憂，晝短苦夜長，何不秉燭遊。

爲樂當及時，何能待來茲？愚者愛惜費，但爲後世嗤。

仙人王子喬，難可與等期。〔註52〕

此種表達方式與散文、或口語可謂相差無幾。鍾嶸對此評價甚高〔註53〕
，其最大之特色就在於平直自然。但西晉以來，詩歌語言日益追求辭采
華美，元嘉詩人在詩歌中之引經據典，即是對漢魏「直尋」式詩歌語言
的刻意違反。因爲在字數有限的詩歌中羅用成辭或徵引古事，勢必擠掉
一些必要的連詞介字，詩人「一字一句，皆致意焉」的結果，形成了語
序與意脈的分離。用典雖然可以造成「含蓄蘊藉」、「亦即亦離」含蓄婉
約之美，增添辭藻之雅麗；但也因此使得習慣語法在詩中破壞殆盡，也
使詩歌語言與散文語言、日常語言逐漸分道揚鑣。葛兆光論云：

自從陸機《文賦》首倡「詩賦欲麗」以來，「儷采百字之偶，
爭價一句之奇，情必極貌以寫物，辭必窮力而追新」成了
「近世之所競」的風尚，終於在謝靈運、沈約、謝朓以後
到唐代初期，釀就了一套獨特的詩歌語言形式。在這套詩
歌語言形式中，詩人的思維之流與語言之流即意脈與語序
終於撕裂了它們共同的衣裳，顯出了它們的錯綜與參差。
〔註54〕

在此一詩歌語言發展的歷程中，元嘉詩人藉由「用典」在詩歌語言上
的錘鍊，無疑扮演了重要的角色。成惕軒曾論云：

〔註51〕〔漢〕毛亨傳，鄭元箋，〔唐〕孔穎達疏：《毛詩正義》（臺北，藝
文印書館，1982年），卷四之四，頁6a～7b。

〔註52〕遂欽立：《漢詩》卷十二，收入《先秦漢魏晉南北朝詩》，頁333。

〔註53〕〔梁〕鍾嶸著，汪中選注：《詩品注》卷上，頁51。

〔註54〕參見葛兆光：〈意脈與語序：中國古典詩歌中思維流程與語言進程的分
合〉，《漢字的魔方》（香港，中華出版社，1989年），頁67。

太康的駢偶對仗，元嘉的雕琢隸事，以至齊梁的宮商聲病，
一波波高潮把藝術技巧推展到了巔峰。〔註55〕

從中國詩歌語言發展而言，元嘉詩人用典藝術技巧的鍛鍊，也是一種
對散文語言與日常語言「陌生化」的過程。俄國形式主義學家布柯洛
夫斯基（Viktor Shklovsky）曾論文學語言的特質云：

> 藝術的目的是要傳達事物的知覺──按照事物被「感受」
> 的方式，而不是按照事物被「知道」的方式。藝術的技巧
> 是要使得外在事物「陌生化」，使得文學表現難於接受，讓
> 我們較艱困的、較長時間的去感受，因為感受的過程本身
> 就是一個美學目的，必須加以延長。〔註56〕

希柯洛夫斯基「陌生化」（defamiliarization）的理論，可以部分說明
元嘉詩人用典之語言現象；它說明的是詩人對語言形式上之殫精竭
慮，樂此不疲。顯示出此期詩人對語言符號中「能指」本身的極度關
切，它不是盡快地把讀者的注意力、認知力引向「所指」，而是迫使
讀者的目的「能指」上多做停留。從中細繹玩索，進而獲得美感經驗
之體會。

故元嘉詩人之用典，實是一個講求精致含蓄，追求工巧的新的詩
歌語言時代開始的標誌，他們脫離了質樸直陳的表達方式，不斷追求
語言構造上的精巧濃縮。不但展現了雕削巧取的技巧，也必然豐富了
後代詩歌語彙的創意。不論史評家是否持肯定的態度，其於詩歌語言
發展史上的意義是不可抹殺的。

〔註55〕參見成惕軒：〈詩品與鍾嶸〉，《中央月刊》第 3 卷第 11 期（1971 年
9 月），頁 161。
〔註56〕譯文轉引自呂正惠：《杜甫與六朝詩人》（臺北：大安出版社，1989
年），頁 58。

參考書目及期刊論文

一、書　目

（一）經　部

1. 〔周〕左丘明傳，〔晉〕杜預注，〔唐〕孔穎達疏：《春秋左傳正義》，臺北：藝文印書館，1982 年。

2. 〔漢〕毛亨傳，鄭元箋，〔唐〕孔穎達疏：《毛詩正義》，臺北：藝文印書館，1982 年。

3. 〔漢〕鄭元注，〔唐〕賈公彥疏：《儀禮注疏》，臺北：藝文印書館，1982 年。

4. 〔漢〕孔安國傳，〔唐〕孔穎達疏：《尚書注疏》，臺北：藝文印書館，1982 年。

5. 〔漢〕公羊壽傳，何休解詁，〔唐〕徐彥疏：《春秋公羊傳注疏》，臺北：藝文印書館，1982 年。

6. 〔漢〕趙岐注，〔宋〕孫奭疏：《孟子注疏》，臺北：藝文印書館，1982 年。

7. 〔魏〕何晏注，〔宋〕邢昺疏：《論語注疏》，臺北：藝文印書館，1982 年。

8. 〔魏〕王弼，〔晉〕韓康伯注，〔唐〕孔穎達疏：《周易正義》，臺北：藝文印書館，1982 年。

9. 〔晉〕郭璞注，〔宋〕邢昺疏：《爾雅注疏》，臺北：藝文印書館，1982 年。

10. 〔晉〕范甯集解，〔唐〕楊仕勛疏：《春秋穀梁傳注疏》，臺北：藝文印書館，1982 年。

11. 〔唐〕唐元宗明皇帝御注，〔宋〕邢昺疏：《孝經注疏》，臺北：藝

文印書館，1982 年。

12. 〔清〕孫希旦撰：《禮記集解》，臺北：文史哲出版社，1982 年。

（二）史　部

1. 〔周〕左丘明撰，〔三國・吳〕韋昭注：《國語韋氏解》臺北：世界書局，1975 年。

2. 〔漢〕司馬遷撰，〔日〕瀧川龜太郎著：《史記會注考證》，臺北：洪氏出版社，1981 年。

3. 〔漢〕劉向撰，〔明〕仇十洲繪圖：《繪圖古列女傳》，臺北：廣文書局，1978 年。

4. 〔漢〕班固撰，〔唐〕顏師古注：《漢書》，臺北：鼎文書局，1981 年。

5. 〔漢〕高誘注：《戰國策》，臺北：世界書局，1962 年。

6. 〔漢〕趙曄撰，〔元〕徐天祐音注：《吳越春秋》，臺北：世界書局，1979 年。

7. 〔漢〕袁康、吳平：《越絕書》，臺北：世界書局，1981 年。

8. 〔晉〕陳壽：《三國志》，臺北：鼎文書局，1980 年。

9. 〔南朝・宋〕范曄《後漢書》，臺北：鼎文書局，1981 年。

10. 〔南朝・梁〕沈約：《宋書》，臺北：鼎文書局，1975 年。

11. 〔南朝・梁〕釋慧皎撰，湯用彤校注：《高僧傳》，北京：中華書局，1992 年。

12. 〔南朝・梁〕蕭子顯：《南齊書》，臺北：鼎文書局，1975 年。

13. 〔唐〕房玄齡：《晉書》，臺北：鼎文書局，1987 年。

14. 〔唐〕李延壽：《南史》，臺北：鼎文書局，1976 年。

15. 〔唐〕魏徵等撰：《隋書》，臺北：鼎文書局，1975 年。

16. 〔唐〕姚思廉撰：《梁書》，臺北：鼎文書局，1975 年。

17. 〔宋〕司馬光：《資治通鑑》，臺北：臺灣中華書局，1966 年。

18. 〔明〕仇英繪圖，汪氏增輯：《繪圖列女傳》（上冊），臺北：正中書局，1971 年。

19. 〔清〕趙翼：《廿二史劄記》，北京：中國書店，1990 年。

（三）子　部

1. 〔漢〕劉向：《列仙傳》，收入《景印文淵閣四庫全書》第 1058 冊，臺北：臺灣商務印書館，1983 年。

2. 〔漢〕劉向:《新序》,臺北:臺灣商務印書館,1975 年

3. 〔漢〕劉向:《說苑》,臺北:臺灣商務印書館,1965 年。

4. 〔漢〕王充:《論衡》,北京:中華書局,1990 年。

5. 〔漢〕高誘注,陳奇猷校釋:《呂氏春秋校釋》臺北:華正書局,1985年。

6. 〔漢〕高誘注:《淮南子》,臺北:世界書局,1955 年。

7. 〔漢〕高誘校注:《戰國策》,臺北:臺灣商務印書館,1967 年,卷十七,頁 39。

8. 〔漢〕揚雄:《法言》,臺北:臺灣中華書局,1966 年。

9. 〔漢〕徐幹:《中論》,臺北:藝文印書館,1965 年。

10. 〔魏〕王肅:《孔子家語》,臺北:中國子學名著集成編印基金會,1978 年。

11. 〔晉〕王弼撰,〔唐〕陸德明釋文:《老子道德經注》,臺北:世界書局,1963 年。

12. 〔晉〕張湛:《列子注》,臺北:世界書局,1962 年。

13. 〔晉〕王嘉:《拾遺記》,臺北:木鐸出版社,1982 年。

14. 〔晉〕張華撰,范寧校證:《博物志校證》,臺北:明文書局,1981年。

15. 〔東晉〕葛洪:《抱朴子》,《景印文淵閣四庫全書》第 1059 冊,臺北:臺灣商務印書館,1983 年。

16. 〔南朝‧宋〕劉義慶,徐震堮校箋:《世說新語校箋》,香港:中華書局,1987 年。

17. 〔唐〕楊倞注,〔清〕王先謙集解:《荀子集解》臺北,世界書局,1961 年。

18. 〔清〕王先謙撰:《莊子集解》,臺北:世界書局,1962 年。

19. 尹知章、戴望校正《管子校正》,臺北:世界書局,1955 年。

20. 袁珂注:《山海經校注》,臺北:里仁書局,1982 年。

21. 陳奇猷校注:《韓非子集釋》,臺北:華正書局,1982 年。

22. 張純一:《墨子集解》,臺北:文史哲出版社,1978 年。

23. 顏之推撰、王利器集解:《顏氏家訓集解》,上海:古籍出版社,1980年。

(四)集 部

1. 〔南朝‧梁〕劉勰撰,周振甫注:《文心雕龍注釋》,臺北:里仁書

　　局，1982 年。

2. 〔南朝‧梁〕蕭統編，〔唐〕李善注：《文選》，臺北：華正書局，1982 年。

3. 〔南朝‧梁〕徐陵編，吳兆宜補：《玉臺新詠箋注》，北京：中華書局，1985 年。

4. 〔北周〕庾信撰，倪璠注：《庾子山集注》，臺北：臺灣中華書局，1966 年。

5. 〔唐〕徐堅：《初學記》，臺北：鼎文書局，1972 年。

6. 〔唐〕歐陽詢等：《藝文類聚》，臺北，文光出版社，1974 年。

7. 〔宋〕李昉等撰：《太平御覽》，臺北：臺灣商務印書館，1974 年。

8. 〔宋〕李昉等編：《文苑英華》，北京：中華書局，1990 年。

9. 〔宋〕洪興祖：《楚辭補注》，臺北：長安出版社，1991 年。

10. 〔宋〕郭茂倩：《樂府詩集》，臺北：里仁書局，1984 年。

11. 〔宋〕嚴羽撰，胡鑑注：《滄浪詩話注》，臺北：廣文書局，1972 年。

12. 〔明〕陸時雍：《古詩鏡》，收入《景印文淵閣四庫全書》第 1411 冊，臺北：臺灣商務書館，1983 年。

13. 〔明〕張溥編：《漢魏六朝百三名家集》，上海：掃葉山房，1917 年。

14. 〔清〕嚴可均校輯：《全上古三代秦漢三國六朝文》，北京：中華書局，1995 年。

15. 〔清〕方東樹：《昭昧詹言》，臺北：廣文書局，1962 年。

16. 〔清〕王夫之等撰，丁福保編：《清詩話》，臺北：木鐸出版社，1988 年。

17. 〔清〕何焯撰，蔣維鈞編：《義門讀書記》，卷 46，收入《景印文淵閣四庫全書》第 860 冊，臺北：臺灣商務印書館，1983 年。

18. 〔清〕陳祚明輯：《采菽堂古詩選》，收入《續修文淵閣四庫全書》第 1591 冊，上海：上海古籍出版社，1995 年。

19. 〔清〕張玉穀：《古詩賞析》，卷 16，《漢文大系》（十八），臺北：新文豐出版社，1978 年。

20. 〔清〕沈德潛編選，司馬翰校點：《古詩源》，長沙：岳麓書社，1998 年。

21. 丁福保輯：《歷代詩話續編》，臺北：木鐸出版社，1988 年。

22. 丁福保：《全漢三國南北朝詩》，臺北：世界書局，1978 年。

23. 何文煥編《歷代詩話》，臺北：木鐸出版社，1982 年。

24. 吳雲：《王粲集注》，河南：中州書畫社，1984 年。

25. 汪中選注：《詩品注》，臺北：正中書局，1985 年。

26. 洪順隆校注：《謝宣城集校注》，臺北：臺灣中華書局，1969 年。

27. 殷孟倫輯注：《漢魏六朝百三家集題辭注》，臺北：木鐸出版社，1982 年。

28. 郝立權注：《陸士衡詩注》，臺北：藝文印書館，1971 年。

29. 郝立權注：《謝宣城詩注》，臺北：藝文印書館，1976 年。

30. 張玉書等：《佩文韻府》，臺北：臺灣商務印書館，1966 年。

31. 許德平注：《金樓子校注》，嘉新水泥公司文化基金會，1969 年。

32. 許槤評選、黎經誥箋註：《六朝文絜箋注》，臺北：廣文書局，1977 年。

33. 郭紹虞編：《清詩話續編》，臺北：木鐸出版社，1983 年。

34. 焦竑輯：《謝康樂集》，臺北：臺灣商務印書館，1976 年。

35. 黃侃：《阮步兵詠懷詩箋》，臺北：學海出版社，1975 年。

36. 黃節注：《曹子建詩注》，臺北：河洛圖書出版社，1974 年。

37. 黃節注：《鮑參軍詩注》，臺北：世界書局，1962 年。

38. 黃節注：《謝康樂詩注》，臺北：藝文印書館，1957 年。

39. 黃節注：《魏文武明帝詩註》，臺北：藝文印書館，1972 年。

40. 逯欽立輯校：《先秦漢魏晉南北朝詩》，臺北：木鐸出版社，1983 年。

41. 臺靜農編：《百種詩話類編》，臺北：藝文印書館，1974 年。

42. 趙幼文校注：《曹植集校注》，人民文學出版社，1984 年。

43. 詹鍈義證：《文心雕龍義證》，上海：上海古籍出版社，1989 年。

44. 賴炎元註譯：《韓詩外傳今註今譯》，臺北：臺灣商務印書館，1972 年。

45. 鮑照撰、錢仲聯集注：《鮑參軍集注》，臺北：木鐸出版社，1982 年。

46. 魏慶之：《詩人玉屑》，臺北：世界書局，1960 年。

47. 譚介甫：《屈賦新編》，臺北：里仁書局，1982 年。

48. 嚴復評點：《評點老子道德經》，臺北：廣文書局，1961 年。

49. 顧紹伯校注：《謝靈運集校注》，臺北：里仁書局，2004 年。

（五）近人相關著述

1. 中文專著

1. 中國修辭學會華北分會：《修辭叢談》，石家莊：河北人民出版社，

1986 年。

2. 中國修辭學會編：《修辭學論文集》（第三集），福州：福建人民出版社，1985 年。

3. 孔鏡清等編：《詩文典故辭典》，臺北：木鐸出版社，1987 年。

4. 方師鐸：《傳統文學與類書之關係》，臺中：東海大學出版社，1971 年。

5. 方祖燊：《魏晉時代詩人與詩歌》，臺北：蘭臺書局，1961 年。

6. 毛炳生：《曹子建詩的詩經淵源研究》，臺北：文史哲出版社，1985 年。

7. 毛漢光：《中國中古社會史論》，臺北：聯經出版事業公司，1988 年。

8. 毛漢光：《兩晉南北朝士族政治之研究》，臺北：中國學術著作獎助委員會，1966 年。

9. 王力：《漢語史稿》，臺北：泰順書局，1980 年。

10. 王建元：《現象詮譯學與中西雄渾觀》，臺北：東大圖書公司，1988 年。

11. 王春元：《文學原理──作品論》，北京：社會科學文獻出版社，1989 年。

12. 王國瓔：《中國山水詩研究》，臺北：聯經出版事業公司，1986 年。

13. 王運熙、楊明著：《魏晉南北朝文學批評史》，上海：上海古籍出版社，1989 年。

14. 王達津：《古典文學研究叢稿》，成都：巴蜀書社，1987 年。

15. 王夢鷗：《文學概論》，臺北：臺灣藝文印書館，1982 年。

16. 王夢鷗：《文藝美學》，臺北：遠行出版社，1976 年。

17. 王夢鷗：《古典文學論探索》，臺北：正中書局，1984 年。

18. 王夢鷗：《傳統文學論衡》，臺北：時報文化出版公司，1987 年。

19. 王瑤：《中古文學史論》，北京：北京大學出版社，1986 年。

20. 王鍾陵：《四百年民族心靈的展示──中國中古詩歌史》，北京：人民出版社，2005 年。

21. 北大中國文學史教研所選注：《先秦文學史參考資料》，香港：中華書局，1986 年。

22. 北大中國文學史教研所選注：《兩漢文學史參考資料》，香港：中華書局，1986 年。

23. 北大中國文學史教研所選注：《魏晉南北朝文學史參考資料》，香港：

中華書局，1986 年。

24. 古添洪：《記號詩學》，臺北：東大圖書公司，1984 年。

25. 全國外語院系《語法與修辭》編寫組著：《語法與修辭》，南寧：廣西教育出版社，1991 年。

26. 成功大學中文學系編：《魏晉南北朝文學與思想學術討論會論文集》，臺北：里仁書局，2004 年。

27. 姜昆武：《詩書成詞考釋》，濟南：齊魯書社，1989 年。

28. 朱立元：《接受美學》，上海：上海人民出版社，1989 年。

29. 朱光潛：《文藝心理學》，臺北：開明書店，1961 年。

30. 朱光潛：《詩論》，臺北：漢京文化事業公司，1982 年。

31. 朱星：《中國語言文學發展史略》，北京：新華出版社，1988 年。

32. 朱義雲：《魏晉風氣與六朝文學》，臺北：文史哲出版社，1980 年。

33. 江建俊：《建安七子學述》，臺北：文史哲出版社，1982 年。

34. 艾略特著，杜國清譯：《艾略特文學評論選集》，臺北：田園出版社，1969 年。

35. 何沛雄：《漢魏六朝賦論集》，臺北：聯經出版事業公司，1990 年。

36. 何啓民：《竹林七賢研究》，臺北：臺灣學生書局，1984 年。

37. 何啓民：《魏晉思想與談風》，臺北：臺灣學生書局，1990 年。

38. 何新：《藝術現象的符號——文化學闡釋》，北京：人民文學出版社，1987 年。

39. 吳正吉：《活用修辭》，高雄：復文圖書出版社，1984 年。

40. 呂正惠：《杜甫與六朝詩人》，臺北：大安出版社，1989 年。

41. 呂思勉：《魏晉南北朝史》，上海：上海古籍出版社，1983 年。

42. 呂凱：《魏晉玄學析評》，臺北：世紀書局，1980 年。

43. 呂晴飛等編著：《漢魏六朝詩歌鑒賞辭典》，北京：中國和平出版社，1990 年。

44. 李元洛：《詩美學》，臺北：東大圖書公司，1990 年。

45. 李直方：《漢魏六朝詩論稿》，臺北：龍門書局，1967 年。

46. 李毓芙選注：《成語典故文選》（上、下），濟南：山東教育出版社，1985 年。

47. 李嘉言：《李嘉言古典文學論文集》，上海：上海古籍出版社，1987 年。

48. 李維琦：《修辭學》，湖南：人民出版社，1986 年。

49. 李慶、武蓉著：《中國詩史漫筆》，北京：中國文聯出版公司，1988年。

50. 杜松柏：《詩與詩學》，臺北：洙泗出版社，1990年。

51. 沈振奇：《陶謝詩之比較》，臺北：臺灣學生書局，1986年。

52. 沈謙：《文心雕龍與現代修辭學》，臺北：益智書局，1990年。

53. 沈謙：《修辭方法析論》，臺北：宏翰文化事業公司，1992年。

54. 周英雄：《結構主義與中國文學》，臺北：東大圖書公司，1983年。

55. 周紹賢：《魏晉清談述論》，臺北：臺灣商務印書館，1966年。

56. 季紹德：《古漢語修辭》，吉林：文史出版社，1986年。

57. 易蒲、李金苓著：《漢語修辭學史綱》，長春：吉林教育出版社，1989

58. 林文月：《山水與古典》，臺北：純文學出版社，1976年。

59. 林文月：《中古文學論叢》，臺北：大安出版社，1989年。

60. 林文月：《澄輝集》，臺北：洪範書店，1983年。

61. 林文月：《謝靈運》，臺北：河洛圖書出版社，1977年。

62. 林文月：《謝靈運及其詩》，臺北：國立臺灣大學文史叢刊，1966年。

63. 林聰明：《昭明文選研究》，臺北：文史哲出版社，1986年。

64. 邱鎮京：《阮籍詠懷詩研究》，臺北：文津出版社，1980年。

65. 金兆梓：《實用國文修辭學》，臺北：文史哲出版社，1977年。

66. 俞建華、葉舒憲：《符號：語言與藝術》，臺北：久大文化股份有限公司，1992年。

67. 姜書閣：《漢賦通義》，濟南：齊魯書社，1990年。

68. 姜書閣：《駢文史論》，北京：人民文學出版社，1986年。

69. 姚一葦：《藝術的奧秘》，臺北：臺灣開明書店 1988年。

70. 姚振黎：《沈約及其學術探究》，臺北：文史哲出版社，1989年。

71. 柯金虎：《建安文學研究》，臺北：文史哲出版社，1976年。

72. 柯慶明：《文學美綜論》，臺北：長安出版社，1983年。

73. 洪成玉主編：《古代漢語教程上下》，北京：中華書局，1990年。

74. 洪順隆：《六朝詩論》，臺北：文津出版社，1978年。

75. 洪順隆：《由隱逸到宮體》，臺北：文史哲出版社，1984年。

76. 胡念貽：《中國古代文學論稿》，上海：上海古籍出版社，1987年。

77. 胡國瑞：《魏晉南北朝文學史》，上海：上海文藝出版社，1980年。

78. 胡道靜：《中國古代的類書》，北京：中華書局，1982年。

79. 范文瀾:《中國通史簡編》,上海:上海書店,1989 年。

80. 唐翼明:《古典今論》,臺北:東大圖書公司,1991 年。

81. 唐翼明:《魏晉清談》,臺北:東大圖書公司,1992 年。

82. 孫昌武:《佛教與中國文學》,臺北:臺灣東華書局,1989 年。

83. 孫芳銘等編:《文學和語文裏的修辭》,香港:麥克米倫出版公司,1987 年。

84. 徐仲玉等著:《修辭學論叢》,臺北:樂天出版社,1970 年。

85. 徐志嘯編:《歷代賦論輯要》上海:復旦大學出版社,1991 年。

86. 徐芹庭:《修辭學發微》,臺北:中華書局,1974 年。

87. 徐復觀:《中國文學論集》,臺北:臺灣學生書局,1974 年。

88. 徐復觀:《中國藝術精神》,臺北:臺灣學生書局,1976 年。

89. 徐嘉瑞等:《中古文學概論》,臺北:鼎文書局,1977 年。

90. 徐壽凱:《中國古代藝文思想漫話》,臺北:木鐸出版社,1986 年。

91. 袁行霈:《中國詩歌藝術研究》,臺北:五南圖書公司,1989 年。

92. 馬茂元:《古詩十九首探索》,高雄:復文圖書出版社,1984 年。

93. 馬積高:《賦史》,上海:上海古籍出版社,1987 年。

94. 張中行:《文言津逮》,北京:北京出版社,2002 年。

95. 張仁青:《六朝唯美文學》,臺北:文史哲出版社,1980 年。

96. 張仁青:《駢文學》,臺北:文史哲出版社,1984 年。

97. 張仁青:《魏晉南北朝文學思想史》,臺北:文史哲出版社,1978 年。

98. 張文治:《古書修辭例》,上海:中華書局,1937 年。

99. 張志公:《現代漢語》,北京:人民教育出版社,1982 年。

100. 張松如主編:《中國詩歌史》,長春:吉林大學出版社,1985 年。

101. 張春榮:《修辭散步》,臺北:東大圖書公司,1991 年。

102. 張春榮:《詩學析論》,臺北:東大圖書公司,1987 年。

103. 張蓓蓓:《中古學術論略》,臺北:大安出版社,1991 年。

104. 張靜:《新編現代漢語》,上海:上海教育出版社,1980 年。

105. 曹道衡、沈玉成編著:《南北朝文學史》,北京:人民文學出版社,1991 年。

106. 曹道衡:《中古文學史論文集》北京:中華書局,1986 年。

107. 曹道衡:《漢魏六朝辭賦》,臺北:萬卷樓出版社,1992 年。

108. 淡江大學中文所編:《文學與美學》臺北,文史哲出版社,1991 年。

109. 清水凱夫著、韓基國譯：《六朝文學論文集》，重慶：重慶出版社，1989 年。

110. 盛廣智、孫寶文編著：《典故拾珠》，臺北：木鐸出版社，1988 年。

111. 笠原仲二著、魏常海譯：《古代中國人的美意識》，北京：北京大學出版社，1987 年。

112. 許東海：《庾信生平及其賦之研究》，臺北：文史哲出版社，1984 年。

113. 郭紹虞：《中國文學批評史》，北京：中華書局，1961 年。

114. 陳天水：《中國古代神話》，臺北：國文天地雜誌社，1990 年。

115. 陳松雄：《齊梁麗辭論衡》，臺北：文史哲出版社，1986 年。

116. 陳美足：《南朝顏謝詩研究》，臺北：文津出版社，1989 年。

117. 陳望道：《修辭學發凡》，臺北：文史哲出版社，1989 年。

118. 陸侃如、馮元君：《中國詩詞發展史》，藍田出版社。

119. 陶建國：《兩漢魏晉之道家思想家》，臺北：文津出版社，1986 年。

120. 傅隸樸：《中國韻文通論》，臺北：正中書局，1982 年。

121. 傅隸樸：《修辭學》，臺北：正中書局，1973 年。

122. 彭慶生、曲令啓編著：《詩詞典故辭典》，太原：書海出版社，1990 年。

123. 復旦大學語言研究室編：《陳望道修辭論集》，合肥：安徽教育出版社，1985 年。

124. 曾祖蔭：《中國古代文藝美學範疇》臺北，文津出版社，1987 年。

125. 湯用彤：《魏晉玄學論稿》，臺北：里仁書局，1984 年。

126. 程希嵐：《修辭學新編》，吉林：人民出版社，1984 年。

127. 程祥徽：《語言風格初探》，臺北：書林出版公司，1991 年。

128. 程毅中：《不絕如縷的歌聲：中國詩體流變》，香港：中華書局，1989 年。

129. 童慶炳：《中國古代心理詩學與美學》，臺北：萬卷樓出版社，1994 年。

130. 華東師範大學文學研究所編：《華東師範大學文學研究年鑑》，上海：華東師範大學出版社，1990 年。

131. 馮廣藝：《變異修辭學》，武漢：湖北教育出版社，1992 年。

132. 黃水雲：《顏延之及其詩文研究》，臺北：文史哲出版社，1989 年。

133. 黃永武：《中國詩學‧設計篇》，臺北：巨流出版社，1978 年。

134. 黃永武：《字句鍛鍊法》，臺北：洪範書店，2002 年。

135. 黃永武：《詩與美》，臺北：洪範書店，1985 年。

136. 黃亦眞：《文心雕龍比喻技巧研究》，臺北：學海出版社，1991 年。

137. 黃侃：《文心雕龍札記》，臺北：新文豐出版公司，1978 年。

138. 黃宣範：《語言哲學——意義與指涉理論的研究》，臺北：文鶴出版有限公司，1983 年。

139. 黃宣範：《翻譯與語意之間》，臺北：聯經出版事業公司，1976 年。

140. 黃節：《漢魏樂府風箋》，香港：商務印書館，1961 年。

141. 黃維樑：《中國文學縱橫論》，臺北：東大圖書公司，1988 年。

142. 黃慶萱：《修辭學》，臺北：三民書局，1988 年。

143. 逯欽立著，吳雲整理：《漢魏六朝論文集》，西安：陝西人民出版社，1984 年。

144. 楊樹達：《漢文文言修辭學》，臺北：樂天出版社，1972 年。

145. 葉日光：《左思生平及其詩之析論》，臺北：文史哲出版社，1979 年。

146. 葉幼明：《辭賦通論》，長沙：湖南教育出版社，1991 年。

147. 葉朗：《中國美學史大綱》，臺北：滄浪出版社，1986 年。

148. 葉嘉瑩：《中國古典詩歌評論集》，臺北：桂冠圖書公司，1991 年。

149. 葉嘉瑩：《迦陵談詩二集》，臺北：東大圖書公司，1985 年。

150. 葉維廉：《飲之太和》，臺北：時報文化出版社，1980 年。

151. 葉維廉：《歷史、傳釋與美學》，臺北：東大圖書公司，1988 年。

152. 葉慶炳等：《中國文學批評資料彙編》，臺北：成文出版社，1978-1979 年。

153. 葛兆光：《漢字的魔方——中國古典詩歌語言學的札記》，香港：中華書局，1989 年。

154. 葛曉音：《八代詩史》，西安：陝西人民出版社，1989 年。

155. 葛曉音：《漢唐文學的嬗變》，北京：北京大學出版社，1990 年。

156. 董季棠：《修辭析論》，臺北：益智書局，1985 年。

157. 路南孚：《中國歷代敘事詩歌》，濟南：山東文藝出版社，1987 年。

158. 路燈照、成九田著：《古詩文修辭例話》，臺北：商務印書館，1987 年。

159. 廖國棟：《魏晉詠物賦研究》，臺北：文史哲出版社，1990 年。

160. 廖蔚卿：《六朝文論》，臺北：聯經出版事業公司，1978 年。

161. 褚斌杰：《中國古代文體概論》，北京：北京大學出版社，1990 年。

162. 趙克勤:《古漢語修辭簡論》,北京:新華書店,1983年。

163. 劉大杰:《中國文學批評史》,香港:三聯書店,1992年。

164. 劉大杰:《魏晉思想論》,上海:上海古籍出版社,1998年。

165. 劉文忠:《鮑照和庾信》,臺北:群玉堂出版事業公司,1991年。

166. 劉若愚:《中國文學理論》,臺北:聯經出版事業公司,1981年。

167. 劉師培:《中國中古文學史》,臺北:鼎文書局,1977年。

168. 劉師培:《漢魏六朝專家文研究》,臺北:中華書局,1969年。

169. 劉葉秋:《類書簡說》,臺北:國文天地雜誌社,1990年。

170. 劉燦:《先秦寓言》,臺北:國文天地雜誌社,1990年。

171. 劉躍進:《永明文學研究》,臺北:文津出版社,1992年。

172. 滕守堯:《審美心理描述》,北京:中國社會科學出版社,1985年。

173. 鄭子瑜:《中國修辭學史》,臺北:文史哲出版社,1990年。

174. 鄭聖沖:《呂格爾的象徵哲學》,臺北:光啓出版社,1984年。

175. 鄭騫、方瑜等著:《中國古典詩歌論集》,臺北:幼獅文化事業公司,1985年。

176. 鄭騫等:《中國古典文學論叢》臺北:中外文學月刊,1976年。

177. 鄧仕樑:《兩晉詩論》,香港:香港中文大學,1972年。

178. 黎運漢、張維耿編著:《現代漢語修辭學》,臺北:書林出版有限公司,1991年。

179. 盧清青:《齊梁詩探微》,臺北:文史哲出版社,1984年。

180. 蕭馳:《中國詩歌美學》,北京:北京大學出版社,1986年。

181. 錢中文:《文學原理發展論》,北京:社會科學文獻出版社,1989年。

182. 錢谷融、魯樞元主編:《文學心理學》,臺北:新學識文教,1990年。

183. 錢穆:《中國學術思想史論叢(三)》,臺北:東大圖書公司,1977年。

184. 駱鴻凱:《文選學》,臺北:華正書局,1980年。

185. 鍾優民:《謝靈運論稿》,濟南:齊魯書社,1985年。

186. 韓經太:《中國詩學與傳統文化精神》,成都:四川人民出版社,1990年。

187. 簡宗梧:《漢魏源流及其價值之商榷》臺北:文史哲出版社,1980年。

188. 豐華瞻:《中西詩歌比較》,北京:三聯書店,1987年。

189. 羅宗濤:《中國詩歌研究》,臺北:中央文物供應社,1985 年。

190. 羅根澤:《中國文學批評史》,臺北:學海出版社,1978 年。

191. 蘇文擢:《邃加室講論集》,臺北:文史哲出版社,1985 年。

192. 蘇紹興:《兩晉南朝之士族》,臺北:聯經出版公司,1987 年。

193. 龔克昌:《漢賦研究》,濟南:山東文藝出版社,1984 年。

2. 外文譯著

1. 〔日〕吉川幸次郎著、劉向仁譯:《中國詩史》,臺北:明文書局,1983 年。

2. 〔日〕早川著、鄧海珠譯:《語言與人生》,臺北:遠流出版公司,1987 年。

3. 〔日〕前野直彬等著,洪順隆譯:《中國文學概論》,臺北:成文出版社,1980 年。

4. 〔日〕前野直彬著,龔霓馨譯:《中國文學的世界》,臺北:臺灣學生書局,1989 年。

5. 〔瑞士〕沃爾夫岡‧凱塞爾(Wolfgang kayser,1906-1960)著、陳銓譯:《語言的藝術作品》,上海:上海譯文出版社,1984 年。

6. 〔德〕黑格爾著,朱孟實譯:《美學》,臺灣:里仁書局,1981 年。

7. P. Farb 著、龔淑芳譯:《語言遊戲》,臺北:遠流出版公司,1989 年。

8. Roman Ingarden 原著、陳燕谷等譯:《對文學的藝術作品的認識》,北京:中國文聯出版社,1988 年。

9. 侯健等編:《國外學者看中國文學》,臺北:中央文物供應社,1982 年。

10. 韋勒克等著,王夢鷗等譯:《文學論——文學研究方法論》,臺北:志文出版社,1990 年。

11. 香港中文大學編:《英美學人論中國古典文學》,香港:香港中文大學,1973 年。

12. 索緒爾(Ferdinand de Saussure)著:《普通語言學教程》,臺北:弘文館出版社,1985 年。

13. 張廷琛主編:《接受理論》,成都:四川文藝出版社,1989 年。

14. 陸梅林、程代熙主編:《讀者反應批評》,北京:文化藝術出版社,1989 年。

15. 劉若愚著、王鎮遠譯:《中國文學藝術精華》,合肥:黃山書社,1989

年。

16. 劉若愚著、杜國清譯：《中國詩學》，臺北：幼獅文化事業公司，1985
　　年。

二、相關期刊、論文

（一）國內期刊

1. 尤信雄：〈從詩人關係之分合看中國文學的演進〉，《中外文學》5 卷
　　2 期。

2. 方祖燊：〈山水詩人謝玄暉〉，《新時代》11 卷 10 期。

3. 毛漢光：〈中國中古賢能觀念之研究——任官標準之觀察〉，《中央研
　　究院歷史語言研究所集刊》第 48 本第 3 分（1977 年 9 月）。

4. 王文進：〈「莊老告退而山水方滋」解〉，《中外文學》7 卷 3 期。

5. 王次澄：〈謝靈運及其詩〉《東吳文史學報》第 2 期。

6. 王國瓔：〈詩經中的山水景物——中國山水詩探源之一、二〉，《中外
　　文學》8 卷 1.5 期。

7. 王夢鷗：〈文人的想像與感情的隱喻〉，《中外文學》7 卷 9 期。

8. 王夢鷗：〈古人詩文評對語言之基本態度〉，《東方雜誌》15 卷 10 期。

9. 王夢鷗：〈從雕飾到放蕩的文章論〉，《中外文學》8 卷 5 期。

10. 王夢鷗：〈貴遊文學與文朝文學的演變〉，《中外文學》8 卷 1 期。

11. 王夢鷗：〈魏晉南北朝文學之發（上、中、下）〉，《中華文化復興月
　　刊》14 卷 7.8.9 期。

12. 古仲權：〈由反用典角度探索義山詩的藝術特色〉，《中華文化復興月
　　刊》22 卷 6 期。

13. 吉川幸次郎著、陳源森譯：〈倚馬和陳套——南朝詩的側面論班固〈詠
　　史詩〉〉，《中外文學》13 卷 6 期。

14. 成惕軒：〈中國文學裡的用典問題〉，《東方雜誌》復刊 1 卷 10 期。

15. 成惕軒：〈詩品與鍾嶸〉，《中央月刊》第 3 卷第 11 期。

16. 余英華：〈語意與語意學〉，《中外文學》10 卷 3 期。

17. 呂興昌：〈昭明文選的選文標準〉，《現代文學》46 期。

18. 李長之：〈西晉大詩人左思及其妹左芬〉，《國文月刊》70 期。

19. 李長之：〈西晉詩人潘岳的生平及其創作〉，《國文月刊》68 期。

20. 李則芬：〈蕭衍父子與江左文學〉，《東方雜誌》19 卷 2 期。

21. 沈秋雄：〈試論李義山詩的用典〉，《中華文化復興月刊》10 卷 4 期。

22. 周杉：〈文學聲譽的涵義〉，《九州學刊》3 卷 2 期。

23. 易蘇民：〈辭賦對律詩的影響〉，《現代學苑》5 卷 11 期。

24. 林文月：〈康樂詩的藝術均衡美——以對偶句爲例〉，《臺大中文學報》4 期。

25. 林文寶：〈顏之推的文學思想〉，《中外文學》4 卷 12 期。

26. 林承：〈南北朝文學流變綜論〉，《國立編譯館館刊》4 卷 1 期。

27. 林瑞翰：〈魏晉南北朝之清談〉，《臺大文史哲學報》36 期。

28. 洪順隆：〈六朝詠物詩研究〉，《大陸雜誌》56 卷 3.4 期。

29. 洪順隆：〈謝朓生平及其作品研究〉，《東方雜誌》1 卷 9 期。

30. 倪臺瑛：〈顏延平及其詩文研究〉，《淡江學報》第 13 期(1975 年 3 月)。

31. 倪豪士：〈〈南柯太守傳〉的語言、用典、和外延意義〉，《中外文學》17 卷 6 期。

32. 唐海濤：〈鮑照詩文所表現的鄉土家人之戀〉，《中華文化復興月刊》11 卷 4 期。

33. 唐海濤：〈〈鮑照詩中的對偶句〉，中華文化復興月刊》二十一卷三期。

34. 孫克寬：〈謝靈運的再評價〉，《現代學苑》3 卷 8 期。

35. 孫克寬：〈謝靈運詩賞析〉，《大陸雜誌》33 卷 10 期。

36. 孫德謙：〈論六朝駢文〉，《學術》26 期。

37. 柴非凡：〈鍾嶸詩品與沈約〉，《中外文學》3 卷 10 期。

38. 高友工：〈中國語言文學對詩歌的影響〉，《中外文學》18 卷 7 期。

39. 高友工：〈試論中國藝術精神（上、下）〉，《九州學刊》3 卷 2.3 期。

40. 高木正一著、鄭清茂譯：〈六朝律詩之形成（上、下）〉，《大陸雜誌》13 卷 9.10 期。

41. 張仁青：〈六朝人的愛美心理〉，《東方雜誌》復刊 17 卷 1 期。

42. 張秉權：〈論謝靈運〉，《大陸雜誌》語文叢書第 1 輯第 4 冊。

43. 梅家玲：〈世說新語名士言談中的用典技巧〉，《臺大中文學報》2 期。

44. 梅祖麟、高友工著、黃宣範譯：〈唐詩的語義：隱喻與典故（上、中、下）〉，《中外文學》4 卷 7.8.9 期。

45. 陳怡良：〈陶淵明的文學造詣（一）〉，《中華文化復興月刊》6 期。

46. 陳明茹：〈富豔難蹤謝客詩〉，《靜宜文學》12 期。

47. 游志誠：〈中國古典文論中文類批評的方法〉，《中外文學》20 卷 7 期。

48. 馮承基：〈論永明聲律——四聲〉，《大陸雜誌》33 卷 9 期。

49. 黃永武：〈詩歌對仗的美〉，《中華文化復興月刊》20 卷 11 期。

50. 黃永武：〈魏晉玄學對詩的影響〉，《幼獅月刊》48 卷 3 期。

51. 黃宣範：〈從言義學看文學〉，《中外文學》4 卷 1 期。

52. 黃振民：〈論古人之賦詩及引詩〉，《師大學報》15 期。

53. 黃維樑：〈精雕龍與精工甕──劉勰和「新批評家」對結構的看法〉，《中外文學》18 卷 7 期。

54. 楊清龍：〈阮籍詠懷詩中出自史書的典故〉，《華學月刊》148 期。

55. 葉瑛：〈謝靈運文學〉，《學術》33 期。

56. 鈴木雄著、李紅譯：〈由謝靈運詩與楚辭的關係看他的表現特色〉，《世界華學刊》3 卷 2 期。

57. 廖蔚卿：〈晉末宋初的山水詩與山水畫〉，《大陸雜誌》4 卷 4 期。

58. 廖蔚卿：〈從文學現象與文學思想的關係談六朝『巧構形似之言』的詩〉，《中外文學》第 3 卷第 7 期（1974 年 12 月）。

59. 廖蔚卿：〈從文學現象與文學思想的關係談六朝『巧構形似之言』的詩〉，《中外文學》第 3 卷第 8 期（1975 年 01 月）。

60. 齊益壽：〈文心雕龍與文選在選文定篇及評文標準上的比較〉，《古典文學》第 3 集。

61. 齊益壽：〈漢代社會與漢代詩學〉，《中外文學》11 卷 1 期。

62. 齊益壽：〈劉勰的創作論與陸機文賦之比較〉，《中外文學》11 卷 1 期。

63. 齊益壽：〈論文朝詠史詩的類型〉，〈中華文化復興月刊〉《中華文化復興月刊》10 卷 4 期。

64. 劉亮：〈魏晉南北朝文化的特色〉，《中華文化復興月刊》12 卷 9 期。

65. 鄭仕樑：〈論謝靈運〈述德詩〉二首〉，《中國文化研究所學報》22 卷。

66. 鄭雷夏：〈齊梁詩與齊梁詩人〉，《女師專學報》9 期。

67. 鄧中龍：〈六朝詩的演變〉，《東方雜誌》復刊 2 卷 6 期。

68. 鄧仕樑：〈齊梁詩人與儒學〉，《中國文化研究所學報》20 卷。

69. 鄧仕樑：〈謝靈運詩論〉，《華國》4 期。

70. 鄧仕樑：〈鍾嶸《詩品》謝靈運評語試釋〉，《中國文化研究所學報》19 卷。

71. 簡宗梧：〈從鋪張揚厲到據事顯義〉，《東方雜誌》33 卷 2 期。

72. 簡錦松：〈孟浩然與王維的詩風──以用事觀點論二家五律（上、下）〉，《中外文學》8 卷 1.2 期。

（二）大陸期刊

1. 丁福林：〈試論鮑照詩歌的俊逸特色〉,《文學遺產》1983 年 3 期。

2. 王運熙、楊明：〈論蕭綱的文學思想〉,《文學評論》1990 年 2 期。

3. 王運熙：〈劉勰論宋齊文風〉,《復旦學報》1983 年 5 期。

4. 王暢：〈"雕飾"與："樸素"〉,《河北大學學報》1980 年 4 期。

5. 王毅：〈鮑照政治命運及其詩文風格〉,《文學評論》1988 年 6 期。

6. 王鍾陵：〈論魏晉南北朝時期的一種文化現象：重視早秀與以才藝出人頭地〉,《南開學報》1990 年 1 期。

7. 王鍾陵：〈論魏晉南北朝時期的一種文化現象：重視早秀與以才藝出人頭地〉,《南開學報》1990 年第 1 期。

8. 王鍾陸：〈永明體藝術成就概說〉,《文學遺產》1989 年 1 期。

9. 王耀輝：〈文學作品的文化闡釋〉,《華中師範大學學報》1992 年 1 期。

10. 向昆山：〈論駢體文形式美的心理依據〉,《吉林大學學報》1986 年 3 期。

11. 朱宏達：〈典故簡論〉,《杭州大學學報》第 13 卷第 3 期。

12. 朱思信：〈試論鮑照創作的藝術成就〉,《文學評論》〉1982 年 5 期。

13. 余蓋：〈文學觀念的演進與詩風的變異〉,《杭州大學學報》第 19 卷第 4 期。

14. 吳功五：〈美的巨麗形態——漢賦美學〉,《求是學刊》1992 年 2 期。

15. 吳光興：〈論初唐詩的歷史進程——兼及陳子昂、初唐"四傑"再評價〉,《文學評論》1992 年 3 期。

16. 吳光興：〈論蕭綱和中國中古文學〉,《文學評論》1990 年 1 期。

17. 宋效永：〈沈約的新變文學思想〉,《文學評論叢刊》31 輯。

18. 宋效永：〈略論齊梁文學之風的形成〉,《江淮論壇》1987 年 4 期。

19. 李文沛：〈詩歌用典的功能和技巧〉,《徐州師範學院學報》1982 年第 1 期。

20. 李柄海：〈南朝家庭嬗變與江左文學特徵〉,《江海學刊》1991 年 4 期。

21. 周舸岷：〈《世說新語》的語言對象〉,《浙江師範大學學報》1986 年 1 期。

22. 周舸岷：〈世說新語的語言特徵及其影響〉,《浙江師範大學學報》1986 年第 1 期。

23. 尚定：〈走向盛唐——初唐百年詩美理想及其實踐通論〉,《文學評論》1992 年 3 期。

24. 松浦友久：〈中國詩的性格——詩與語言〉，《古代文學理論研究叢刊》11 輯。

25. 姜昆武：〈成語與成詞——一個語言學術語的詩論〉，《社會科學戰線》1979 年 4 期。

26. 段熙仲：〈鮑照五題〉，《文學遺產》1981 年 4 期。

27. 胡國瑞：〈魏晉南北朝的詩歌在我國詩歌發展史上的地位〉，《武漢大學學報》1978 年 5 期。

28. 胡國瑞：〈魏晉南北朝駢文的發展及成就〉，《武漢大學學報》1980 年 5 期。

29. 凌迅：〈試論鮑照于齊梁之際的文學影響〉，《東岳論叢》1984 年 3 期。

30. 夏中義：〈從詩律看文學形式的相對獨立性〉，《文學評論叢刊》27 輯。

31. 夏中義：〈詩律——對形式立義的歷史反思〉，《文藝理論研究》總 23 期。

32. 夏曉虹：〈古典詩歌藝術的現代詮釋——談〈漢字的魔方〉札記〉，《文學遺產》1990 年 4 期。

33. 孫文賓：〈語言批評的世界：求索于言意之間〉，《華中師範大學學報》1992 年第 1 期。

34. 徐公持：〈詩的賦化與賦的詩化——兩漢魏晉詩賦關係之尋蹤〉，《文學遺產》1992 年第 1 期。

35. 徐尚定：〈南朝文學思想演變的邏輯起點——劉宋詩歌思想初探〉，《杭州大學學報》第 18 卷第 2 期。

36. 徐紹：〈蕭統的文學主張和對文獻編篡的貢獻〉，《杭州大學學報》14 卷 1 期。

37. 殷杰、樊寶英：〈中國詩論的接受意蘊〉，《華中師範大學學報》1992 年 3 期。

38. 祖保泉：〈說〈事類〉——讀《文心雕龍手札》〉，《安徽師大學報》1986 年第 1 期。

39. 郝立誠：〈竟陵八友與齊梁文學〉，《徐州師範學院學報》1985 年 2 期。

40. 郝立誠：〈劉勰論修辭〉，《徐州師範學院學報》1979 年 4 期。

41. 郝立誠：〈謝脁及其詩〉，《中州學刊》1984 年 2 期。

42. 馬積高：〈略論詩與美的關係〉，《社會科學戰線》1992 年 1 期。

43. 康金聲：〈論漢賦的語言成就〉，《山西大學學報》1986 年第 1 期。

44. 張志岳：〈鮑照及其詩新探〉，《文學評論》1979 年 1 期。

45. 張宗原：〈謝脁詩歌藝術簡論〉，《文學評論》1984 年 6 期。

46. 張炎蓀、張宏梁：〈論文學語言對語言常規的變異〉,《徐州師範學院學報》第 4 期(1989 年)。

47. 張國星：〈魏晉六朝文學的才學觀〉,《河北大學學報》1984 年第 4 期。

48. 張椏壽：〈詩體之重大變革〉,《雲南社會科學》1982 年 4 期。

49. 張會森：〈文學作品語言的理論與實踐〉,《求是學刊》1992 年第 1 期。

50. 張闓：〈詩的隱喻〉,《文藝理論研究》1991 年 4 期。

51. 敏澤：〈論魏晉至唐關於藝術形象的認識——兼論佛學輸入對於藝術形象的影響〉,《文學評論》980 年 1 期。

52. 曹道衡、沈玉成：〈南朝文學三題〉,《文學評論》1990 年 1 期。

53. 曹道衡：〈從〈雪賦〉〈月賦〉看南朝文風之流變〉,《文學遺產》1985 年 2 期。

54. 曹道衡：〈略論南北朝文學的評價問題〉,《文學遺產》1980 年 2 期。

55. 曹道衡：〈關于魏晉南北朝的駢文和散文〉,《文學評論叢刊》7 輯。

56. 許威漢：〈從《世說新語》看中古語言現象〉,《江西師院學報》1982 年 2 期。

57. 許書泉：〈論顏延之對偶詩對初唐律詩的影響〉,《南師院學報》1992 年 1 期。

58. 許輝：〈劉裕與"元喜之治"〉,《南京師院學報》1981 年 3 期。

59. 郭外岑：〈晉宋時期我國文學轉變的性質及其美學意義〉,《西北師大學報》1991 年 1 期。

60. 陳旭光：〈詩歌語言：意象符號與文本結構〉,《文藝理論》1992 年 4 期。

61. 陳宏碩：〈論唐詩提高語言密度之手段〉,《華中師範大學學報》19891 期。

62. 陳思苓：〈《文心雕龍》論文學語言〉,《文學遺產》1982 年 3 期。

63. 陳瀅：〈試談曹植、陶淵明、庚信在我國詩歌發展中的歷史作用〉,《廣東教育學院學院》1985 年 2 期。

64. 章滄授：〈大罩天地之表,細入毫纖之內——論代詠物賦〉,《社會科學戰線》1992 年 1 期。

65. 傅至柔：〈太康文學思想述評〉,《上海師範大學學報》1992 年 2 期。

66. 普麗華：〈論暗示的審美意蘊與功能〉,《華中師範大學學報》〈1992 年 2 期。

67. 程章燦：〈從《世說新語》看晉宋文學觀代與魏晉美學新風〉,《南京大學學報 1989 年 1 期。

68. 程章燦：〈論南朝賦的詩化現象〉，《江海學刊》1991 年 4 期。

69. 陽友權：〈論文學創造的語符化行程〉，《江漢論壇》1992 年 8 期。

70. 黃弗同：〈論典故——詩歌語言研究〉，《華中師院學報》1979 年 4 期。

71. 葛兆光：〈論典故——中國古典詩歌中一種特殊意象分析〉，《文學評論》1989 年 5 期。

72. 葛曉音：〈論齊梁文人革新晉宋之風之功績〉，《北京大學學報》1985 年 3 期。

73. 裴斐：〈李白與魏晉南北朝時期詩人〉，《文學遺產》1986 年 1 期。

74. 趙瑞蕻：〈池塘生春草、園柳變鳴禽〉，《南京大學學報》1991 年 1 期。

75. 齊文榜：〈佛教與謝靈運及其詩〉，《中州學刊》1988 年 1 期。

76. 劉宇：〈論中國古典詩詞的語言功能〉，《雲南師範大學學報》1987 年第 6 期。

77. 劉琦、徐潛：〈言意之辨與魏晉南北朝文學思想理論的發展〉，《文藝研究》1992 年 4 期。

78. 劉德強：〈對魏晉南北朝文學研究的幾點看法〉，〈上海師範大學學報〉1992 年 2 期。

79. 潘允中：〈成語、典故的形成和發展〉，《中山大學學報》1980 年 2 期。

80. 鄭毓瑜：〈六朝文學審美論研究〉，《中外文學》第 21 卷第 5 期。

81. 盧興基：〈用典和襲故——中國古代詩歌意象構織的特殊技巧〉，《江海學刊》1992 年第 2 期。

82. 穆克宏：〈漢魏六朝文體論的發展〉，《文學遺產》1989 年 1 期。

83. 駱玉明、賀聖遂：〈謝靈運之評價與梁代詩風演變〉《復旦學報》1983 年 6 期。

84. 戴建業：〈論謝靈運的情感結構及其詩歌的形式結構〉，《華中師範大學學報》1992 年 1 期。

85. 戴燕：〈六朝詩歌律說的形成問題〉，《文學遺產》1989 年 6 期。

86. 蹻進：〈論竟陵八友〉，《文學遺產 1992 年 3 期。

87. 蘇瑞隆：〈論謝靈運的〈撰征賦〉〉，《文史哲》1990 年 5 期。

88. 顧義生：〈詞義分化與語言精密化〉，《徐州師範學院學報》1982 年 1 期。

89. 龔克昌：〈論漢賦在中國文學上的地位〉，《文史哲》1987 年第 2 期。

（三）學位論文

1. 王文進：《論六朝詩中巧構形似之言》，臺北：師大國文所碩士論文，

1978 年。

2. 王次澄:《南朝詩研究》,臺北:東吳大學中國文學研究所博士論文,1982 年。

3. 王來福:《謝靈運山水詩研究》,臺中:東海中文所碩士論文,1979年。

4. 呂光華:《南朝貴遊文學集團研究》,臺北:政大中文所博士論文,1990 年。

5. 李光哲:《謝靈運詩用典考論》,臺北:臺大中文所碩士論文,1987年。

6. 李海元:《謝靈運與鮑照山水詩研究》,臺北:政大中文所碩士論文,1987 年。

7. 林嵩山:《大小謝詩研究》,臺北:政大中文所碩士論文,1974 年。

8. 林麗雲:《六朝賦之抒情傳統與藝術表現》,臺北:師大國文所碩士論文,1983 年。

9. 金惠峰:《鮑照詩研究》,臺北:師大國文所碩士論文,1982 年。

10. 高莉芬:《漢魏怨詩研究》,臺北:政大中文所碩士論文,1988 年。

11. 崔年均:《陶淵明詩承襲之探析》,臺北:臺大中文所碩士論文,1987年。

12. 張鈞莉:《六朝遊仙詩研究》,臺北:臺大中文所碩士論文,1987 年。

13. 梅家玲:《世說新語的語言藝術》,臺北:臺大中文所博士論文,1991年。

14. 許東海:《永明體之研究——以沈約文論及其作品為主》,臺北:政大中文所博士論文,1991 年

15. 郭德根:《謝玄暉詩研究》,臺北:臺大中文所碩士論文,1985 年。

16. 陳姿蓉:《中國語文特性造成文學遊戲性質之研究——從遊戲觀點探討運用中國語文特性的文學修辭現象》,臺北:政大中文所碩士論文,1987 年。

17. 陳慶和:《鮑照樂府詩研究》,臺中:東海中文所碩士論文,1990 年。

18. 黃雅歆:《魏晉詠史詩研究》,臺北:臺大中文所碩士論文,1990 年。

19. 劉漢初:《六朝詩發展述論》,臺北:臺大中文所博士論文,1984 年。

20. 劉漢初:《蕭統兄弟的文學集團》,臺北:臺大中文所碩士論文,1975 年。

21. 劉慧珠:《齊梁竟陵八友之研究》,臺北:政大中文所碩士論文,1992 年。

22. 蔡英俊：《六朝「風格論」之理論與實踐探究》，臺北：臺大中文所博士論文，1990年。

23. 鄭毓瑜：《六朝藝術理論中之審美觀研究》，臺北：臺大中文所博士論文，1990年。

24. 顏智英：《昭明文選與玉臺新詠之比較研究》，臺北：師大國文所碩士論文，1991年。